眭澔平世界報導文學全集2

紀實千古回聲：三毛的三百七十五把鑰匙

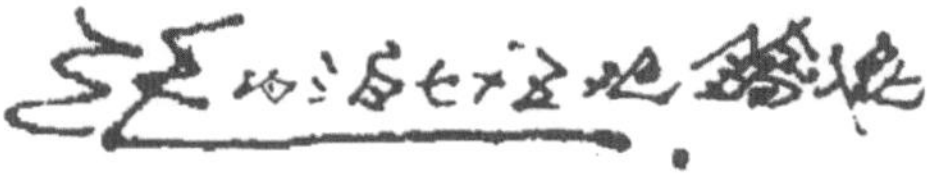
(三毛生前親筆題字)

《澔平給陳平 三毛七情夢田 傳記報導文學》　　文圖 眭澔平著

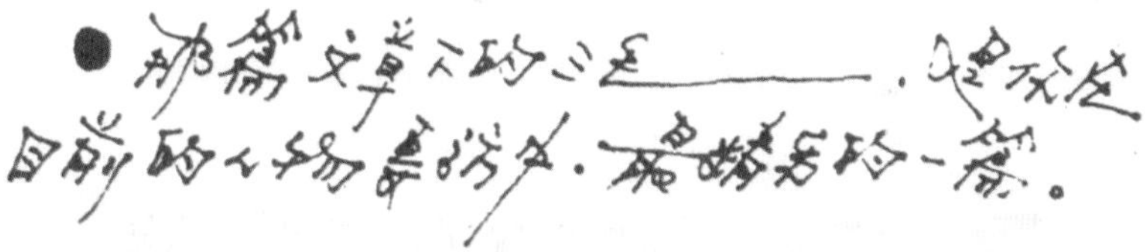

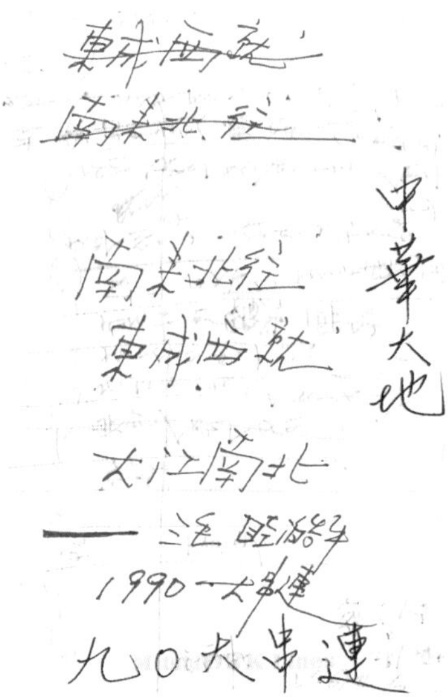

●三毛和眭澔平以文會友，1990年共同寫下便箋計畫一起旅行寫作，連書名都取好。撰文的主要內容正是三毛與母親陳繆進蘭女士，親口對筆者的陳述；現在這本書就是在用心履行那一場年少的約定。

●三毛逝世時首度掛在她客廳的合照，是三毛跟我一起在照相館裡站了三個小時，把她挑出他們今生各自最喜愛的照片，加以影印剪貼組合後再影印，然後拿出去裝裱。三毛也送給我多張她與荷西甜蜜的合照，特別是他們今生最後的一張照片，右上角親筆寫下：五日後，荷西潛水遇難。

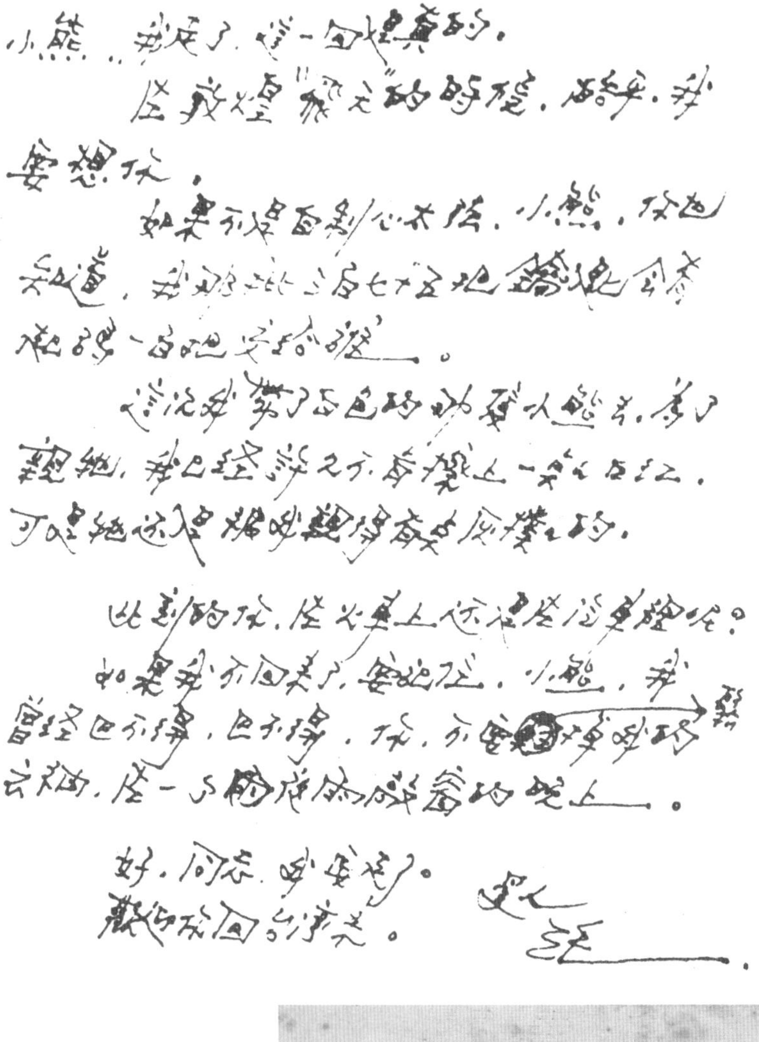

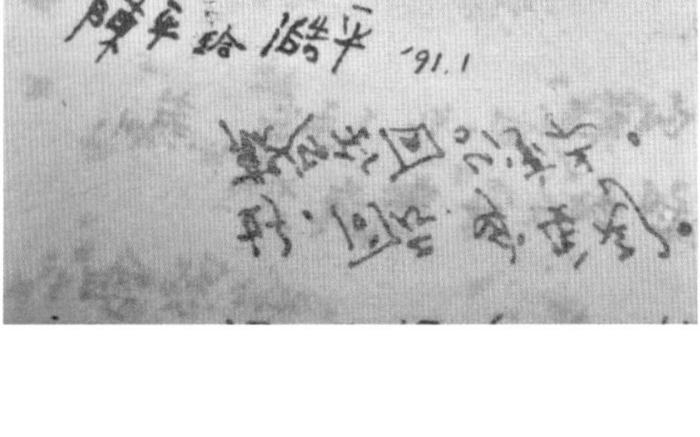

● 1991年1月2日筆名三毛的陳平寫給眭澔平最後一封的絕筆信。三毛在遺文背面還用小字清晰寫著：陳平給澔平。

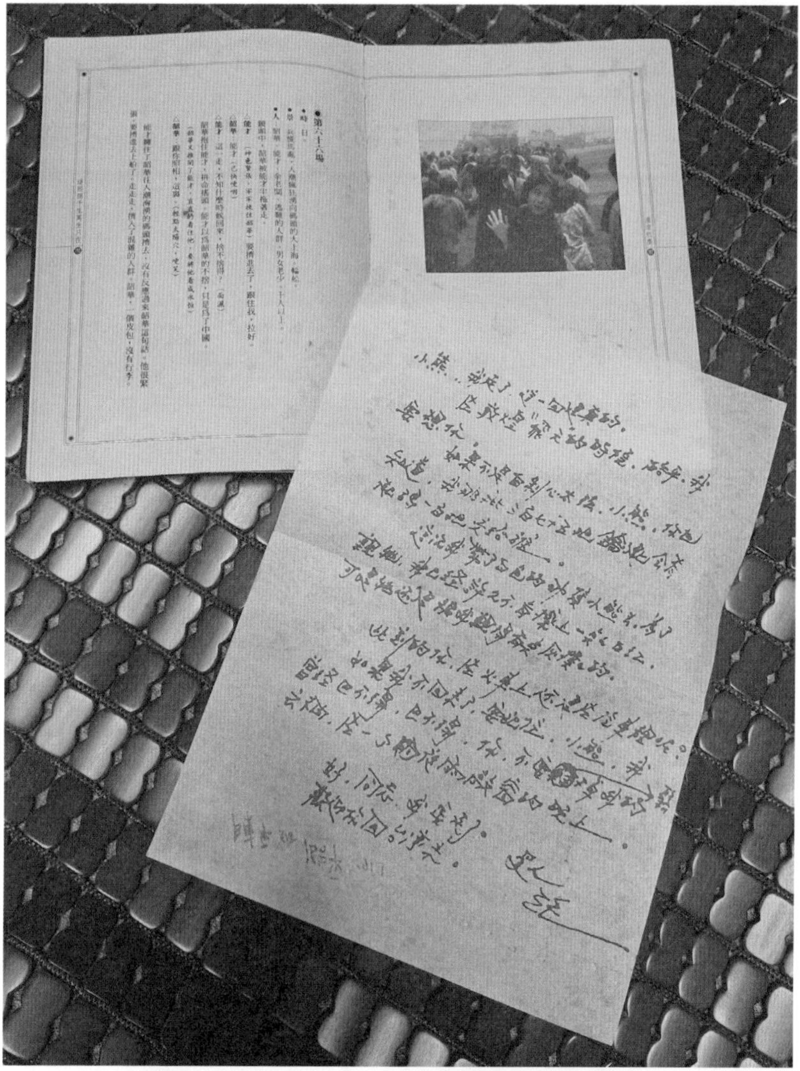

●三毛說她是帶著白色的小熊走的，也是我從英國帶回台灣送給她的。三毛說：為了親它而許久不擦口紅。

●超越時空陰陽的阻隔，滸平與陳平在同樣的地方，拍下了幾組兩人各別同樣的照片，也和三毛的中外好友成為好友。一旦放在一起讀者就會明瞭何謂平行宇宙的量子糾纏。滸平後來旅行世界也一直隨身帶著三毛有如小王子的行李牌同行。

司馬中原

●三毛生前在海內外的中外友人都和我成為了好友。

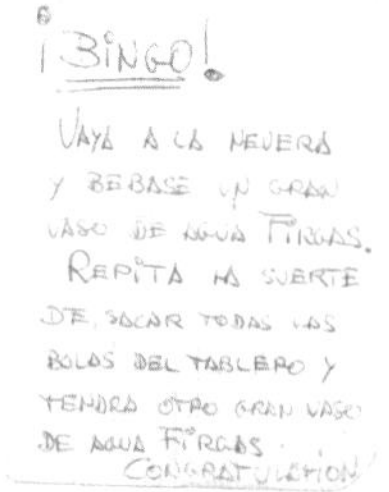
¡BINGO!
VAYA A LA NEVERA
Y BEBASE UN GRAN
VASO DE AGUA FIRGAS.
REPITA LA SUERTE
DE SACAR TODAS LAS
BOLAS DEL TABLERO Y
TENDRA OTRO GRAN VASO
DE AGUA FIRGAS.
CONGRATULATION

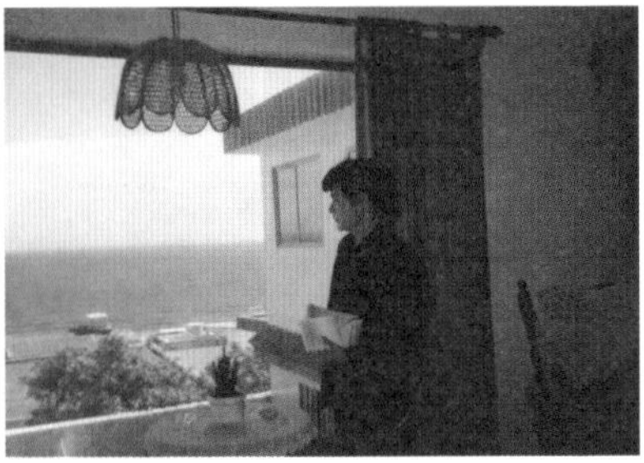

●西班牙屬地加納利群島三毛故宅，裡外門院大窗邊的中外兩代人。小妹妹睡在三毛荷西的老床上，長大後幫我像爸媽一樣導覽三毛在加納利的故宅。他們特別送給我荷西生前留在屋裡的親筆字跡小箋。

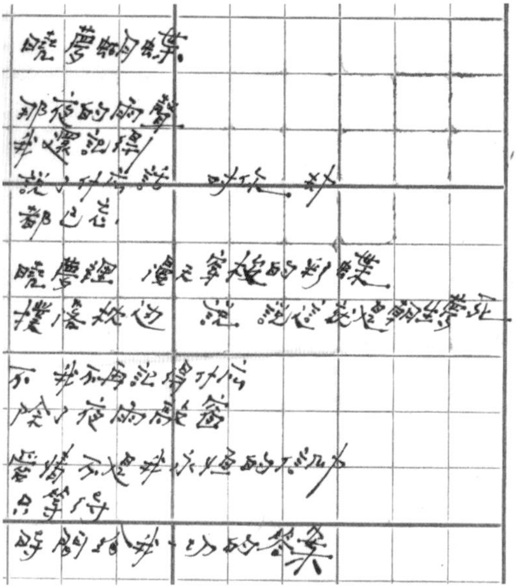

●三毛親筆寫給我的文字和詩詞。裡面有我最愛她寫的四個字：夜雨敲窗，呼應她最愛我書中所寫的六個字：鬆掉妳的衣袖。當我在幫她擬劇本裡的大東亞共榮圈新聞稿時，她把劇名《滾滾紅塵》一連三次寫成了她想要的樣子。而我和三毛之間也從最初寫錯我的名字，一直到暱稱我為小熊，要做一個帶給別人溫暖的人。

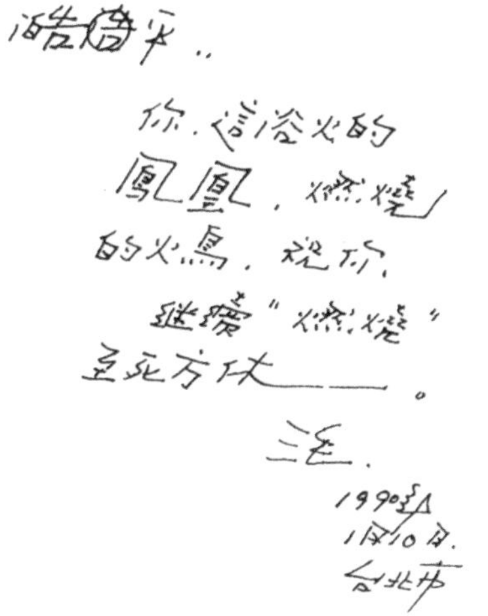

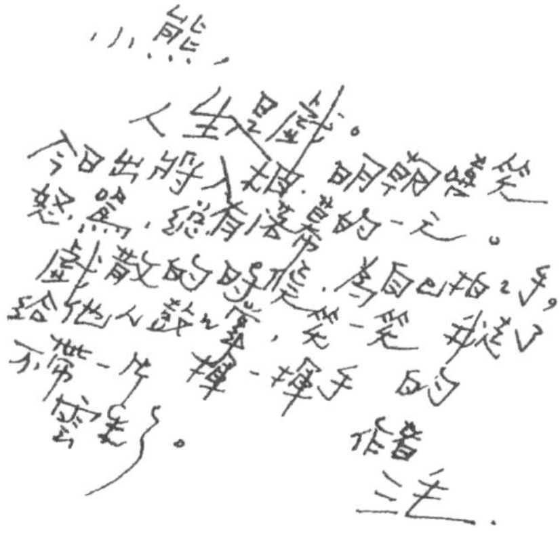

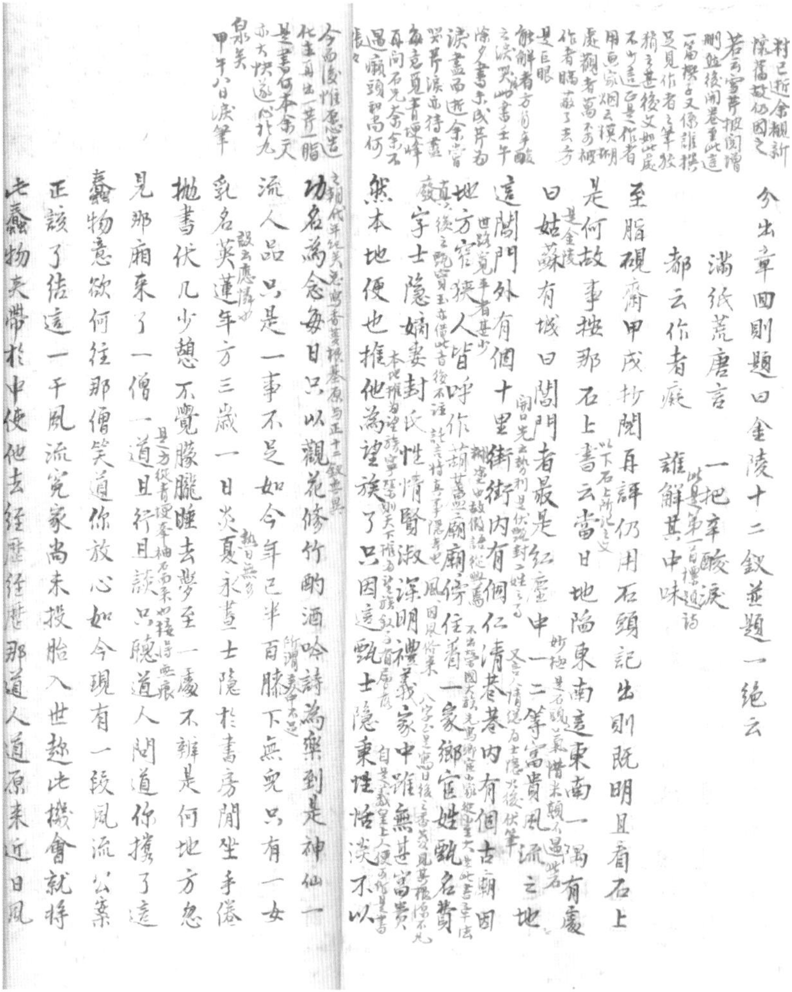
今出章回則題曰金陵十二釵並題一絶云
滿紙荒唐言　一把辛酸淚
都云作者痴　誰解其中味
至脂硯齋甲戌抄閱再評仍用石頭記出則既明且看石上
是何故事按那石上書云當日地陷東南這東南一隅有處
曰姑蘇有城曰閶門者最是紅塵中一二等富貴風流之地
這閶門外有個十里街街內有個仁清巷巷內有個古廟因
地方窄狹人皆呼作葫蘆廟廟傍住着一家鄉宦姓甄名費
廢字士隱嫡妻封氏性情賢淑深明禮義家中雖無甚富貴
然本地便也推他為望族了只因這甄士隱秉性恬淡不以
功名為念每日只以觀花修竹酌酒吟詩為樂到是神仙一
流人品只是一事不足如今年已半百膝下無兒只有一女
乳名英蓮年方三歲一日炎夏永晝士隱於書房閒坐手倦
拋書伏几少憩不覺朦朧睡去夢至一處不辨是何地方忽
見那廂來了一僧一道且行且談只聽道人問道你携了這
蠢物意欲何往那僧笑道你放心如今現有一段風流公案
正該了結這一干風流冤家尚未投胎入世趁此機會就將
此蠢物夾帶於中使他去經歷經歷那道人道原來近日風

●清朝光緒年間脂硯齋全評石頭記，也就是三毛一生最愛的《紅樓夢》，也是她跟我說，死了就燒這本給她。然而宣紙上不只整個骨董手抄本字跡娟秀絕美，連甲午也就是光緒二十年用朱砂書寫來陪襯的眉批都擲地有聲。讓我像對待《富春山居圖》一樣，不忍照遺願燒化給三毛。她應該也是開玩笑，只為表示自己如何深愛紅樓。

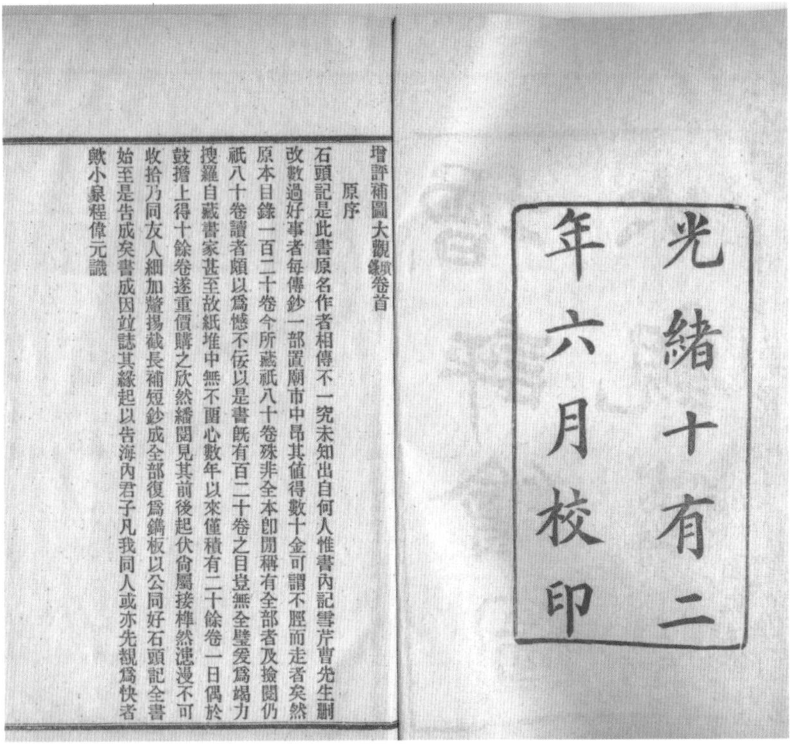

光緒十有二年六月校印

增評補圖大觀瑣錄卷首

原序

石頭記是此書原名作者相傳不一究未知出自何人惟書內記雪芹曹先生刪改數過好事者每傳鈔一部置廟市中昂其值得數十金可謂不脛而走者矣然原本目錄一百二十卷今所藏祇八十卷殊非全本即閒稱有全部者及檢閱仍祇八十卷讀者頗以爲憾不佞以是書既有百二十卷之目豈無全璧爰爲竭力搜羅自藏書家甚至故紙堆中無不留心數年以來僅積有二十餘卷一日偶於鼓擔上得十餘卷遂重價購之欣然繙閱見其前後起伏尚屬接榫然漶漫不可收拾乃同友人細加釐剔截長補短鈔成全部復爲鐫板以公同好石頭記全書始至是告成矣書成因竝誌其緣起以告海內君子凡我同人或亦先覩爲快者歟小泉程偉元識

●三毛故宅的客廳桌上放著他最愛的中外書籍，紅樓夢線裝書與脂硯齋手抄本。牆壁掛著低俗的牛肉場海報與高雅的祖母瓷像，兼容並蓄，毫無些許的違和感。

●三毛「我的寶貝」裡有一個也掛在客廳，象徵作家孤獨創作城堡的鳥籠小丑，一定要伸出一隻手到籠外，接觸外面那個她不喜歡卻要了解的世界。

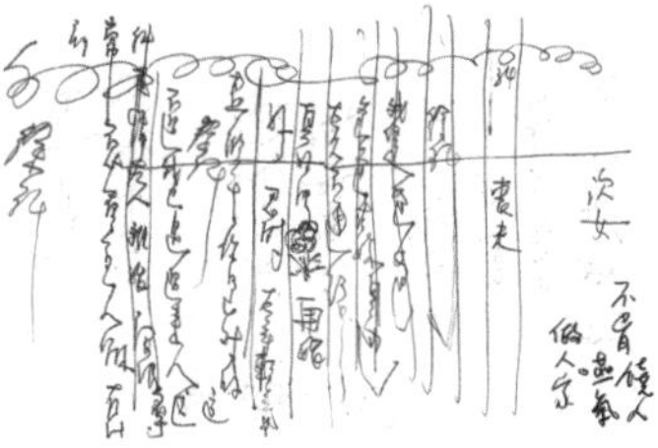

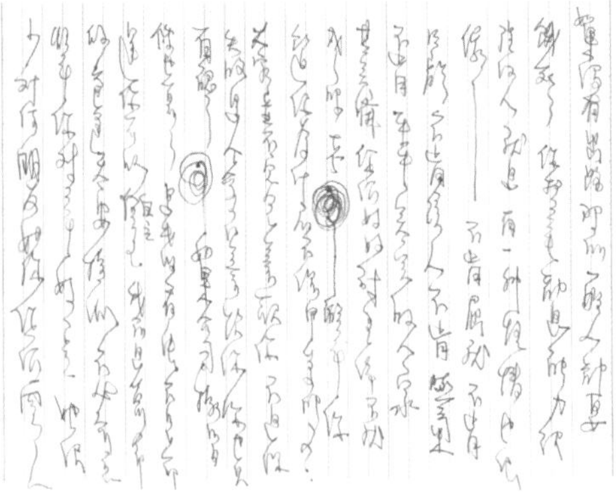

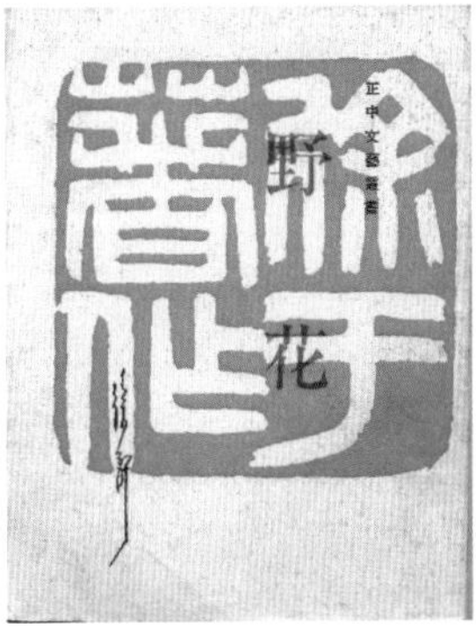

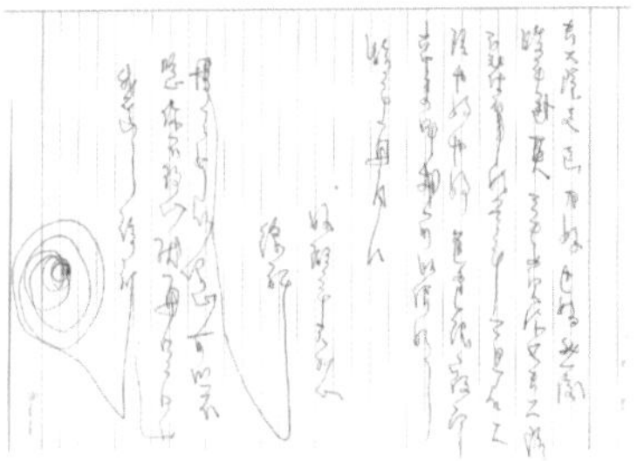

● 三毛還有一種靈動的能力「自動書寫」，可蒙眼用右手以飛快速度連筆寫出逝者徐訏的筆跡與話語，這是唯一外流保存30餘年的原稿。經過印證，真的是徐訏的筆跡。

● 一路找到撒哈拉沙漠的西陲面臨大西洋的邊緣，這古老大陸塊竟是高聳的懸崖絕壁，不但發現三毛與荷西疑似偷窺灌海水清腸沐浴的地點，也發現荷西如何死於潛水的當地傳地特殊的捕魚方式。就像荷西帶著我一樣，奇幻的經歷了死亡的過程。我也在1996年終於完成三毛過世前的請託：代替愛潛水也死於潛水的28歲亡夫荷西，到大西洋另一頭的百慕達海底潛水的遺願。

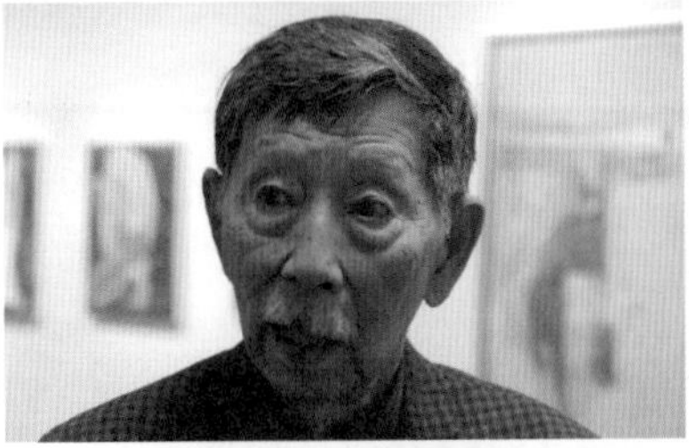

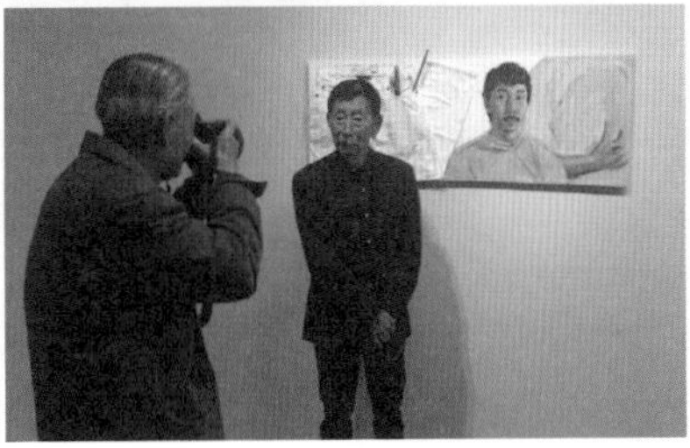
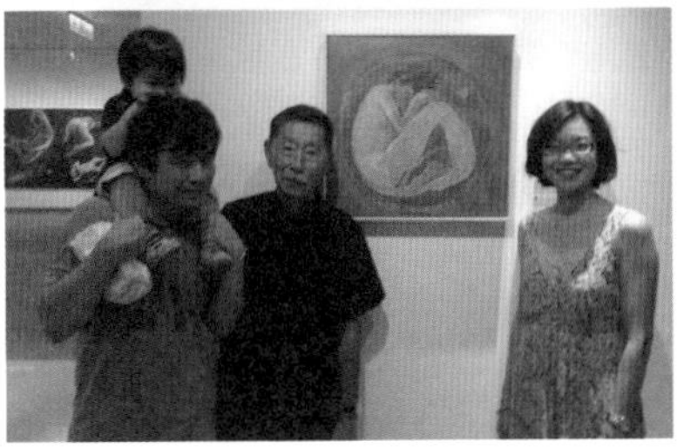

●本書付印前，三毛的恩人顧福生過世前的忘年之交，北投文物館洪侃館長來找我合作。他提到我們各自的忘年之交竟然有著最深的淵源，所以他一定要找到我，並且跟我合作。看到他送我的老照片，顧福生在美國過世前的身影。不但抱著洪侃的孩子，還自在的作畫，更難得的是好友白先勇、莊靈（我台視新聞的攝影同事前輩），三人又一起回到了人生舞台的那個溫暖的原點。

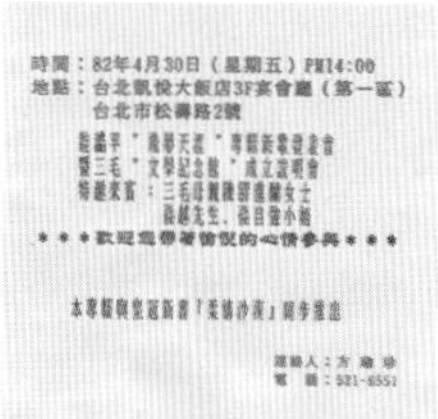

時間：82年4月30日（星期五）PM14:00
地點：台北凱悅大飯店3F宴會廳（第一區）
台北市松壽路2號
眭澔平"飛尋天涯"專輯新歌發表會
暨三毛"文學紀念館"成立說明會
特邀來賓：三毛母親陳繆進蘭女士
[illegible]
＊＊＊歡迎您帶著愉悅的心情參與＊＊＊

本專輯與皇冠新書「[illegible]沙漠」同步推出

聯絡人：方[illegible]
電話：521-6551

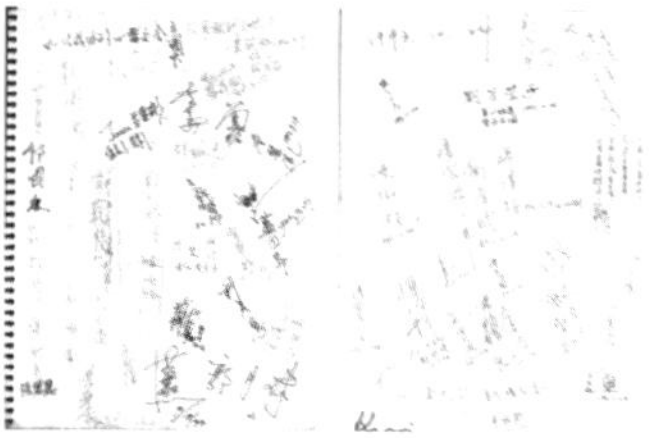

●橫跨一個世代不同的時空裡，三毛與荷西在撒哈拉沙漠裡結婚生活，寫下千古雋永的文字。澔平也踏上陳平的腳步，與這片沙漠子民一起生活，留下了一段段美好的記憶。繼而，受三毛母親請託，現在才有台北三毛文學紀念館，二十人可預約參觀，由具備國際專業領隊導遊執照的創辦人眭澔平親自講解導覽。

【三毛畫中有話，澔平圖說陳平】

沙漠彩虹

【沙漠彩虹】是澔平為好友陳平的一生著書撰文，整體所畫的一幅圖。三毛終將成為億萬讀者心頭永恒的彩虹，就像椰子樹般的七彩文筆，源源流瀉成中文草寫「沙」漠的世界旅行，那彩虹斑斕豐美的軌跡，永不磨滅；孕育出的蒲公英又隨著黃花白絮種籽，繼續飛越四海天地，紀實千古回聲，分享無遠弗屆。

邊緣女孩淚

都市裡長大的三毛從小就是個跟別人不太一樣的孩子。陳媽媽總說三毛有自己的主張，不喜歡別人拉著她一起去玩其他小孩子的遊戲。她喜歡設計一個遊戲，自己一個人玩。她愛閱讀，小學五年級就在課堂上自己讀《紅樓夢》，唸到出家的賈寶玉在雪地裡跪向父親磕頭辭行，感動到哭得淚流滿面，嚇壞了老師。但是，初二數學老師卻因懷疑她作弊當眾羞辱而嚇壞了她，於是不再上學，成了社會城鄉角落裡的邊緣人。她說輟學七年自閉哭泣的日子是人生首次最煎熬的歲月，沒有人能找到她內心三百七十五把鑰匙裡的任何一把，去開啟她封閉的心靈。

狼嚎百合山

在多次向我敍述她的年少往事中，三毛曾有一句話讓我聽了倍感心酸與驚愕——「小的時候看到大人穿『絲襪』好美麗，却都在想：自己的生命恐怕『活不到』那個穿『絲襪』的年紀了！」她的身軀像一個開滿百合花的小山丘，情緒的野狼經常咆哮盤據著她顛簸忐忑的心靈，使得她一直無法伸展穿著絲襪的雙腿，終究跨不出自我縛繭纏綁的困惑。當年三毛以「絲襪」自縊的死訊傳來時，我不禁立刻聯想到了這份不可思議的巧合。正當今日全球華人世界裡的億萬讀者們，仍然能夠從她的雋永文字裡嗅到滿山遍野清香怡人的百合之際，三毛卻已然結束了地球上的生命，穿著美麗的絲襪在另一個平行宇宙的時空裡探索。

門神檳榔劍

三毛終究沒有辦法回到學校，因為她一坐在玄關穿鞋準備去上學，就會無預警的昏倒。後來她連房門都不能出，因為晚餐的飯桌上無法聽聞姊弟談到今天學校的點點滴滴，所以連飯菜都得讓媽媽搬到房間裡去給她吃。三毛知書達禮的父母簡直對這孩子傷透了腦筋。總算自修讀書，特別是開始向名師學畫慢慢改變了她；只是一天天長大，「潛龍勿用」的三毛原本可以在天空「飛龍在天」奔放翱翔，卻被僵化如門神的兩片檳榔夾擠、被刻板如道士的符劍刺穿。聰慧的她自是有著頭角崢嶸的才情，也難免在壓抑扭曲的情緒下，全身布滿了利刃般鋒銳灼熱的烈焰。

笨魚飛龍天

第一次投稿成功登出的鼓勵，為三毛還像隻小笨魚的年代灌注了豐沛的信心。三毛說那篇文章〈惑〉帶她跨出了自閉症幻聽幻覺的障礙，她從孤僻的傷痛中走出一條新鮮的生路。直到她鼓起勇氣自己寫信給台灣文化大學的創辦人張其昀先生，期望給她一個旁聽借讀哲學系的機會，終於完全摔開未乾陳腐的被褥、掙脫繁枝雜葉的牽絆，重新回到了校園，也從自己生命的谷底快樂扶搖直上。進入大學後的她「見龍在田」，成績優異、朋友眾多，熱情活潑的她漸次展現其如海鯨天龍般的魅力風采，也淺嘗到了愛情的滋味。

東西文化城

三毛對愛情執著而認真，儘管大學生活如魚得水，卻愁苦於等不到逼婚男友肯定的回應。她跟我說：原來辦理出國手續全都是在故意賭氣為了刺激男友，不料辦著辦著西班牙遊學的申請竟然核准下來了，只有硬著頭皮假戲真做，飛去了歐洲。倒是從此開始，三毛的人生進入另一個完全嶄新的視野和境界，為日後打好了世界觀和語言文化底蘊的基礎。廣泛吸收東西歐美先進知識，就像綿長「飛龍在天」的萬里長城上，一個個烽火台頂融合搭建起了自由女神像、巴黎鐵塔、凱旋門、倫敦鐘樓、雪梨歌劇院。三毛生動寫實的旅行文學逐步開創出多元舞台。

悲情天鵝湖

歐洲的學習生涯裡她認識了後來的丈夫荷西，由於年齡差距八歲兩人只有短暫的往來，卻在六年後重逢先後相約西屬撒哈拉，並且在那裡結婚定居，建立起一個真正在沙漠裡的家。同時，三毛寄自遙遠國度的文章開始刊登在台灣的報紙上引起廣大的迴響，她的書暢銷、她的人更被大家喜愛。無奈造化捉弄，荷西在加納利潛水意外死亡。儘管三毛的內心有一株乾涸如旱田裡對傳統命運堅忍不拔的禾苗，也有一隻像柴可夫斯基芭蕾舞劇裡堅決不向命運低頭的天鵝公主。儘管敵不過失意悲情的侵襲；但是壯闊的生命波瀾同時造就了她豐沛鮮活的創作能量。

舞影孤獨客

三毛新寡後回到了台灣教書演講，瓊瑤要她答應絕不自殺；不過沒有人能想像她突然喪夫撕裂的那道內心傷口到底要多久才能癒合？其實她是體貼朋友和家人的，因為她告訴我：當時開始嚴重的失眠使她必須吃安眠藥，並且臉對著門才能入睡。然而她既已背負著「名作家」的光環頭銜，讀者都想聽她的故事、看她的書，她不太有脆弱的權利。於是，三毛把自己裝扮成堅強的螃蟹裝甲車，漫遊在都會忙碌緊張又擁擠疏離的社會裡。邀月對飲、攬影共酌的李白，大江東去、起舞弄清影的蘇東坡，或許才是她縱橫古今東西、客旅孤獨人生的真正知音。

衝刺觀紅塵

旅行寫作的三毛以她自由灑脫的心靈，開闊包容全世界地球村的胸襟，特別是一份對於所有人們平等真誠的愛，讓她身處每天忙碌衝刺二十四個小時的現代工商社會裡，給那些追逐著紅漲黑跌、業績指數的人，保留了一個至情至性的人文空間。三毛就像是一個純潔善良小女孩，在海峽兩岸開始瘋狂追逐財富與權力的劇變年代，輕鬆地提醒我們：曲線圖的線條也可以是弗朗明哥紅鶴的羽翼、色塊標示的評量表也可以延伸為美麗的彩虹，以至於所有僵化刻板制式化的工作與生活，都可以在當下立即轉換成另一種愉悅的心情和角度。

林園污夢魘

三毛在報社的支持下繼續完成了前往中南美的旅行，她流利的西班牙文在那裡又交流出更多感動的故事。後來，隨著她的文章在大陸受到熱烈的歡迎，三毛回到舟山群島的祖厝祭拜，四處遊歷她魂縈夢繫的神州大地，大江南北、疆藏敦煌……處處留下她的足跡。我也就在這個期間認識了三毛，她告訴我：第一次在電視上看到剛巧是我在播一則台灣高雄林園石化工業區污染附近漁村環境的新聞，讓她確信人類在追逐金錢遊戲、社會在邁向先進繁榮的同時，往往最先犧牲的就是生態與心靈，可怕夢魘將是下一個世代最沉重的包袱，那些變奏的音符都是人們自食的惡果。

災難見真情

通常三毛並不看電視，她跟我說特別是當公寓屋頂的天線壞掉之後，家裡連電視機都不放了。因此每次看到我在電視上播報或採訪新聞，幾乎都是去她父母那裡吃飯時無意間轉到的。後來如果不是我為了寫一本關於台灣風雲人物的書去找她，我們兩人將永遠停留在我是她的讀者、她是我的觀眾，這樣認識卻全然不熟識的情況。後來聊起來，三毛說對我印象最深刻的幾次採訪報導幾乎都跟「災難」有關，從大自然無情的山難、空難、海難，一直到人類自己製造的戰爭苦難；她說她絕對深信災難悲苦的背後更存在一種可貴的真情，因為，她就是靠著這種力量活下去的。為了看我播報採訪的新聞，她竟然修好了頂樓加蓋花圃上的天線。

紛擾世俗心

二十世紀末人心浮動，其中最明顯的現象就是台灣和世界的街頭上，出現了愈來愈多示威抗議不滿、相互爭鬥傾軋的人潮。我從南韓採訪回來，被當地大統領全民直選時的群眾暴動弄得全身是傷。只見後來宣傳布條從韓文變成了台語式的中文，彷彿是一條纏繞不止的布幔，糾結著全球各地紛紛擾擾的世俗政經議題。三毛說她最討厭政治與經濟，但是所有人類的社會裡最不能擺脫掉的卻偏偏就是來自於政治與經濟的巨大影響；所以我們必須去了解政經局勢的轉變，勤於思辨、勇敢探索，永遠做一個「對現象傾心的人」。

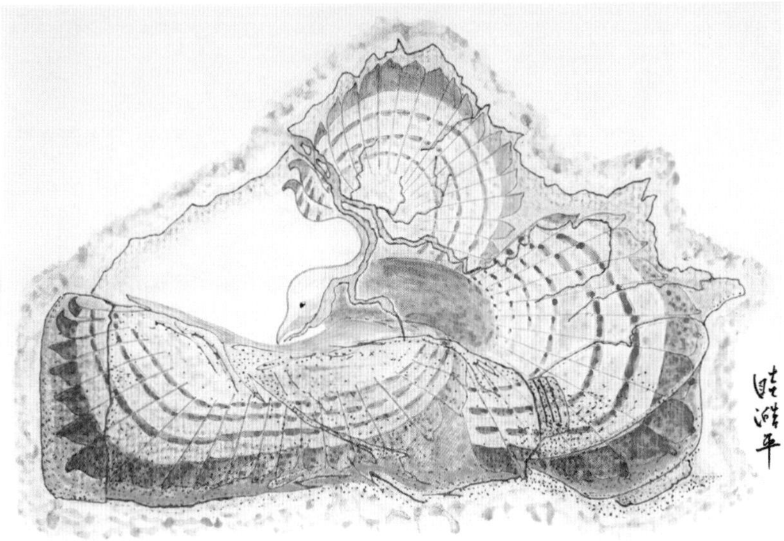

鷹鴿展雙翅

三毛和我相知相惜在她過世前的最後一年，我們很早就約定好要一起去旅行，也一起去寫作、畫畫、玩音樂，當時還天真地把所有古今中外劃時代的人，歷經過劃時代的旅行路線，全部整理出來，準備兩人轟轟烈烈的共同重走一遍。為了這個計畫，三毛開始積極調理之前摔傷肋骨後的復健，我也準備辭職開始讀書旅行的愜意生活；後來為了她的健康狀況和我得到英國深造的獎學金而作罷，但是夢想一直藏在心底不曾忘記過。她說我們要一起猛揮老鷹大鵬鳥的雙翅飛翔，頭腦卻必須是洋溢愛與和平的鴿子，從北台灣的山河出發，不顧任何世俗雜瑣的牽絆險阻，迎向美麗新世界。

人生逍遙遊

一九九一年的一月四日三毛走了，從那一刻開始我彷彿多了一個責任——就是為了接續完成我們的約定，二十年來我都是帶著自己新聞採訪、學術研究的人文理性，也帶著三毛藝術文學的柔情感性，走訪了全世界有如蝴蝶雙翼斑斕多彩的兩百多個國家地區。我靠著單人自助旅行的方式深入民間，延續三毛對人們無私的熱情與愛，得到來自世界各地真摯的友誼，也寫下更多感動的故事。現在我發現自己愈來愈像一隻長著雙翅的錦鯉，背上烙印著全球豔紅的地圖，飛翔沉潛無入不自得。感念三毛的啟發，也感謝有她「不及的夢」讓我們更懂得珍惜人生點滴，實現了今世人生逍遙遊的夢。

一日一日來

青少年自閉輟學時期的三毛，不喜歡跟黃君璧大師學那種傳統制式化的山水國畫，她感到極度索然無味；現在唯一能看到一幅三毛在二十四歲時，署名「陳平女史」所畫的牡丹花真跡，雖然在運筆繪圖上，處處顯現出邵幼軒老師花鳥技法的真傳，但是這也只能反映，三毛在自我封閉的年少歲月裡，等待那一日一日來自生活僵化囿限的心靈寫照。當然三毛吼來的人生終於從寫作蓄勢待發，繼而如花中之王牡丹如此多嬌，繁茂生長、開枝散葉，其文采如花團錦簇般豐盛美好，精彩可期無與倫比。

一步一步走

當我們看到三毛在寫給台灣竹東清泉部落丁松青神父的信中，出現了一幅隨興的素描，這才更體會到三毛是如何一步一步走，開始自由自在不必章法，即使信筆塗鴉也美——畫出山谷吊橋、溪流溫泉渾然天成的美景，也畫出了三毛心靈深處夢田如彩虹般的七種情。特別當我為其著色之後，可以清晰看到三毛在畫中，把自己化身成為頸上繫著彩虹絲襪的小王子，在她心愛的夢屋磚房上還有身旁的撒哈拉小狐狸、溪畔的玫瑰花。只見天主堂老廚師李伯伯，隔著山崖拉開嗓門用山東口音叫她吃飯，如此溫馨美好的山林野趣。這幅畫正是三毛內心深處烏托邦的理想國。

看見紅樓　傳記報導文學

三毛的三百七十五把鑰匙

眭澔平　著

紀實千古回聲

代序

念念不忘，必有三毛——蔚藍

蔚藍　蔚藍人文堂創辦人　二〇二二年五月二十二日於美國加州爾灣

我和三毛僅有一面之緣，我和澔平也是一面之緣，三毛和澔平是一年之緣。沒想到這一年之緣，竟影響澔平一生之緣，讓他三十多年來心心念念，不忘三毛。

會讀這本書的人，在我們的生命中或多或少都有三毛的影子，三毛活在每個人的生命角落裡若隱若現。在某一時刻的星子交會之後，會成為平行宇宙，各過各的；當我們在黑夜中仰望星空時，遂又想起那一顆星，在天邊閃閃爍爍。捧讀這本書，因緣自幾十年來，我們或多或少都讀過三毛的作品和相關報導。可是，讀得越多，疑惑越多。

荷西過世前，三毛有強烈的不安和焦慮，像是預感似的日夜魂不守舍。三毛過世前一年認識澔平，以忘年知己徹夜長談，幾乎是以「灌頂」的方式，將一生精華都說給澔平聽，把深刻的心情都自我剖析給聽得懂的澔平記錄。三毛是非常會說故事的人，我年少時曾聽過三毛現場演講，如癡如醉，終生難忘。更何況是澔平親自聽三毛說撒哈拉沙漠和加納利群島上她與荷西的故事，猶在眼前，心神嚮往，才有後來澔平七進七出撒哈拉沙漠的後續探尋，以記者的精神、文學的情懷、摯友的熱忱、甚至是心靈的救贖，一一現場經歷所有的人時地物事。

我的好奇是：他們如何初識？說了什麼？澔平採訪三毛的第一篇文章是什麼？他們的交心起於什麼？為什麼三毛最後的留言是給澔平的答錄機？澔平是如何發現三毛給他的最後一封信？三毛生前交代澔平許多事，還要澔平去為她實現完成些什麼未竟的願望？三毛和好幾位好友都有生死之約，後來應驗的幾次奇幻示現，為什麼偏偏給澔平的信息，竟是如此淋漓盡致到差點還有性命之虞？

以上的答案在我們閱畢此書，即將全盤通透明瞭，眾謎釋懷。一言以蔽之，那就是絕頂聰慧的三毛心知肚明，從精神、心靈、思想、行動、智慧、文筆、才情到身體健康素質上，都只有眭澔平這位旗鼓相當、短兵相接的忘年之交能夠頂得住，承受得起，更能繼續全面傳承發揚分享下去。我也忽然完全理解何以眭澔平不只和三毛，他也跟多位前輩作家成為深刻情誼文化交流的忘年之交：看到曹禺和柏楊在病中穿著睡衣都跟他親切歡敘，封筆後還為他破例撰文推崇其文筆之真誠開闊；也看到吳祖光和新鳳霞待他猶如家人，直接讚譽滄平的著作是「台灣第一才子書」，有文采有見識又有歌有畫；司馬中原、余光中、朱西甯和趙淑俠則對滄平的情義才華給予了最高的評價；兩岸畫家李奇茂、歐豪年、朱銘和范曾、音樂家陳鋼、舞蹈家劉鳳學、紫砂壺泰斗顧景舟也都肯定他的藝術造詣。更不用說與他狂喜溝通的三毛，一句「滄平是跳躍的種子、浴火的鳳凰，我愛他的人，我愛他的文章」，特別是讀到滄平為她寫的第一篇專訪就直接說，那是「到目前為止最好的一篇」。現在看來確實如此，如果不是滄平，一般人不容易懂三毛的內心世界，更無法花三十餘年終於找到解開三毛那三百七十五個箱子裡所有謎題的鑰匙。

透過滄平的書，我們得知三毛親口談及，她自己小時候不喜歡和大家玩一成不變的遊戲，即使是玩捉迷藏她總是躲到最後才現身；如果她想把東西藏起來，非得是有心人才會在機緣巧合下找到答案。在這本紀念摯友作家三毛的書裡，我們察覺三毛曾有心無意地設下好幾個謎，讓滄平上窮碧落下黃泉在人世間找答案：最遠是通過西伯利亞貝加爾湖的火車上讀到最後一封信，最遺憾是來不及接到最後一通電話，最深是潛水在百慕達三角洲四十米海底幫二十八歲早逝的荷西圓夢，最久是二十年後才發現離奇夢幻的生死之約，最奇是在西非海邊的捕魚人意外解密了荷西之死的真相實況。

我不認識澔平之前，不解他說靈異怪奇的世界，以為是無稽之談。深度訪談後，才瞭解他學經資歷豐富完整，博學多聞，而且精采飽滿的生命能量又能勤於且擅於以文字、音樂、圖像、影片著作記錄文創自成一格。讀萬卷書、行萬里路達到巔峰的眭澔平，具有美國康乃爾大學世界文化史和中國山東中醫藥大學醫學雙博士學位，在大學任教。他得過美國亞洲協會年度論文研究獎，擔任過台大東亞文明研究中心計畫主持人，對於做學問有一定嚴謹的訓練。尤其是澔平通過中國國家一級心理諮詢師、美國臨床催眠治療師的資格認證，以及國家領隊導遊和潛水飛行執照，又破紀錄獲得超過十座金鐘獎和金曲獎。連近年第四十二屆時報文學獎，都驚見他在這最激烈海選盲評的競賽中榮獲報導文學獎。二〇二四年他又在李安也得過的美國休士頓國際影展中，榮獲第五十七屆紀錄片電影金獎和銀獎。這些非凡經歷的累積對於詮釋分析解讀少年自閉三毛、青年旅行三毛、中年抑鬱三毛、還有荷西死後的靈異三毛，皆有更兼及科學與人文的表述根據。

我和澔平都曾經在生命中的某一神性時刻，被三毛點亮，曾經勇往直前去探險世界，探索內心，並在世界上各個角落廣結善緣，分享愛與夢。在幾次過招對話後，澔平試探我不是一般人，願意與我交心。這種交心，我在這本書裡領受了。一九九〇年，他第一次去採訪三毛，訪談末了，剛滿三十歲的澔平親口問當時快要四十七歲的三毛：「妳快樂嗎？」這句大哉問，擊中三毛的心。如果快樂是生活，三毛可以演給你看；如果快樂是生命，她已經活給世人看了；如果快樂是靈魂，相交滿天下，試問知己有幾人？

世人懂三毛嗎？

靈透如謫仙的三毛，對「懂」有很多層次的回應。和對的人說對的溝通，對三毛來說，靈魂能夠溝通就是狂喜的快樂！她的快樂如此簡單純淨而極致，最初來自三毛和澔平共同喜愛的三本書：「紅樓夢、小王子、麥田捕手」，遂開啟小王子和狐狸的狂喜溝通，他倆的知遇像是鏡射，互道「你和我太像了！」都是太真、太純、太癡的人。更適切地說：澔平不只是認識三毛，更是認識陳平！澔平不只認識陳平，他是華人世界裡最能通透談清楚三毛「七情夢田」的第一人：涵蓋心情、親情、友情、愛情、人情、藝術情、文學情等領域。

這本書捨去自傳式編年史的寫法，或是作品集結的方式，而是透過三毛出的謎題，把這個世界當成大地捉迷藏，讓澔平窮究超過三十年去找答案……「今生說給自己聽的遠方沙漠，今世的曉夢蝴蝶，孀飛出軌外的夢田」。

當我看完全書原稿時，我也問澔平一句大哉問，讓他柔腸寸斷，夜裡心情翻滾。身為第一讀者，我是如何讀這本書呢？隔著浩瀚太平洋兩岸，長居美國二十六年的我秉燭夜讀，彷彿回復到年少讀三毛書的心情再現，每每讀到感動激動心動處，便拿起手機錄音給澔平。他最能懂我走過其中幽微曲折的閱讀小徑，曾經春華滿枝、繁花似錦、落葉凋零、大地白雪，曾經荒漠枯寂、孤燈長夜、萬水千山、幽冥兩隔……！身為作者，澔平珍惜有讀者如此珍重寶愛這樣的心靈契合，浸潤到文字裡的呼吸之間。

念念不忘必有三毛，隨風而逝的耳語仍然流傳在滾滾紅塵裡，只剩下三毛愛過的朋友和仍然愛她的朋友，在平行宇宙裡成為銀河星宿，永不止休的歌唱飛翔。

因為澔平，我們更懂三毛！

前言

三毛的七情夢田——一日一日來，一步一步走

三毛的人生「一日一日來，一步一步走」，讓我們一起看看她近四十八年的生命裡，如何用「愛」構築了人生真情的七個「夢田」——心情、親情、友情、愛情、人情、藝術情、文學情。

三毛的母親陳繆進蘭女士生前在病榻上流著淚對我說：

「我心裡都覺得很安慰，因為她有那麼好的一個朋友，而且那麼了解她，那真是不容易！說起來相交相知，都是一個緣分哪！我想三毛的愛，現在在眭澔平的身上就會流傳下去。三毛她整個的人生跟書，就是一個『愛』字！她就是很愛這個世界，很愛人！現在她遠去了，接著眭澔平再來把她未走的路再走下去，我真是很感謝你，真的很感謝、很感謝你！她過去已經兩年多了，還有一個朋友這麼懷念她，想到她。也真是不容易……。我除了感謝，我還是感謝！真是希望三毛在天上，看到你為她所做的。她一定在『上面』跟你平常兩個人在一起一樣，她會大笑……。」

三毛母親的這些話猶然在耳，她也提醒過我：

「從小三毛玩『躲貓貓』，別的小朋友總是找不到她。凡是只要三毛想要『藏』的東西，沒有人能找得到，除非她自己最後說出來……。」

基於如此，想要下筆寫一本有關三毛的書確實是一件不容易的事——不僅僅是對於她有著多元開闊又傳奇的生命經歷，如果筆者自己的文化程度不夠或是閱歷見聞不足，絕對無法駕馭那些豐富的史料；也因為三毛的愛與情跟一般人的詮釋、表達、互動實在大相逕庭，如果只是拘泥世俗僵化狹隘的框架，也將模糊焦點找不出「作者陳平」真正難能可貴具有啟發前瞻性的歷史價值意義。

於是這本書的寫作我也大膽「效法」三毛，嘗試一種完全不按成規常理的切入，讓我從遠赴美國夏威夷的一段拜訪三毛人生第一個初戀情人的旅行，展開對三毛重新且更深刻感動的認識吧！

為了三毛，我飄洋過海來看你

接近午夜的夏威夷大學校園分外寧靜，魔諾亞谷地（Manoa Valley）鋪上了一層淡淡的月光。高大的菩提樹（bodhi）、猴麵包樹（baobao）一棵棵像被綑綁糾纏的粗壯樹幹，在漆黑的天幕上張牙舞爪般無盡伸展著枝枒，包覆了我幾十年來在全世界各地孤獨自助旅行又一個異鄉的夜。

從歐胡島（Oahu）威基基海灘（Waikiki Beach）旁的車站等了快一個小時的四號公車，終於把我帶回到了眼前這個寂靜的校園裡。為了抄近路走到暫住的東西文化交流中心宿舍，我幾乎是在學生活動中心後面的幾棟黑暗的樓宇間高高低低穿梭。大樹上不知名的果子在這中秋前夕，同樣是荷西逝世的夜晚裡，前前後後不定時像腳步聲詭異墜落，幾乎讓我誤以為自己並非踽踽獨行的夜歸人。它們並不如孤島上的鬼魅魍魎可怕，此刻的我反而感覺到：它們其實是一個個充滿節奏的音符，落在芳草地面橫橫直直小徑的五線譜上——這才會令我不自覺地哼起了歌《如果沒有你》——白光在大上海三〇年代唱過的那首老歌。再次抬頭看看皎潔明淨的月光，現在把平滑的枝幹襯得如此光鮮亮麗，整個蒼穹就像梵谷（Van Vincent Gogh）在整整一百二十年前的另一個夜晚畫出的那個至今最撼動人心、充滿絢麗七彩螺旋的《星夜》（La Nuit Etoilee 1889）。一如天文迷所言：東北太平洋的夏威夷真是地球觀看星斗最佳的地方。面對此情此景，我也盡興縱身一躍而入，任憑前塵往事、古今星辰迴旋不止，且自由自在恣意狂舞翻攪吧！

在這當下會想起這首老歌，乃是因為二〇〇九年我專程來夏威夷探望三毛年少時的老友約翰・梅堅（John Herbert James Maier），他見到我時哼唱出的第一句歌詞就是「如果沒有你，日子怎麼過……」。這首歌也正是一九五一年當他與三毛兩個人都是十七、八歲同樣年紀時，共同最愛的歌曲。那年梅堅隨著擔任美軍顧問團陸軍上校的父親移居台灣台北，因為在基督教青年會 YMCA 教英文，而認識了他班上的學生 Echo（陳平），也就是後來海峽兩岸享譽盛名的作家「三毛」。

那時的三毛應該是剛剛走出她在初中被羞辱而輟學後自閉多年的青少年時期。梅堅說他印象裡的三毛家世很好，不但人長得漂亮還很會畫畫，從中國傳統畫到西洋油彩都會，英文的表達能力也很好。三毛常帶他到家裡玩，因此他口中三毛的父母就是當年親切的「陳爸爸」、「陳媽媽」，他連地址都清楚記得是在和平東路附近的泰順街。在三毛家裡他們會聽唱片、聊世界名著，陳媽媽還會準備很多食物給他吃。梅堅說，第一次陳媽媽就煮了他到現在都還最不愛吃的「蝦」，但是為了表示台灣式的客氣禮貌，他硬是說「很好吃」還吃光光。結果以後每次去，三毛母親總是會特別炒一盤蝦子給他吃。梅堅回憶著往事，對我邊說邊笑，眼角都笑出了淚來。他問我三毛的父母是否還健在？我說就在一九九一年初三毛過世後三到六年內，他們也都相繼走了……。說到這裡，我們沉默了好一會兒，梅堅不時動著他的嘴唇，好像在玩著自己唇上的鬍鬚，也好像在邁入人生第六十六個年頭的當下，不勝唏嘘地品味回首年少初生鬢毛時，那段曾閃亮的歲月。

梅堅告訴我說，他也曾帶三毛去他家——那個他與母親、兩個弟弟、一個妹妹隨父親來台時，租賃於台北市天母的家。梅堅美麗大方的母親很喜歡三毛。他們還常一起看電影、逛街、去茶館聊天。當年三毛豐富細膩的熱情、多愁善感的個性（moody, passionate and sentimental）都令他印象非常深刻，也深深吸引著他。兩個人交往得很順利。他說，也許是新鮮的好奇、也許是異國情調的驅使，他們墜入情網，逐漸變成了雙方父母都認同的男女朋友。

他生於一九四三年五月十七日，只比生於同年三月二十六日的三毛略小近兩個月，兩小無猜。他說，兩人從相識到相愛很自然，都是彼此這生第一次的初戀。梅堅告訴我，他與三毛有一位共同的朋友就是後來台灣知名的音樂家許博允，那時他還在學小提琴和古典音樂呢！巧合的是，梅堅家位於台北市天母的房子就是向他父母租的，連至今玩了四十五年的圍棋也是跟他學來的。因此同年紀的這三個人自然交情匪淺——三毛既然是梅堅的第一個女朋友，許博允也成為梅堅到台灣結交到的第一個東方男性友人。他希望我回台灣以後的第一件事就是幫他找到許博允的電話，讓他能與年少的老友聯絡上，就像與「年少的自己」對話一樣，熱切的情懷彷彿擁抱到自己過往流逝的青春、嗅到自己當年意興風發的氣息。我一定會去幫他完成這個心願，因為這次如果沒有他的邀請，我也不會走進這段奇妙的歷史。

這是我即將離開夏威夷之前的最後一個夜晚，此刻踏在滿佈回憶的今昔時空交會點上，我這才突然深深體悟到：這次為了想見一個素昧平生的外國人，自己買了來回機票大老遠從台北飛了九個多小時來到檀香山，應該並不僅僅是冠冕堂皇地要為已逝的好友三毛探訪她年少的好友約翰．梅堅而已吧……。其實，我何嘗不是……想同樣重溫擁抱我自己，像他們相識時那般年少輕狂的歲月、擁抱住我自己跨越三毛自殺的年紀後，逐步面臨老邁斷捨離，流放那一去不復返的青春。

畢竟這樣無關名利現實的事，只有單純柔軟的心才會驅使我們去做，而且是執拗到一意孤行地做。自從二〇〇六年九月二十日我從一位研究三毛的澳洲女學者Miriam Lang處輾轉得到約翰（中文名字是梅堅）的聯絡方式，連續跟他通了三年的電子郵件書信，卻一直未曾謀面。終於，我在二〇〇九年九月二十四日決定立刻放下手邊忙碌的電視媒體工作而成行，辦妥機票還拖了一個星期才告訴他，好似在擔心他會不會很冷漠或沒有回應……。

如果沒有他們的故事、如果沒有一點兒年少癡狂，我真的不會讓自己就這樣跑去的吧！結果，梅堅真的是充滿熱情地歡迎期待，還幫我安排了非常充實的旅遊拜會行程，與一場邀請我為夏威夷大學國際政治系學生所做的英語演講。一個星期來熱心導覽、出錢出力，包括在威基基海灘旁超過百年歷史的 Waikiki Moana Hotel 五星級飯店花園裡喝飲料、吃午餐，去民俗村看表演……，完全就是把我當成是「老友三毛本人」一樣在款待。他口中一直對三毛非常感謝，因為他與三毛那一段為期三年的情誼（一九六一到一九六四），促使他終生研究有關東方特別是中國的課題；不論後來他服務於美國海軍，還是在世界各地為大企業工作，都離不開對中國歷史、對中國電腦科技發展的關切。

當他與三毛情誼最深厚的第一年過後，就是因為他要去夏威夷大學開始主修數學並學習中文才會離開台灣；不過，每到暑假他都會飛回台灣來看三毛。那時她會帶他去台灣大學玩，還常去陽明山上三毛當年旁聽就讀的中國文化學院。他說三毛的嘴巴裡要不是哼著當年流行的西洋歌曲《My Boy Friend is Back》（我的男朋友回來了），就是唱著白光那首歌詞：「如果沒有你，日子怎麼過……」。難怪梅堅見到我，老是提到這首歌。這樣來來回回維持了三年的交往，後來才因為實在兩地分隔太遠而不再做男女朋友。梅堅一直在夏威夷大學讀完學士、碩士，他也正式出過詩集，還得過圍棋冠軍，娶了夏威夷一位當地菲華後裔的女孩為妻，生有一個女兒，十六年後離婚；在美國本土工作多年後退休又再度回到夏威夷，獨居在鬧中取靜的市區單身公寓裡。他一直希望能和三毛、她的父母聯絡，因為他們始終擁有像是家人般親切的情誼。

在不同的年少時空，你我曾和三毛討論過同一本書

梅堅說，他非常以三毛為榮，儘管直到三毛一九九一年初過世這段漫長的日子裡，他只有在一九六六年去台灣學習半年中文時，再到過三毛的家裡探望她與陳爸爸、陳媽媽。但是，他這一生永遠都記得十八歲同齡的兩個純淨的靈魂，如何在一九六一年的台北曾經一起閱讀《麥田捕手》（《麥田裡的守望者》，The Catcher in the Rye）的那一段年少歲月。那本書裡寫到：

「我將來要當一名『麥田裡的守望者』。有那麼一群孩子在一大塊麥田裡玩。幾千幾萬的小孩子，附近沒有一個大人，我是說——除了我以外。我呢？就在那混帳的懸崖邊。我的職務就是在那守望，要是有哪個孩子往懸崖邊來，我就（像個捕手）把他捉住——我是說孩子們都是在狂奔，也不知道自己是在往哪兒跑。我得從什麼地方出來，把他們捉住（以免他們會摔落到麥田邊緣看不到的那個大人世俗卑鄙的懸崖深淵之下）。我整天就幹這樣的事，我只想做個『麥田裡的守望者』。」

這是由美國作家傑羅姆・大衛・塞林格（J. D. Salinger）於一九五一年發表的

第一本個人長篇小說，該書以主人翁霍爾頓．考爾菲德（Holden Caulfield）第一人稱的口吻，講述著自己如何被學校開除後，在聖誕節前的紐約城遊盪將近兩晝夜，企圖逃出虛偽的「成人世界」，去尋求純潔與真理的經歷與感受。這本書用青少年的口氣平鋪直敘，透過強烈的思維張力與俚俗語彙的感染力，傳神地描繪出主角深刻真純的內心世界，暢快道出了青少年不滿那個懸崖下所謂「成人世界」裡充滿虛偽欺瞞、喪失初始善美的心聲。

聽梅堅朗讀到書中上述的這一段文字，正是書中主角對妹妹菲比的陳述，我早已忍不住熱淚盈眶……。原來三毛與梅堅兩人共同在他們十八歲這年一起讀了這本書《麥田裡的守望者》（《麥田捕手》），影響了他們的一生。「如果沒有」梅堅對這段記憶的守護，特別是感謝梅堅引用那一段文字提醒了我，我差點兒都完全失憶忘記了——其實在一九六一年他與三毛同讀此書的三十年後，三毛也曾與我同樣在台北溼熱仲夏夜裡，在她家天台上，一起讀也多次討論過這本書。我幾乎渾然忘卻自己當時曾對三毛說過的那一段話，現在終於想起：

「《麥田捕手》裡的霍爾頓就是長大後的《小王子》！他根本就是西方版的那個《紅樓夢》裡批判八股科舉考試與虛偽大人世界的『少年賈寶玉』嘛！」

我說完，三毛愣了半晌，接著狂喜大笑地把我牢牢抓住！嘴裡還大喊著：

「對！對！對！太——對——了——！原來這就是我一生最愛的三本書！你竟然能把它們整合在一起，太棒了！」

我們狂喜大笑！

現在身處夏威夷的這一瞬間，我終於恍然頓悟：三毛的旅行、三毛的寫作，以及她整個傳奇的人生，原來何嘗不就是在為我們做一個極為稱職的「麥田的守望者」。當我們在世俗染缸裡逐漸墜入麥田邊緣不易察覺到的懸崖深淵，正一步步地遺忘失去我們初心的善美純真（innocence）而變得虛偽欺瞞時，三毛的文字裡永遠都為我們珍藏保有了一份解藥，取之不盡、用之不竭的滋潤泉源。她透過自然生動的文字「守望」，用「大捕手套子」把我們這群橫衝直撞、自命不凡的孩子，一個個從懸崖邊救了回來……。

梅堅在我與他離別前的最後一刻，連夜不睡寫了封長信給我，最後一段提到：

「漖平的來訪喚醒了我對三毛的許多回憶。雖然三毛的過世也埋葬了我的初戀，但是在漖平身上我找到了一位新的朋友，未來希望能與他在台灣相見。三毛與陳平的記憶永存，中國人都愛她。」

梅堅拿出了一本大陸版的《三毛全集》送給我，我發現他花了整個晚上寫了一封英文長信在上面的跨頁空白面給我，內容除了詳述他與三毛從認識到交往的經過，居然還在篇頭稱呼我為「世界大使」（The World Ambassador）。的確，在我與他之間，正是因為「橫跨三十年前後共同的一本書、一位共同的朋友」——三毛，使我們相遇相知，不只對我們倆而言，三毛的回憶永生不朽，對整個華文世界的讀者而言更是如此。梅堅甚至認為三毛不但很中國、也很宇宙國際性，應該廣為翻譯她的文章讓全世界上的人都認識她熱忱的生命。

我在梅堅家看他當年的老照片，從童年到他與三毛相識時的英挺少年，現在的他卻是垂垂老矣，整齊的寓所裡處處是回憶。他說三毛過世時他人在加拿大的多倫多大學攻讀博士，沒有人能為他解答三毛因何自殺？現在，他卻發現……自己老了，三毛卻死在一生中最美的時候，教世人永遠記得她。

於是我也忍不住問他：為什麼天天都習慣要戴著寬邊的草帽，還總是穿著淺藍色的輕牛仔丹寧（tannin）衫褲？他回答說：這樣的裝扮是因為他衷心嚮往農民質樸自然的生活風格，也是他與三毛兩人共同最為契合的觀念。

當時聽了梅堅的說法我並不以為意，可是現在的我，獨自走在一樣無邊無際像麥田看不到盡頭的晦暗校園裡，彷彿身在處處都有可能會墜落的隱藏懸崖，我倒是發現梅堅背後應該還有一個更重要的因素——原來他與三毛相似的裝扮，並不用於體現浪漫自由的波西米亞風或嬉皮牛仔的特色，而是像極了——那個奔跑守望在麥田裡，務實保護人們純真赤子童心的捕手。

「如果沒有你，日子怎麼過……」

我彷彿跟梅堅與三毛的初戀旋律繼續哼著歌：

「如果沒有你」，三毛，我今天到了這個年紀還會像個孩子一樣，有這麼一顆溫暖柔軟的心靈跑來夏威夷嗎？

「如果沒有你」，梅堅歷經人世摧磨還會像個孩子一樣，熱情接待一名遠方來的陌生訪客嗎？

「如果沒有你」，在七〇年代封閉保守的寶島台灣、八〇年代改革開放初起的神州大陸，我們會不會都不免橫衝直撞、漫無目的狂奔，遺忘喪失了一種原本善美的真純；然後一個接著一個不免跌入萬劫不復、積重難返的深淵崖谷，再也聽不到麥田裡孩童們赤子之心感動情懷的笑語了呢？

由於約翰·梅堅曾經與我分別曾在「不同的年少時空」，跟三毛巧合討論過「相同的一本書」，竟然使我們兩人在五十年後首次見面就成為莫逆知交，還建立起了深刻的友情。所以現在，即使黑夜裡一個人走在任何陌生國度的我早已不再害怕，因為這裡我有「兩個朋友」，他們正一天一地分別在生命的麥田裡守護著我，也守護我能順利完成為三毛寫作立傳的心願。

目次

三毛第五個夢田——純真・人情

三毛第一個夢田

——逍遙・心情

墜落凡塵的一顆星

北冥有魚，其名為鯤。鯤之大，不知其幾千里也；化而為鳥，其名為鵬。鵬之大，不知幾千里也；怒而飛，其翼若垂天之雲。……

今子有大樹，患其無用，何不樹之於無何有之鄉、廣莫之野？彷徨乎無為其側，逍遙乎寢臥其下；不夭斤斧，物無害者。無所可用，安所困苦哉？

——莊子〈逍遙遊〉

認識三毛許久，而今闊別已超過三十年，卻是思念愈深，感慨萬千。

我們從「外在」來看三毛就像是在展讀莊周的〈逍遙遊〉，一開頭都會認為那碩大開闊的「鯤鵬」，就是三毛這顆墜落人間的頑石星子，璀璨奪目堅韌挺拔；她也愛恨分明，每一份情感都真摯深切如同燦爛的驕陽，似乎總帶著點燃生命的熱度、孕育生活的暖意，見之交互狂喜、心神澎湃。然而大家所看不到三毛真正「內在」的心情世界，其實她真正想做的是莊周〈逍遙遊〉結尾最後的結論：做一棵「無用」的大樹，才能不遭斧刀劈砍的痛苦，得以「無為逍遙」於人世，無用之用才是真正的大用。

那是一九九〇年初，我第一次見到這位充滿了傳奇色彩的朋友，三毛。

此時的她雖然已不再年輕，卻讓我找不著細碎的皺紋，所見卻全是灑落林間樹梢的陽光投射在那眼波流轉間的一花一葉。神色自在恬淡，眉宇間透露出來的些許故事總會緊緊抓住凝視者的心，帶著周遭的人緩緩地淪陷沉沒，進入她那滄桑風華而又跌宕起伏的生命長河裡。舉目只見星光璀璨、大漠無垠，而後對三毛、也開始對我們自己的心靈逐步探索，讚歎不已。

有一段話她親口對我說過好幾次，我非常喜歡那樣的比喻。大意是：

父母是我們的「恒星」，我們回家他們永遠是在那兒的；朋友是我們的「行星」，有的時候來有的時候去；但是，還有一種是天空中的「繁星」，總在我們的生命中不經意就擦肩而過的，另一些則可能是在今生你再也不會碰到的人，我就把他們叫做「流星」。

三毛笑著跟我說，眼神裡帶著深深渺渺的追懷思憶。她凝視家裡百葉窗外的目光，逐漸穿透了被切割斑剝的夕陽，彷彿回到荷西私藏她個人照片的那面少年專情的粉牆；彷彿也回到了更早更早、許多許多年以前的一個陳平誕生的和煦春日。

一九四三年三月二十六日，一顆文昌星子降臨在重慶市南岸區南山黃桷埡的老木屋裡。我特別去過那裡，斜斜的小巷弄如今依然保留著三毛當年出生的那個大房間，現在已經修建成為觀光打卡點了。穿過小市街上超多的麻將棋牌室，走向下面靠近外語學院的湖畔，老早就豎起一個代表三毛寫作世界的浮雕石材大屏風，雖然不立文字而且刻得不像三毛本人，但是紀念的價值意義到位了。

三毛說她深愛她的父母，也真誠感激他們。

她有一個姊姊、兩個弟弟，他們活潑可愛，陪伴她寂寥的童年，只是她說他們彼此個性迴異，人生志向際遇又大不同，所以玩不在一起。但是，她可以一個人一直玩著自己創意發明的遊戲，樂此不疲。如同最了解陳家二女兒的陳媽媽跟我說的：三毛小時候就是非常討厭別人拉著她的辮子，去跟大家一起天天玩著千篇一律同樣無聊的遊戲。再不然就是因為她無法耐心跟著一群瞎鬧又愛玩躲迷藏的孩童，每次都找不到她藏身的地方，三毛卻在享受躲在角落跟自己玩，總是那個最後被宣布「放牛吃草」才慢慢走出來結束遊戲的人。

長大後，重回校園借讀了現在的文化大學，再來出國遊學，到無所不學的流浪式自在自由的生活所學，這些歷程都曾讓三毛開拓胸襟視野，當然也察覺探索到自己活潑善良又熱情敏感的個性，其實也是可以擁有甚多國內海外、天南地北又南轅北轍的朋友。她勇敢的付出關懷也分享反饋，旅居世界各地竟然得到過更多別人給予她的幫助和愛。

其中就包括著她遇到了一生至死不渝的摯愛，荷西。

基本上不了解三毛的人是無法想像到，她是不隨便跟人家任意聊到荷西的，尤其絕對不在自己家裡深聊這個二十八歲就意外過世，讓她守寡至死的青年。

我在她家裡跟她暢聊了十幾次以後，她才在突然片刻的沉默之後，主動說到荷西，並自述著：「我不太帶朋友回我家裡聊天的，更絕不聊荷西。通常我跟作家七等生寫封信、和小丁神父通個電話、向司馬爺爺問候請安，就已經很開心了；但是大家也不想見面的。」

也許正因為我跟她這三位好友一樣，我們從來不像其他有的人開口閉口就執意要領著三毛去講荷西、專聊她書裡夢幻傳奇的愛情，如此她反而非但不想講，後來變成她連自己的屋裡都故意不放一張荷西的照片，以免給別人開啟話題的機會。那一刻，三毛自己首次聊起亡夫荷西，我深知這是對澔平的信任。她溫潤的眼神裡流露出深沉的思念和隨著歲月流逝的風華，這才釋放出一股散也散不去的傷感。

那個佔據三毛往後餘生「心情世界」的人，是三毛一生的摯愛。她這才對我主動坦蕩開朗地聊到——荷西活得大器磅礴又純真良善，時時牽動著她的喜怒哀樂，不只是她青春斑斕怒放時的陪伴，更始終活在她生命無窮無盡也不能割捨的胸懷裡。

三毛談得非常深刻，她是用說故事的方式講給我聽、也撫慰療癒著她自己的心情，以下就是她原音重現的兩段話，我不做任何評述，完整逐字抄錄。正在讀這本書的你，只消想像現在是你跟三毛面對面，坐在她家木屋開門走到底，那土繡布簾後面隱匿靠著木百葉窗邊的茶座平台上，看不到外邊的晨昏，卻聽得到窸窣的風雨……

好！我跟你講個故事。

那天我先生跑去跟他的朋友聊天，但是那個朋友的太太我很討厭她，一個英國女人。我就說我不要去。他聊到十一點四十五分回來的時候，是花園洋房、低低的矮牆，我聽到他的步子走過來，是跑著回來的！我就把鞋子一踢，夏天我就光腳，爬著小樓梯爬到平頂的屋頂上去了！他進來的時候，房門大開、鞋子踢散了、人不見了！他就找衣櫃、找床底下、找洗澡間。找完之後……我都在看他，我在屋頂上……到外面，到後院去找、他到前院去找。後來前院為了我們要種花，我們挖了一個深深的溝，他到溝裡去看的時候，我知道他不得了了，他快要哭了！我就趕快從樓梯上跑下來，我就衝出去！我說……我就不敢嚇他……我說，嘿！我在這裡，我跟你玩的。他幾乎要打我……衝上來！他說他以為我已經被人家悶死了丟在溝裡面！他說再也不許做這種嚇人的事情了！

所以我發覺他實在是滿在意我的。

我跟你說，我打過他幾次，他這一生。我在帳篷裡面睡覺，我們兩個人，荒山野地的。睜開眼睛他不見了！然後我知道他到水裡去了！

我就站在懸崖上看著那波光粼粼的海。從早晨九點鐘，我飯也沒得吃，到他四點鐘上來，我眼睛就盯住那差不多每四十五秒他就要冒起來一次的人。他上來，我從懸崖上衝下去打他！他說，現在幾點？我說現在下午四點。他說，他以為才九點半……鬼喔！我當然想打他！喔……好急喔！那個會很急喔……。實在是太愛他囉。

當三毛說「實在太愛他囉！」我也深有同感，兩個相愛的人是不容許彼此生離和死別的。可是海神卻跟她開了一個極度殘忍的玩笑。

在這裡，三毛藏著一個謎，讓我去解。

一直要到二〇一七年四月，我再次遠赴西非洲的西撒哈拉，一路沿海前往茅利塔尼亞的旅行中，為了尋找不著一艘海灘上擱淺的大船遺址，在海邊到處找人問路。忽然看見有個素人漁夫正以當地最典型傳統的方式準備下海捕魚：他正在將一個大如黑色輪胎有底層的游泳圈打氣。接著由我協助他將大泳圈，以及上面包綑好的繩子和沙袋，從海邊高處吃力地拉到沙灘。接著繼續看著他將沙袋、繩子及一些捕魚工具綁牢在泳圈中央，然後破浪入海。過了浪區近海，將沙袋丟沉入海，像是定錨的方式懸浮在海上一個固定的位置，最後丟下繩子和其餘沙袋沉入海底。漁夫沒有揹空氣瓶便憋氣躍入水中，順繩而下去捕魚，每隔一下子又冒出頭呼吸，一直這樣反覆上下換氣，潛水捕魚、冒頭呼吸、潛水捕魚、冒頭呼吸……的重複步驟，我就這般好奇的觀察這漁人，看著波光粼粼的海面。

剎時似乎有一束光打入我的腦海，我才恍然大悟：原來這正是三毛上面才提到「每四十五秒他就要冒起來一次」的捕魚方式。

我後來應三毛之請去學潛水，拿到國際潛水執照，實現三毛的願望終於幫荷西去百慕達三角洲潛水。我知道這樣四十五秒憋氣的自由潛水方式，一次只捕捉一尾魚，人魚之間是公平生存競賽，最符合海洋生態環保，愛海的人不趕盡殺絕也不污染海洋。

我熱淚盈眶，因為眼前巧遇的素人漁夫簡直就像是荷西附身顯靈，正在我眼前演示西撒哈拉和加納利到底是如何捕魚的方法，解開了深藏我心中多年的疑竇。另一方面，我也一點一滴聯想起三毛書中寫夫妻兩人如何捕完魚羞於到街上叫賣，還為了給娣娣酒家賣魚讓荷西任風塵艷女調戲，首次發現三毛醋勁大發拉他回家……那些極為有趣的情節。

這樣的機緣巧合，終於讓我茅塞頓開。

原來那一天三毛因為陪遠來的台灣父母飛去西班牙本土旅遊不在家，荷西就獨自趁休閒時去最西邊的拉芭瑪小島捕魚。我完全可以確定他當時就是以這樣沒有指空氣瓶的自由潛水方式，僅靠拉繩上下潛水捕魚，怎知可能疑似被附近海中的爆破工程震傷內臟而溺斃身亡。這下子我全懂了，解開三毛所出的第一個謎。

二〇二一年剛好正是三毛的愛夫荷西七十歲冥誕，現在才發現三毛竟選在荷西四十歲冥誕的一九九一年辭世。一九五一年十月九日荷西出生於西班牙，小三毛八歲，二十八歲時就在那次潛水意外中不幸身亡，那天剛好是一九七九年的中秋節。雖然在生前我和他從來也沒有見過，但是三毛在一九九一年一月四日逝世前兩天，就在醫院最後那個她後來自縊的病房裡，首度正式明確請託我去學潛水，幫荷西完成到大西洋去看看百慕達海底的心願。我終於也在一九九六年默默幫他們夫妻圓了那個一諾千金的夢。當時周遭所有的家人朋友都聲嘶力竭不惜翻臉地嚴厲勸阻我，畢竟即將要面對的是全地球未解之謎排第一名的地方，一名開放水域的初學執照者，前往深海四十米壓力只能停留五到八分鐘的大西洋潛水之行。

書寫文章的此刻，我的手中握著荷西從地中海潛水所撈起來的腓尼基老陶瓶，也看著我從迦納利帶回來荷西難得留下的親筆字跡短箋……，就在這一瞬間，我們忽然「對影成三人」，三毛、荷西、澔平，跨越陰陽時空屏蔽的阻隔，不知不覺心領神會各自歡暢開懷，狂喜地大笑了起來！

一旦走入三毛難得敞開的「心情夢田」我們會更喜歡她。或者說正是因為我們每個人的內心深處裡面，都藏有一個「三毛」；就像她的心裡恆久擁有一個「荷西」那般的一個「三毛」。我們多麼希望自己能夠像她那樣勇敢堅持，天真善良，秉持一往直前的決心毅力，才能伴隨著全球五湖四海到星河沙漠，曾經如此滄海桑田細細品味著幻變豐美的生命。而三毛就是這麼一個善體人意、貼心入微的好朋友，她直接又為我解答家裡為何從來不擺放亡夫荷西的照片。這次她的解釋不只是不讓訪客挑引話題，其實真正的原因是：三毛為了不要讓訪客看到照片，好像就一定非要對她為難彆扭擠出幾句客套惋惜安慰的話語。

我和三毛相識相知密集交流在她生命最後關鍵的一整年，在尚未見到她時，我們早已透過對方的遊記著作和電視節目知道彼此。我們就跟同為唐宋八大家的王安石和蘇東坡（一〇二一 V.S. 一〇三七）一樣所謂「亦師亦友」、「亦敵亦友」也「亦親亦友」；巧合的是九百二十二年之後，我和三毛也相差了十六歲多（一九四三V.S.一九五九）。如同三毛說的，我跟她是「短兵相接」、「旗鼓相當」的惜才過招交手的敵營將帥，也是東西古今、寰宇天地，無話不談的心靈摯友。

正因為讀者們喜歡她的書，喜歡她的文字、喜歡她的見聞經歷和感懷思想，乃至她的人格魅力和生命特質。一如三毛這樣跟我說，她之所以喜歡跟我面對面衝撞交流的原因，就在於彼此具備這種「共同點」。然而，當我把自己抽離出來，化身回到三毛億萬的讀者之一；此刻的我益發理解當代華文讀者的眾人目光，一旦觸及到三毛那些自然生動且精采絕倫的「文字金字塔」時，我們的心靈自然會隨其震撼飛舞，叫喚我們同樣無遠弗屆超越時空陰陽，正虛擬實境般透過其豐美飽滿的文字，亦步亦趨跟隨三毛一起經歷著她傳奇的人生。

三毛的心情和生命是極其有溫度、有熱情的，毫不吝嗇地燃燒迸發出自己的生命力量，勇於追尋她想認識探索的世界，煌煌如彤日、皎皎似嬋娟。她也恰似那墜落凡塵逍遙遊歷的一顆閃閃星辰，讓我們仰望讚嘆，即使終究是一個永遠遙不可及的夢。

從三毛的字裡行間，我們得以窺見她的心情晴雨和人生四季，感受到她那顆真摯的心靈。正因為她的文字是可以撼動人心的，讀來令人感懷不已，久久難忘。

為什麼流浪？為什麼流浪遠方，為了我夢中的橄欖樹。

——〈橄欖樹〉

拋下未乾的被褥、睡芳香的稻草床，陽光為我們烤金色的餅！

——〈一條日光大道〉

她的歌詞文字簡潔明瞭，始終帶著激盪人心的力量；因為三毛的文字是有靈魂的，這些文字帶著沉澱久遠的眷念和開闊的思維。那些人，那些過往，那些她曾歷經過的人生，從她的字裡行間緩緩流淌，讓我們得以知道她如此愛戀頌揚著這人世間一切的美好，她又是多麼熱愛珍惜著每一個平等自由奔放的生命。最後，在她快四十八歲那年的一個暮冬的夜裡，不論是什麼樣的心情，她結束生命走上了另一條道路，都不會改變那個深深鏤刻在我們一代人心裡的青春印記。

三毛，墜落凡塵的一顆星。

作者之死：三毛與羅蘭巴特

三毛在身為公眾人物之後，經常宣揚鼓勵讀者們要「開朗樂觀」，但是這其實並不足以護持她自己個性心情上自幼根深蒂固的孤獨性格──那個自初中被數學老師羞辱以至於輟學、深陷自閉憂鬱七年的孩子，在未來追求「愛」與「美」的人生旅途上，最後還是無法走到世俗期許的所謂「光明面」。甚至直到她選擇自己離去的前夕，都可以體會她晚年被鬱鬱孤寂始終纏繞不休的心情，一直隱藏在廣大讀者熱情喜愛簇擁光環的背後，不曾消褪過。

當我們繼續貼近三毛，其實她全然不把自己當作是一個「著名作家」，僅當作是一個「平凡的家庭主婦」。嘟嘟囔囔、叨叨絮絮寫下自己普通生活點滴紀錄給大家看的三毛，她最大的心願：只想為一個她愛的男人生一窩孩子，並與他又愛又吵、也可以又打又鬧的廝守一輩子……。遺憾的是，如此簡單的心願她竟然達不到，達到的反而是一個給她更大壓力的「著名暢銷書女作家」榮銜，連億萬個華文讀者也都不免想從「三毛」而不是「陳平」的文章事蹟裡，找到屬於自己的一個個所謂「不及的夢」。

以我所相處和觀察到的三毛來說，對於寫作儘管認為是自己人生的無心插柳，其實她對於文字有著近乎非常強迫謹慎的自律「潔癖」。包括我們第一次見面，互贈著作即席題字相贈，她就對於自己明明在記事簿裡寫對，卻在書寫時因跟我講話分心致筆誤我的名字「澔」為「浩」，極為耿耿於懷。尤其是她立刻提到連題給我的文句中，出現了兩個同樣的「火」字（「你這燃燒的『火』鳥，浴『火』的鳳凰」），皆為文人寫作之大忌。

當我們研討現代西方文學評論的主題時，有一個來自於解構主義的概念被廣泛討論到，那就是《作者之死》（The Death of the Author）。依照法國文學評論家兼後現代主義理論家羅蘭巴特（Roland Barthes）在一九六七年提出他的主張：他認為寫作與創作者無關，甚至當寫作完成交到讀者手上的時候，這個作者就已經「死了」；他反對傳統文學批評總將作者的意圖和傳記背景納入對於文本解釋的做法，而認為文本的結構和意義經歷著時間持續不斷的變化而處於開放之中，應該是由「讀者的閱讀」來決定創造性文本的產生。令我非常驚訝的是，三毛很早就堅持這種觀點，她不斷告訴讀者，三毛所寫的文章是由讀者閱讀的時候再各別進行自我思維理解的「再創作」，已經與「陳平」無關了。

讓人驚訝的巧合也在於羅蘭巴特一九八〇年遭到大卡車撞擊身亡的日子，竟然就在一九七九中秋荷西潛水意外過世後，隔年三毛的生日三月二十六號那一天。

她一直都不會沉醉在作家光環的「三毛」裡面，她一直做她的「陳平」。

看過幾次小小的書評，說三毛是作家，有說好，有說壞，看了都很感激，也覺有趣，別人眼裡的自己，形形色色，竟是那個樣子，陌生得一如這個名字（三毛）。這輩子是去年回台才被人改名「三毛」的，被叫了都不知道回頭，不知是在叫我。

——塵緣《哭泣的駱駝》

純粹以寫作的「作者」角度來看三毛，她確實曾像是一個「找不到出口的靈魂」，透過寫作使她得到了一部分安身立命的寄託。然而，像三毛這樣一位行遍全球東西方五湖四海、也飽覽中外古今典籍的奇女子，生命特質裡畢竟蘊涵了太多激烈澎湃的情緒思維，於是她沉默守護著自己內心深藏的祕密——其實她終其一生都把自己關在象徵文人寫作孤獨城堡的「鳥籠」裡，卻一定要把鳥籠打個半開，還必須伸出一隻手到籠外。這正是因為她跟我說過，所有寫作的素材都是來自於外面那個她討厭卻非得瞭解並探索的世界。

三毛「我的寶貝」的收藏裡，就是有這麼一個代表她自己的裝置藝術品——「鳥籠裡的小丑」，現在仍由我在珍藏保管著。你只要看到這種深具抽象意義的自我投射，就能理解內心孤獨的三毛如何用代表她自己心情的那個木鳥籠和小丑骨瓷娃娃，淋漓盡致地整體詮釋出了一個文人創作的情懷。

我們應當還原到一個在人文世界裡深邃精采的三毛，而不再只用世俗標準與八卦流言來評斷非議的三毛。如果大家真的能讀得懂「三毛」和「陳平」這個一而二、二而一的人，姑且不論她有沒有選擇自己「離開」這個世界的權力，至少她的心情苦難提醒了廣大讀者：用心珍惜自己當下的情懷、也尊重別人在創作生命裡不同心情的展現。

想起了一部電影：三毛與吳爾芙

我忽然想起一部電影——那就是《時時刻刻》（The Hours）。這部成功的好萊塢電影是依據一九九八年由美國作家麥可康寧漢（Michael Cunningham）所寫的一本榮獲「普立茲文學獎」的同名小說，二〇〇二年由史蒂芬戴爾卓（Stephen Daldry）導演拍成電影後，又一舉得到第六十屆金球獎最佳影片，也讓劇中戴起假鼻子飾演英國作家也是著名二十世紀現代主義文學和女性主義先驅——維吉尼亞・吳爾芙（Virginia Woolf, 1882-1941）的女主角妮可基嫚（Nicole Kidman），成為當屆奧斯卡與金球獎的雙料影后，再創演藝高峰。

看來只要導演和編劇能夠找到一個切中現代電影觀眾所營造的強烈劇情張力及想像空間，以《時時刻刻》為例，故事成功導引我們這些遙遠的東方觀眾如此親近了解一位原本完全陌生的歐洲女作家——她屬於第一次世界大戰後的一九二〇到三〇年代所謂「現代派」（The Moderns），擅用濃重的「意識流」寫作，也大膽挑戰當時歐洲中上層社會男性主流價值的先驅，因此在我們研究英國與西方現代文學的領域裡，吳爾芙的作品幾乎是必讀的經典。

「一個人能使自己成為自己，比什麼都重要。」

——吳爾芙

過世到現在三十餘年的三毛應該也是屬於全世界的，即使在學術界與文學評論領域迄今尚未如吳爾芙那般公認極高的層級地位；然而三毛口語生動的文筆、平凡卻觸動人心的故事、人文地理寫作主題極大的跨度，經由她的人與作品的確讓廣大的讀者受眾淺顯易懂，得以輕鬆一覽其文學世界裡的翩翩風采堂奧，也觀照思考到人們自己的生命。以大眾文學的角度來看，三毛比早她成名半個世紀的吳爾芙在作品裡更容易親近，也更能夠呼應到人們真實的生活，為今日興起「素人作家」的電腦生活網誌與個人部落格（博客）文章等，開啟了極具前瞻性的創意先河。因此，如果說吳爾芙是二十世紀上半期在「英語世界」裡最具卓越創新力的意識流小說家，那麼三毛則是二十世紀下半期在「華文世界」裡最具感染影響力的大眾通俗文學作者。

巧合的是吳爾芙最後也是選擇在中年以自殺結束生命。五十九歲的吳爾芙自己選擇在一九四一年三月二十八日留下給丈夫的遺書，把口袋裡放滿石頭自沉於她家附近的歐塞河（River Ouse）中，像荷西一樣溺斃；她過世後「整整兩年差兩天」三毛出生（一九四三年三月二十六日）。吳爾芙像三毛一樣曾被憂鬱幻聽等精神官能的症狀病情所困擾，但都始終隱藏著一顆奔放飛翔、自由自在的心，還有一個充滿所謂現代「女性自覺」的高貴靈魂。她們各自面對那些拘泥於其當代社會架構下，人們必須無可抉擇去承擔的責任義務，雖然均頗受壓力，卻也在其中激盪迸發出她們各自精采絕倫的文學創作，進而啟發了我們後輩結合文學、旅行、音樂、戲劇、電影等多元文創豐沛的藝術作品。

吳爾芙與三毛分別在不同的時空背景下刻畫同樣對「孤獨」、「愛」與「死」的困惑，也在生命裡都遇到和她們彼此深愛的真命天子。不過，她倆在人生際遇上最大的不同，就在於吳爾芙的丈夫照顧了她一輩子，未若三毛的丈夫荷西不到三十歲即英年早逝，留下她守寡十二年至死未曾再婚。此外，吳爾芙除了深愛她的丈夫之外，還有一名生前最要好的女朋友薇塔．薩克維爾．韋斯特（Vita Sackville-West）像同志愛人一樣的「感情線」糾纏其中，此點亦與三毛未盡雷同。二〇一八到一九年一部源自吳爾芙的長篇小說代表作《歐蘭朵》（Orlando: A Biography），背後靈感來自詮釋她和雙性戀伴侶的同志電影《薇塔與維吉尼亞》（Vita & Virginia）也開拍上映，足見吳爾芙的影響。

東西方電影第八藝術似乎也悄然遙相呼應著：

三毛寫《滾滾紅塵》裡的「沈韶華、張能才」奔放流露著「張愛玲、胡蘭成」，青年女作家愛上中年才子漢奸戀情的影子。至於，更早年張愛玲寫《色．戒》裡的「王佳芝、易先生」，後由國際大導演李安拍成兩岸爭議度極高的電影，劇情裡同樣扭曲隱射著轟動一時「鄭蘋如、丁默邨」的漢奸情報諜殺案。此等對照分析皆具有異曲同工之妙，就是因為都是「傳奇」，一如羅大佑所寫的〈滾滾紅塵〉歌詞裡所述說的：

至今世間仍有隱約的耳語，跟隨我倆的傳說。
滾滾紅塵裡有隱約的耳語，跟隨我倆的傳說。

那個吳爾芙摯愛的女人薇塔小她十歲，也是有夫之婦、著名貴族作家。他們夫妻開放式的婚姻關係下，各有自己的同性伴侶，但雙雙大力支持鼓勵吳爾芙的寫作，給予她莫大的實驗創作動力。薇塔有一個孩子奈格爾・尼克森（Nigel Nicolson），後來他長大了，為吳爾芙寫了一本傳記文學——《找不到出口的靈魂：吳爾芙的美麗與哀愁》，追溯她的流金歲月，並且以其童年時光真實與吳爾芙生活相處的片段印象裡，素描出這位偉大女作家驚人的生命史。事實上尼克森所能鉅細靡遺追憶回顧有關自己在兒時與吳爾芙共度的情景，即使僅為淺顯的浮光掠影，但文章的內容質感一經對照，還是超越兩岸某些來自經常提及三毛，卻可能只是幾面之緣，或是幫她拍過照、畫過圖、講過話、收過禮物，甚至憑空堆砌想像的人。

畢竟那位原著的作者尼克森幼時曾與吳爾芙確實相熟，儘管年齡差距甚大，玩不到也談不到一塊兒，然而此書寫作的角度仍甚為可取。他終究得以首度突破傳統「傳記文學」僵化的陳規慣例：僅憑藉後人廣雜蒐集彙整文本資料、揣想臆測推論般看似專業的手法抽絲剝繭。反之，奈格爾藉由自身第一手的見聞史料，精準細膩地從吳爾芙真實的生活環境與周遭人物切入，導引我們貼近一個遙遠的英國女作家、如此玄奇動人的內心世界。

這樣角度的寫法也給我個人在三毛逝世三十多年後，著手完成這本書的當下，提供了不少的借鏡參考。我和奈格爾絕對同意：這兩位東西方女作家的確值得我輩繼續進一步探索，尤其是吳爾芙與三毛相似的女性心情——在一個尚由男人威權主導的社會下，女子何其努力追尋自我生命價值真諦之所在。

回頭看台灣，近年三毛的姪女陳天慈終於從旅居的加拿大回來，首次提筆幫她的姑姑完成了一本書《我的姑姑三毛》，雖然共襄盛舉一同紀念作家三毛的起步甚晚，但是仍有可觀之處。正像奈格爾記錄兒時跟吳爾芙的互動，陳天慈記錄下這位希望她們雙胞胎姊妹在聖心女中考最後一名的姑姑，後來也記錄她終於展開姑姑當年旅行生活的路線：飛到上海跟三毛乾爹漫畫家張樂平家人相見、到西班牙馬德里與荷西的家人會面、到大加納利島和三毛生前的閨蜜好友張南施歡聚、到拉芭瑪島探訪荷西埋葬的墓地、到摩洛哥前西屬撒哈拉首府拉庸（阿雍）進入三毛跟荷西結婚定居沙漠的老房子，這些紀念追思三毛的文章滿足了讀者的「回憶殺」。

所有鍾愛三毛的讀者們當然極為樂觀其成，畢竟有著越多人寫作與越多不同的角度來紀念三毛，延續和發揚她的影響力、投入三毛文學的翻譯和研究都是件好事，千萬勿持門戶之見排擠侵軋，如果那樣的話就完全失去了三毛開闊寬容的世界觀。

正是因為我們的心裡都有著「三毛」這個人，她寫的書拓展了我們個人本來狹隘囿限的生命視野，不但她的文字帶領我們跑到了這輩子本來不會去的地方，也見到了本來跟我們就毫無交集的人，還彷彿透過她的書讓大家成為了新的知交好友，得以「海內存知己，天涯若比鄰」。

凡此總總都要感謝三毛的心情塑造了我們的心情。

真的像是司馬遷在《史記．伯夷列傳》裡的那句話：「微斯人矣，吾何以歸？」——倘若沒有這樣的人在前方當先驅立下典範的話，我們所有後生小輩踽踽前行摸索，將如何有所安身立命依循歸屬？同樣地，由於三毛的早逝，我才得到啟發，鼓足勇氣行腳完成所有她曾走過的路、造訪了所有她結交過的東西方朋友，還幫她跑完了全世界她一生期待，卻還來不及去的每一個地方、來不及完成的每一個「不及的夢」，包括荷西想潛水百慕達的夢。

不懂的人，猶如「夏蟲不可語冰」；懂得的人，心領神會、狂喜開懷。

林青霞不敢的生死之約都來找我吧

二〇一一年林青霞寫的散文集《窗裡窗外》中，提到了三毛在夢裡曾經來找過她兩次，也提到了一段三毛和朋友之間有一個共同「心情」的所謂「生死之約」。

三毛是那種遇到了「對的人」（例如：意外遇到一隻可語冬的夏蟲），就會隨著心情的興之所至，既百無禁忌亦沒大沒小。

事情經過是這樣的：其實基於對死亡以及人們死後的世界極為好奇、超想探索知曉的三毛，一生和好友，也就是那些所謂「對的人」，曾經有過多重交集相互做出一個約定——如果我們之間誰先死，誰就要去把「死後世界」的情況告訴還活著的人。先後和三毛隨興訂過這樣不成文盟約的人，據我所知一共有五個，他們分別是：倪匡、古龍、司馬中原、林青霞和眭澔平。

結果一九八五年九月二十一日古龍因為嗜酒肝硬化第一個往生了，他享年四十七歲三個多月，竟和三毛相仿。但是，三毛和倪匡都對他沒有信守承諾來託夢一事，非常不滿。死後的世界依舊是個謎。直到五年多後一九九一年一月四日三毛過世，巧合的是她享年四十七歲九個多月，這次她先後熱心地「告訴」了三個人。第一個就是司馬中原老爺爺，第二個是林青霞，第三個是我。

那天半夜凌晨一點多鐘，司馬中原夫人不在，剛好他老人家獨自一人在睡夢中突然醒來，他先是看到臥房的窗子在冬天寒夜是完全緊閉的，怎麼會有風把窗簾吹得高高的，幾乎要貼上天花板；接著他定睛一看！喲！三毛來啦！她面帶從容的微笑，穿著一件白色的衣服，綁著兩條辮子出現在他的床邊。司馬爺爺親口跟澔平詳述，當場老神在在的他，只對她說了一句話：「哦！妳走啦。」轉頭繼續酣睡，直到天亮所有的媒體整天都在報導三毛的死訊。

三毛算是有即刻信守約定，所謂去「找」了司馬中原爺爺向他辭行，然而林青霞的三次經歷就沒有這麼順利了。三毛好像真的是要對她說些什麼，只是一次是接到電話，有人一直在說她的「頭好痛」；另兩次睡夢中的林青霞有感應到彷彿三毛要來了，她卻把被子蓋住頭，實在不敢接收可能是來自於三毛姊的信息，於是抱著些許遺憾。其實早在二〇〇八年六月三日林青霞的這篇文章〈三回靈異會三毛〉登在時報人間副刊報紙上，我就看到了。當時我的第一個反應是：為什麼三毛從來沒有對我信守承諾，從未也給我託個夢告訴我「死亡」是怎麼一回事呢？甚至心中突發奇想：

「青霞姐不敢的，都來找我吧！」

到了二〇一一年，距離三毛辭世已經整整二十年，同年林青霞把那篇文章集結出版了她人生的第一本書《窗裡窗外》，我卻果真在這一年終於明確接收到她的信息——只是那竟然幾乎是一場極端恐怖的死亡車禍，不僅僅「示現」給我看到了人類死亡以後立即看到的世界，還讓我親身完整經歷了二十年前她到底是如何所謂「用絲襪上吊」窒息而亡的慘痛過程。

那一天是二〇一一年六月八日，我騎著機車在我新搬去的三重蘆洲一帶認識附近的環境，到了成蘆橋附近的堤外道路卻有點迷路了。於是趁著停紅燈的時候我問旁邊的騎士「三重怎麼去？」他聽完回答我，就只有這一條又直又長的路，往前騎就對了。不料我規規矩矩靠在大砂石車的右邊騎，竟然感覺左後方好似有另一部汽車突然衝向我的左腿猛烈撞擊，我連人帶車迅速朝向前方彈飛，若不是機車剛巧直接正撞着一根水泥電線桿給擋下來的話，我和車子可能早就被捲入砂石車下變為亡魂。這時我的身體繼續向右側急速飛撲摔跌到紅磚走道旁，由於撞擊聲音太大，連路旁五十米遠的鋼鐵廠工人都跑出來看。他們幫我把機車推到路邊，既然肇事的車子已經逃逸，只有把我扶起，聽我說的話照做。

我喊了一句：「讓我在旁邊坐著休息一下！」

最可怕的是他們並不知道，當我講完那句話就昏過去了，偏偏安全帽太緊，他們拆了半天都解不開，就沒再管我，以為我低著頭歪歪地坐在路邊休息。其實那時安全帽的帶子卡住了我完全放鬆脖子裡的喉嚨氣管，我已經休克即將缺氧腦死。

但是我竟然錯覺以為自己還生龍活虎清楚在活蹦亂跳，也以為我還一直在往前走路並且大聲嚷嚷：「為什麼我看不到？為什麼到處都是白色的？怎會什麼東西都沒有？為什麼全都是好白好白的顏色？我怎麼什麼東西都看不見？為什麼？誰告訴我啊？為什麼我看到的都是白色的？為什麼啦？」

當時眼前一整片的白光實在是太純淨了！我清楚記得那種「白光」非常非常的亮，但是奇怪的是一點兒也不會刺眼，反而看著看著萬分的柔美舒服令人神往，我確定這輩子沒有見過比這更難以形容的光彩，一種最美麗、最潔淨的白色！

頓時眼前在白光中，看到慢慢浮現出兩個人臉和上半身模糊的黑影，於是我又開始對著這兩個好像來接我的「人」繼續罵：「為什麼我看不見你們的臉？」「為什麼我看不清楚你們的臉？」

就在此時還好我先前問路的男士騎到單行道出口後都沒有看我騎出來，又聽後面的人說看到車禍，於是繞路折回來一探究竟，才把我從路邊扶起，並且幫我卸下了勒住呼吸的安全帽。救護車把我送到醫院，醫生剛巧是原來在榮總看過三毛遺體的大夫，他驚叫說：「兩個人脖子上的勒痕怎麼會一模一樣？」還安慰我說很幸運，因為我要是再晚三十秒送來，就會變成缺氧腦死的植物人；還說如果我的視神經被猛烈撞擊失明的話，看到的不會是「白色」而是「黑色」的。

我聽了簡直嚇了一大跳，那麼難道說三毛二十年前所謂「用絲襪自縊」，其實可能是她在廁所盥洗時忽覺心肌梗塞，原本只是想那樣像我立刻坐下來休息一下，卻無法控制以致瞬間昏迷。偏偏三毛沒注意到：自己脫下來掛在胸前頸部的絲襪，就在轉身坐上馬桶蓋之時，剛巧飄動纏掛到了牆上的「點滴鉤」，就這樣意外窒息而死。試想：澔平我難道會無聊到坐在路邊，自己用機車安全帽的帶子「自殺」？把自己上吊窒息而亡嗎？答案當然是否定的。

我也回想起三毛的媽媽陳繆進蘭女士曾經在她過世前打電話跟我聊到：

那天下午陳媽媽在十四樓的家裡午睡，忽然發現三毛梳著乾淨的兩條辮子、穿著白色潔淨的衣服坐在床邊。陳媽媽說她立刻問女兒：

「妹妹啊！妳為什麼自殺？我們基督徒是不可以自殺的呀！」

「姆媽，我不是自殺的，我是心肌梗塞走的，是小天使幫我把絲襪掛上去的。」

三毛在陳媽媽的夢裡回答。

陳媽媽說她才想起來：當她陪三毛住進這間醫院的時候，三毛就提過房間裡「有很多小孩子」跑來跑去，可是陳媽媽說她自己誰也沒看見！說真的，早年聽到這樣的訊息，我實在不以為意，直到自己發生車禍差點也窒息而死，幾乎三毛死亡的過程好像在二十年後發生在我的身上，讓我來體驗了死後的世界，履踐她對於我們「生死之約」的承諾。

但是那實在是太可怕了，非常自責我早先怎麼會認為「別人怕的都來找我吧」。不過，我冷靜想想，三毛確實親口跟我說過：荷西過世後她一直飽受嚴重失眠的干擾，所以每晚安眠藥越吃劑量越重，重到她僅拿一半還是三分之一的藥片給肢障作家張拓蕪吃，聽三毛說害他睡了兩天。我再聯想到當年法醫在榮總驗屍的時候，雖然現場勘驗並無他殺的嫌疑，但是法醫可能忽略了一個重要的關鍵點，那就是三毛在一月三日整天才剛剛透過全身麻醉，進行很成功的婦科子宮內膜肥厚的切除手術；但陳媽媽轉述當晚三毛說她準備吃了安眠藥早早睡覺，請大家都不要吵她、她要好好休息，以便明天一月四日出院，還請媽媽幫她準備好所有回家後需要用的東西。

這不就是當晚尚未散去全身殘存的麻醉藥效，再加上她又口服了平日習慣的高單位安眠藥劑量，因此可能造成三毛以前曾發生睡後有過的夢遊或意識恍惚，抑或直接是心臟瞬間無法負荷而引爆心肌梗塞的狀況？

我們再一次還原三毛死前的現場：

儘管她在醫院病房裡可能抑鬱症影響心情低落，也可能她冥冥中強烈靈性預感自己好像時日不多；但是真正最後離世的關鍵或許都不是以上這兩個心情的因素。而可能是當她吃了安眠藥以後，竟然翻來覆去還是睡不著拖到半夜，打了電話在我家答錄機留言之後，她又進入廁所盥洗（陳媽媽說盥洗用品的蓋子都沒有蓋上，完全不像三毛整齊的習慣），突然藥性衝突或劑量太重而感到心臟非常的不舒服，因此立即暫時坐到馬桶上，沒想到搭著她肩頸的絲襪，卻剛好在她大轉身時輕輕飄掛到馬桶右上角牆上的點滴鉤，恰巧跟我一樣在坐下的同時也暈了過去。於是她項上牢牢的絲襪和我安全帽牢牢的帶子就同樣卡住了我們的喉嚨氣管造成窒息，以致我和三毛的脖子上留下的是同樣的勒痕。

深情相擁，因為三毛

三毛的心情像「月亮」，讓所有周遭到天南地北的朋友都會接收到她獨特的「引力」，繼而產生有如同頻共振般的潮汐起落。

曾經聽三毛跟我私下講了一個女生之間的「秘密」。她說常常在一起的閨蜜們，或是同一個辦公室的女同事、女同學，大家月經的日期居然會逐漸變成一樣。後來經我求證後發現好像還真是如此。我就完全搞懂為什麼三毛的周遭與她投緣的人，竟然我們彼此從她生前到死後也都分別成為了好朋友。例如像是著名雕刻大師朱銘，我一直不曉得三毛跟他和他的家人這麼好，而我也在三十年前因為採訪的機緣跟朱銘、朱雋父子熟識，一起蹲在草創的金山朱銘美術館荒地上暢聊他們的理想。連我最近在台北路邊吃早餐又被朱雋叫住，大家久久未見聊敘話舊了兩天。還有的像新竹五峰清泉「三毛夢屋」的徐秀容，雖然她在三毛生前未能親身得見，但是她在泰雅部落延續三毛關懷孩子文化教育的精神一樣可貴，我們也在台北和竹東兩地相互往還暢談甚歡；她直接告訴我清泉部落上面有個房間要我隨時去住，當作是「澔平山上的家」。

現在我是真的常常會想念新竹山上天主堂的「小丁神父」丁松青，常上山陪他做彌撒、看他精心創作的彩色玻璃藝術作品，還跑去看過他的教堂裡那尊耶穌聖像的神蹟。有一次我剛好去，聖像面部竟然如流淚一樣出現奇特的「聖痕」。我和小丁神父搬了梯子，活像兩個小孩子爬高高上去近看，不可思議、嘖嘖稱奇。

當然，我也會天天惦記著司馬中原爺爺，不但跟他合講、合寫，一起出版過鬼故事主題的書，還常帶他老人家到西門町他指定最愛吃的那家外省菜館，開懷的抽菸飲酒、大快朵頤、談天說地。不料，二〇二四年一月四日他仙逝，恰巧與三毛忌日是同一天。而他今生最後一次公開露面竟然是在我的請託之下，跟盛竹如、顧安生、胡錦四位對我在四個領域啟發的大前輩，聯袂參加了我獲得「時報文學獎」的頒獎典禮。

司馬爺爺這次立刻就給了我一個可能就是「生死之約」奇怪的「託夢」——夢中他反覆指著我巧合在去年一月四日買入啟用新車的車牌號碼「六六三三」，接著開心的說：

「三毛跟你我三人，『生不同天、死同日』。我們就是『王安石、蘇東坡、宋仁宗』。你還有三十三年，幫我們好好走下去啊！」

一覺醒來，嚇得滿身冷汗，趕快拿起手機查維基百科。我雖然知道王安石和蘇東坡的出生年月，但是從沒注意到還有個北宋在位最久的宋仁宗，難道真是夢中對應到的司馬中原大師嗎？講起來前述我與三毛年齡的十六歲差距，巧合相同於蘇東坡和王安石，這就夠玄了。如今司馬爺爺夢中疑似在為我解答生死之約的訊息時，又首度拉出另一位同時代曾先後欽點王、蘇高中科舉的皇帝宋仁宗。結果一查，他出生在西元一〇一〇年五月三十一日，年長於王、蘇各十一歲與二十六歲；對照司馬中原出生在一九三三年二月二日，居然差不多對等於年長三毛澔平各十歲與二十六歲。

經由這兩組各三人在年齡數據上的巧合，不由得讓人驚訝發現：司馬中原在三毛死後整整三十三年同一天離世的另一個巧合。如果他夢中說我將與他們同日辭世屬實，並且還要我再等另一個三十三年才去赴三人的「生死之約」的話，那不就是三毛一九九一走後六十六年同日我去、三十三年同日司馬去；等於我在司馬二〇二四走後三十三年同日也去。如此一來夢中司馬爺爺一直指著我的車號

「六六三三」，似乎就不言而喻了吧。

姑且將三毛和我們的「生死之約」所觸及的身後之事暫拋一邊，我們三人一直都認為「生死有命，富貴在天」，正因為生命短暫有限，我們才應該更加珍惜周遭還活著的人。這個鼓勵的動機讓我在重走三毛筆下世界的時候，真正認識繼而深交了不少她生前的中外好友，其中加納利群島（Canarias Islands）就留下了我最為難忘的感動。

這當然要感謝三毛，緣於在她過世後三個多月，我便從當時攻讀博士的歐洲造訪了她曾住過的非洲西北角外海，西屬加納利群島。接著輾轉巧合讓我陸續熟識三毛生前非常要好的那兩間餐館「中國飯店」和「金門飯店」的父女，張清渠和張南施。

幾十年來我和他們已成家人。

事實上，當年一九九一年一月四日三毛過世不久，我是一個人搭便宜的紅眼班機半夜從西班牙本土買好機票飛去加納利的。只是原本明明是由馬德里的留學生幫我介紹七個島裡最大的丹納麗芙島（Tenerife），安排我去找一位華僑前輩陸錦林教授開的餐廳，以便有人協助吃住和交通；不料旅行社訂好的紙本機票到手，卻發現打印的目的地紅字是第二大的大加納利島（Grand Canaria）首府拉斯巴爾馬斯（Las

Palmas）。

下了飛機，因為天還沒亮，尚無機場公車，所以我坐在狹小的候機室裡等待，怎麼就遇到一位中國人長像的老伯伯正在等她女兒誤點的航班。我們一開口才發現可巧了，都是台北來的，這就一連串牽引出這位張繼文伯伯說他買了三毛加納利的家具，又帶我到梅林餐廳崔宗瑜先生家裡吃住。接著小崔幫我引薦到一見如故的張清渠、張南施父女全家。終於透過他們我才能順利拜訪了三毛故宅半價賣給的新婚郵局小夫婦，見到三毛在當地最要好的西班牙老鄰居甘蒂達一家四口……。至此所有三毛當年在加納利〈隨風而逝〉一文中的往事便歷歷在目，彷彿經歷了一段又一段愛情由生到死、因死重生的心情。

張南施說他們家會跟三毛這麼親這麼要好，那是因為當年做船長的張爸爸舉家移民遷居來此地，他們的大女兒也就是南施的大姊車禍意外身亡，所以當荷西也意外過世時，他們兩家是抱在一起痛哭的感同身受。

就在我二〇〇七年最後一次將飛離大加納利的拉斯巴瑪斯機場，南施的老父母和夫婿鍾履強、女兒咪咪，帶我去教堂做好禮拜後，張家三代人一起來幫我送行。對比上次一九九一年的十六年前，則是三毛的西班牙鄰居甘蒂達夫妻和一雙長大的兒女開車幫我送行的。我們離情依依，真不知道未來何年何月還能再有重逢相見之日。我揹著背包忍痛轉身獨自走進登機口，卻在此時聽到身後南施對著她十七歲的女兒咪咪說了一句話：

「這位畦叔叔，他是『妳』爸媽的好朋友，也是『我』爸媽的好朋友，將來有一天如果我們不在了……，他還是『妳』的好朋友，知道嗎？」

聽到這番話，步上離境登機口的我已涕泗縱橫，立刻轉身衝回去抱住了他們。終於發現橫跨十六年來，我和加納利張家的三代人因為三毛的牽繫，老早就建立起了一個無需拘泥形式，卻堅貞如金石盟般同樣超越時空陰陽的「生死之約」。

這正是三毛超越羅蘭・巴特和維吉尼亞・吳爾芙的人格魅力，特別是我們受到她奇幻的「心情感召」，讓愛她、她也愛的人們竟然能繁複交集共鳴，並且毋庸置疑得以持續一同把三毛敦厚溫暖的「心情」、一種無所不在揮灑感染的生命魔力散發出來，淋漓盡致，深情相擁。

三毛第二個夢田

——溫暖・親情

緊閉的門，找自己

即使你未曾見過三毛，也未曾讀過她的作品，但當你在偶然間聽到與她有關的故事時一定會為之深深感動，會有一種無法言傳的渴求、不能名狀的冀望。她就是無可替代的三毛，一位能用文字撩撥我們心弦的女子。

「生命不在於長短，而在於是否痛快的活過。」

這是三毛對人生的理解，而她也的確如同自己所說的那般去追求生命的深度、廣度和高度。不願被束縛、不願去妥協，渴求著生命的自由，甘願艱苦困頓，她追求著生命所能擁有的那份，包容蘊含著各種尺度、角度與溫度最炙熱真情的力量。

「追尋心靈的自由」是三毛從小就顯現出來的特質，這讓她與同齡的孩子從小就表現極為迥異。敏感、倔強、任性，有時候甚至於偏執決絕，有著許多兒時便令常人無法理解的行為，好在三毛的「親情夢田」是極其幸運的，這份幸運給予她彌足珍貴的守護。最幸運的是三毛出生於一個開明隨和的家庭，父親陳嗣慶先生、母親陳繆進蘭女士都受過非常良好的教育。尤以陳父在飽讀傳統中國文學的基礎上也精通英文，是一位喜好體育運動的律師；陳母是一位知書達禮、教育開明又關愛子女的全職家庭主婦。在三毛的一生中父母總是給予了他們所能提供的一切，父母對她的愛實在沉穩內斂又無微不至。正是父母的寬容支持讓三毛有著前行邁進的勇氣，不只任她把原名中間難寫的「懋」給去掉變成「陳平」，特別在三毛初中後的那段輟學自我封閉遠離校園七年的日子裡，奠定開導著她自修自學的教育。

影響三毛一生的輟學事件，對於稍微瞭解三毛的人來說應該皆有耳聞。那是發生在三毛北一女初中時的一件事，三毛在《驀然回首》中有提到自己嚴肅專制的數學老師。那位老師懷疑她作弊，於是懲罰她，用毛筆沾了墨汁在她稚嫩的臉上畫了兩個大大的黑眼圈，還命令她繞行校園一周讓其他同學圍觀、嘲笑、捉弄，如此令人窒息的難堪讓三毛獨特敏感又有著極為強烈自尊的幼小心靈徹底崩潰。就是因為這樣羞辱的懲罰讓三毛受到了極大的傷害，乃至於厭惡學校、留在家裡，似乎其他孩子接受教育學習成長的樂園已經變成為三毛恐懼憎惡不能再涉足一步的煉獄。當時才讀初中的她是一個心思細密又脆弱敏感的女孩，隔天開始她只要坐在玄關準備穿鞋，都能聯想到出門，繼而聯想到上學，然後就會不自覺暈倒。三毛直到後來在我面前提起這事件時，表情仍然扭曲驚恐、餘悸猶存，提高聲量地跟我述說，她真的不是裝的，是真的昏倒不醒人事。於是，少年三毛沒辦法上學了，足足輟學在家自修接下來的七年時光。

其實對於學校傳統教育的反感，早在三毛讀小學的時候就有體現，這與三毛自身的性格有著很大的關係。幼年的她天真純潔卻很尖銳敏感，極其厭惡遭束縛被壓制，那種恍若給厚重的棉絮捆綁的窒息感曾讓她難以呼吸。因此，三毛明明白白嫌惡地跟我強調：就是討厭別人拉著她的辮子去跟同學或鄰居小朋友玩，那些千篇一律無聊又死板僵化的幼稚遊戲。

「從小一直喜歡發明一種跟大家不一樣的遊戲，自己一個人玩。」她說。

她也討厭學校課程刻板規定的教科書，喜歡看自己愛看的課外書。有一次老師在黑板上教數學解題，她卻偷看《紅樓夢》，當她看到賈寶玉在茫茫白雪中辭別父親的那一段文字，居然還感動到忍不住放聲嚎啕大哭，嚇壞全班。

尤其是在三毛讀初中以後，她開始了揹著沉重的書包上學、放學，過上每天三點一線的生活，這不僅僅枯燥而且讓她十分疲累，她所渴望的自由竟遙不可及——渴望成為田野間的一抹清風，輕快自在，開懷優遊；渴望成為山林間的小鹿，飛蹦跳躍，稱心快意。可是這現實生活裡的學校，當時還沒九年國教，連小學升初中都要參加聯考，於是經常要為了升學惡補，搞到深夜才能放學，每天除了吃飯、休息就是不停地上課、學習、背書、考試⋯⋯。這樣的日子對於渴望自由的三毛來說早就益發無法忍受，讓她自覺深受摧殘、倍感壓抑。面對這樣緊張的氛圍和日益堆積的壓力，三毛認為上學沒有絲毫收穫，僅存沉重無奈的心靈束縛。她不願如此忍受著，於是她選擇了抵抗。

是啊！三毛就是這樣的女子，不願被厚重的韁繩束縛，渴求著自由自在，不管是身體還是靈魂。我近日巧遇當年跟三毛一起讀台北市中正國小時的同窗好友，她說後來她倆雖然考上不同的初中，還曾經兩次一起逃學，兩個初一小女生繼續像小學時期一樣，相約謊稱病假，卻穿著制服躲到偏僻的墳墓野地去讀中國古典小說和西洋名著，也就是那些當年被歸類在所謂各級聯考都絕對不會考的閒書與雜書。

極端的反感讓原本就厭惡上學的三毛，在畫臉的羞辱事件後她已全然無法返回制式填鴨式升學教育體制裡那種窒息般的壓抑；可是畢竟荒廢學業是父母無法接受的，尤以受過高等教育的陳父陳母十分清楚，一無所知是悲哀的，必須具備足夠的學識才會讓他們孩子的未來有著更加開闊的天空。因此，當三毛輟學在家期間，陳父乾脆就自己在家裡教她，他睿智而又開明，會按照三毛喜歡的方式來教導她英文和國文，除此之外還會讓三毛學習鋼琴和繪畫。每當三毛有一點點的進展都會毫不吝嗇地鼓勵誇獎給她信心，父母親情用著全部的心神去幫助心愛的女兒，跳躍成長在體制外開闊的學習領域……。

但對我而言極其意料之外的是……父母的拳拳愛意在那時的三毛看來，她竟然坦言：「反而形成一種更為無形枷鎖的壓力」。

她細心回顧少年陳平在面對父母親情深厚寬容的愛時，反而像一顆大石頭沉重地按壓在她那顆敏感脆弱的心上；亦即父母的親情對她越大越好，她反而自覺其深具更哀痛的自卑退縮和罪惡感。三毛說她那時很少會暢快大笑，也許是太過敏感了？她總能聯想到更多，還會不斷地往他處多心思慮，如此父母對她的包容愛護反而讓她覺得自慚形穢，更加無地自容。這種狀況如果當成是一個找我求診，專業心理諮商的個案來看，其實才較易理解。這也是直到多年後我考上國家一級心理諮詢師執照，自己終於完全參悟明瞭三毛少年時微妙的心態。

正如三毛所說：「爸爸，你一生沒有打過我，一次也沒有，可是小時候，你的忍耐就像一層洗也洗不掉的陰影，浸在我的皮膚裡，天天告訴我——你這個教父親傷心透頂的孩子，你是有罪的。」

三毛自責於自己對父母帶來的痛苦，她自幼偏執敏感，即使是父母的微笑她也能從中感覺到隱藏在背後深深的惋惜無奈，這讓三毛備受自我內在心靈的矛盾糾結折磨，以至於她直言自己在親情裡是「有罪的」。那段時間大概是三毛這一生中最壓抑、最委屈、也是她最渴望心靈自由的日子。極端的敏感讓她極端的自卑到完全封閉自己，她甚至覺得自己是家庭的累贅，這樣的感覺讓她日益痛苦，後來連晚餐都不能到飯廳跟姊弟一起吃。她跟我說：那時她無法看到父母一點點的眼神和表情、無法聽著一個姊姊和兩個弟弟講到一絲絲有關學校的訊息。這些都讓她崩潰。

「你一向很注意我，從小到大，我逃不過你的那聲歎氣，逃不掉你不說、而我知道的失望，更永遠逃不開你對我用念力的那種遙控，天涯海角，也逃不出。」

三毛在後來有表露出她自己當時微妙的心境，那時的她壓抑、痛苦，更是伴隨著深深的自責，父母厚重的親情愛意怎會反而窒息般籠罩在她那時受創的心靈，讓她難以忍受。她跟我說：那時她真的不是蓄意假裝扮演的，她原本就是一個既敏感卻也活活潑潑熱情的女孩，僅僅是坐在玄關穿鞋，她都能聯想到出門，繼而想到上學的陰影，然後就會因為極端的恐懼和反感而不可自拔控制，真的昏倒在地上。更別說平常家庭生活裡任何一籮筐的細碎小事，也都會讓她想到許多許多如纏身束縛的萬條荊棘，繼而驚恐恍神，在日復一日的壓抑下，三毛終究無法釋懷，最終把自己變成為家裡的一個必須三餐送飯擺放門口的幽禁囚徒。

「那幾年，父母的心碎過幾次，我沒算過，他們大概也算不清了。」

三毛在後期的著作中書寫了自己那時種種的不是，她深深自責於自己給父母帶來的痛苦心碎，卻也難以掩藏其中對父母的尊敬、愛意和感激，正是父母他們自始至終的包容體諒，一以貫之的栽培呵護，這才有可能成就了後來的作家三毛。

然而，父母深厚的愛意並沒有留下三毛的腳步。

揚起的風，是自由

三毛後來為了向玉樹臨風的顧福生學習油畫，終於走出了自我曾禁錮的家門。也在顧福生協助下，讓顧祝同和白崇禧兩位民國大將軍兩家世交之子白先勇，錄用了三毛生平的第一篇寫著情志障礙的幻聽女孩痛苦自白的文章「惑」，首次投稿出刊在「現代文學」雜誌上。眼見鉛字印出了陳平的名字，少年三毛高興地又跑又叫，回家找父母來看。這份鼓舞真是功德一件，給予她在寫作上莫大的信念，幫助她完全走出七年的自閉情結。

三毛也經由父母找關係請託，再加上自己勇敢寫信給中國文化學院創辦人張其昀，懇請讓她能破例借讀哲學系當旁聽生，以回到校園生活，展開嶄新的生命……。三毛跟我說，後來真的去讀了，她的中國哲學史還考到一百分，老師盛讚她在那樣的年紀就有如此高的學識見解。但是，後來她還是未能念完大學就出國讀書了。事實上，她原本故意在跟不想早早結婚的學長男友賭氣，才求爸媽幫她試著辦理去西班牙留學的手續，沒想到在那個封閉保守出國難如登天的年代竟然辦出了護照簽證等手續來，她也就這麼生平第一次硬著頭皮離家遠赴歐洲，獨立開拓了後來三毛寫作王國裡一切奠基的起手式。

至於還有一個埋在三毛內心深處的理由，其實說來連她的家人都不知道：那就是她說自我的內心深處，一直處於某種日益焦躁內耗的生活氛圍中，愈加敏感乃至益發絕望，這種無法言喻的深沉情緒幾乎快將她灰飛湮滅。重點關鍵還是她始終渴望掙脫這厚如蠶繭般自我內心的束縛，一樣是她心靈深處渴望呼求的自由，想要飛出束縛她的框架牢籠，想跟隨那席捲一陣沙塵的風暴火速離去。

三毛在能直覺感應到抓住一點自由尾巴的時候，終究還是決定遠走他鄉。去遠方、去流浪、去追尋自己那無所為而為，像隨意尋找一棵心中橄欖樹的夢想。她迫切地掙脫對於她來說牢籠一樣的「家」，她壓抑太久了。只覺得出國遠走高飛才是自己和父母雙方親情上的「共同解脫」。

當年她甚至直言：「走了一封信也不寫回來，當我死了，你們好過幾年太平日子。」

我想三毛在說這句話時，只當是解脫她給家庭父母深厚親情的枷鎖，她這跟別人從小就極為不一樣的孩子，實在自覺給父母找麻煩造成的壓抑太久了，父母恩重如山的愛和日益增長的煩悶又快要將她逼瘋；因此只要能夠施展揮動一點點自由的翅膀時，她便欣喜若狂，一心朝著如洗的藍天頭也不回地奔去。三毛覺得這樣能給她自己解脫，也能讓父母不必再為她痛苦心碎，當時她確實覺得這是親人雙方對應的開闊釋懷。始料未及的是：原本有點像「少女陳平」告別人生親情，斷捨離一了百了、破釜沉舟的出國旅居異鄉；竟然反而正式啟動了「作家三毛」美麗新世界中那些友情、愛情和人情的紀元新猷。

正如三毛自己在《西風不相識》中所說的，「我不再去想父母叮嚀我的話，但願在不是自己的國度裡，化做一隻弄風白額大虎，變成跳澗金睛猛獸，在洋鬼子的不識相的西風裡，做一個真正黃帝的子孫。」

她高興極了，不必再循規蹈矩日復一日地重複著同樣讓她枯燥壓抑的事情，不需要再一次又一次地揣摩父母微笑背後的辛酸失望，當然也不會再籠罩在只因為坐在玄關穿鞋，就聯想到出門乃至上學必會暈倒的陰影裡……。三毛開心雀躍，她就像掙脫牢籠的鳥兒，可以在遼闊的天地間自由飛翔，尋找甚或衝撞到什麼都絕對比守在台北家裡面更好玩的。

三毛終於來到了遠方，遠離故土的一切，她覺得這是新生，也是讓她為自己由「陳平」變為「三毛」的羽化蛻變，跨出了紮紮實實的第一步。儘管她的第一封家書裡就跟爸媽姊弟寫著搭飛機首站飛抵英國，為了沒有辦理當地簽證卻必須入境轉機在倫敦兩個距離頗遠的希思羅（Heathrow）和蓋特威克（Gatwick）國際機場之間，因而被海關誤當成是亞洲潛入的偷渡跳機客，竟被訊問刁難留置多時，曾讓她一時忿忿不平——為何她心中最老牌開創自由的歐洲國家，怎麼會讓她一度曾投訴無門還小小限制了一段人身辯護行動的自由？

當真正離開家，離開父母，在面對繽紛世界的眼花繚亂之前，三毛就是在這些偶然突發的波折困頓中，更加理解父母鍾愛親情的可貴，也感念牽掛自己過去未能有更多孝思回報父母的心酸。只是隨後三毛去國旅次他鄉，即使在外漂泊多年後回家，也不過僅能短暫停留；畢竟她已經習慣了自在流浪，她的心似乎不再像常人那樣可以長久安穩地停留定格在一個地方。

偏偏造化弄人，再一次讓三毛重新回歸家人竟是一次痛徹心扉的意外——她最愛的丈夫荷西意外悄然逝世，美好小家庭異國姻緣的感情世界徹底坍塌，使她不得不回歸台灣家人的懷抱。這次終於因為她擁有著這份始終溫暖守候的親情港灣，總算讓三毛不至於在極端的悲慟中讓自己又跌入寂靜淒冷的深淵。但是啊但是！只有三毛自己知道她自己的天塌了，不知身在何處，只有痛苦到麻木的絕望，她的世界一片黯黑，她的心已經隨著摯愛的死寂而破碎。

三毛訴說那時候的她完全感知不到悲慟以外的任何情緒，她的心被自己緊緊鎖在絕望的牢籠裡，父母抱著她、寬慰她的一字字、一句句都帶著顫抖的呼喊。然而，這家庭的親情就是她陷入絕望黑暗中唯一的光亮。她說在那一片混沌中，初次造訪迦納利的父母，不料才看到的洋女婿就死了，只聽得耳邊父親一遍遍對三毛呼喊著：「不要怕，孩子不要怕，還有爹爹在，還有爹爹和姆媽在啊！不要怕呀！」

父母擔心三毛，原本他們兩老不遠萬里飛行，不顧一切地來到西班牙終於見著洋女婿，來到這人生地不熟、語言不通的異國他鄉加納利群島才不過幾天，怎麼就碰巧荷西在另一個外島自由潛水捕魚時意外身亡。那時三毛說她正帶著父母要從西北非外海的加納利去遙遠的西班牙本土伊比利半島觀光。誰曉得鄰座的女人遞給了她一張依照西國慣例寡婦會署名「未亡人」的名片，他們一行三人才飛抵馬德里不久就立刻接到了荷西在加納利身亡的噩耗。他們只能買機票立刻又飛回去大加納利島，再轉小飛機到那七個群島最為西邊的拉芭瑪島（La Palma）去認屍。若非父母親情的適時同行陪伴撫恤慰藉，全心全意陪著三毛辦完愛夫的喪事，溫暖了三毛冰冷絕望的心；三毛後來親口跟我說：她當時已經半瘋，行屍走肉如同槁木死灰，絕對走不下去的。還好爸爸媽媽分分秒秒圍繞照應著她，就像亙古不變圍繞著地球旋轉的月亮；不然在這陌生、熟悉到茫然的異鄉，沒有兩老扶持的話，她一個人舉步維艱，如何可能在當地攀爬翻山越嶺，熬過一座座困難死寂的孤峰。

三毛跟我說，她直到那時才真正完全了解親情之愛對她人生最可貴的意義。從她出生到荷西死，父母從不曾對她提起他們的艱辛苦難，她也曾一直誤以為那種親情只是給她不安與罪惡感的束縛；等到自己後來建立的異國家庭親情天崩地裂，才驀然回首驚見自己在燈火闌珊處，一直撐著她頭上那片天的人，竟然就是她逃避了一輩子的父母親情。

三毛曾經總是認為她根本無暇顧及自己，哪還管得著去珍惜在乎父母他們的眼裡和心裡，一輩子掛慮操心這夾在姊弟之間秀異的二女兒。那段奔喪荷西的時間裡，三毛自我反省地說：原本她其實看不見父母，直到偶然的一天，在一片模糊的光影裡混混沌沌的三毛終於看到了一絲光線，看到了光影裡父母的背影，那一瞬間三毛淚流滿面痛哭不止，那突如其來像朱自清看清的親情背影雖然疼痛，卻也讓她再次活了過來。

「又是父母那兩隻手臂，替我抹去了眼淚，補好了創傷。」

三毛內心深處由衷地感激著父母，這是她遮風避雨的港灣，是她的來處、也是她心靈的歸處。因此在三毛的作品裡她不禁發出這樣的感慨：

「孩子真情流露的時候，好似總是背著你們，你們向我顯明最深的愛的時候，也好似恰巧都是一次又一次的背影。什麼時候，我們能夠面對面的看一眼，不再隱藏彼此，也不只在文章裡偷偷的寫出來，什麼時候我才肯明明白白的將這份真誠在我們有限的生命裡向你們交代得清清楚楚呢。」

當三毛處理完荷西的後事再次返回台灣時，父親未能去接機，而是用「英文」寫了一封信給她：

我親愛的女兒：

請你原諒我不能親自來機場接你。過去的一切，都已過去了，切望你的心裡，不要藏著太多的悲傷，相反的，應該仰望美好的未來。

這一次，你在大加納利島上處理事情的平靜和堅強，使爸爸深感驕傲。我在家中等著你的歸來。

愛你的父親

因為深受傳統文化的薰染，父親對三毛的愛往往是極其含蓄的。「愛你」、「寶貝」這樣情感表達濃烈的字眼讓他很難言之於口，似乎一碰到這些字眼就變得口舌木訥更是覺得難為情。因此老爸爸借助於「英文語感」的書信，將他對女兒的支持和愛護表達於字裡行間。這也許是父親第一次如此直白地表達他的愛意，三毛一面哭、一面說出當時在讀信的時候如苦海得救般溫暖感動到無以復加。回台後盛傳名作家瓊瑤要三毛答應「不准自殺」，她只是笑笑，她知道自己沒有跟荷西一起走了，為的並不是答應了誰，而是為了她身為白髮人的父母兩老，至少終於領悟：自己好好活著就是聊表寬慰父母於萬一。

習慣了流浪的人，哪怕己身傷痕累累，也是無法長久停留的，三毛就是這麼一個奇女子。幾年後三毛再次決定離開台灣家庭親情又去遠走高飛，這次確實是三毛對於自己的開懷釋然，她心裡盤算再次去流浪要去更遠又更遠的遠方，因為似乎只有一直「在路上」，她才更加能夠找回自己生命深處的靈魂。停留一處禁錮了太久的心有時候令她甚至於茫然到不知所措，她需要走出去。雖然離家對父母親情又意味著分別，他們撫養長大的女兒這次又將去到他們無法觸碰的遠方，所有未來的痛苦和歡笑他們都將不得而知；然而這次的「愛」卻讓他們選擇了「放手」，而老父母又將耐心守候在原地，等待著女兒再一次回眸，哪怕也只是又一次交代那種說不清楚、講不明白的背影。

「就這麼又離了家，丟下了父母，半生時光浪擲，竟沒有想過父母的恩情即使不想回報，也不應再一次一次地去傷害他們，成年了的自己，仍然沒有給他們帶來過歡笑。」

三毛對父母是愧疚的，可是她自由的心靈讓她無法被束縛被捆綁，幸運的是父母總是給予海闊天空的包容，哪怕不捨、哪怕難過，仍舊義無反顧的支持又支持。

對此點滴心頭，三毛是深深感激的。

父母與子女的緣分無法用言語訴說，但正因為有了他們，三毛才能如此堅強活出精采。這次遠行和以前不一樣，三毛完完全全把握了父母親情給予她鋪墊的山高水長，繼續活得恣意瀟灑、奔放自在——雖然仍像一顆墜落凡塵的星子在俗世間張帆展翅般漂泊著，但是在既有如隕石衝撞大氣層的遍體鱗傷之外，終於閃耀輝煌一如澔光星宇，恆久環擁守護著三毛自由心靈裡始終如一，任其盡情綻放絕代風采。

其實在我構思撰寫本書之初，試著把有關三毛一生裡的七種情的夢田分成七大段落篇章時，我心知肚明：有別於三毛的心情、友情、愛情、人情、藝術情、文學情，盡如繁花茂葉般豐富精采；那麼相形之下這一章必須提到三毛來自原生家庭裡父母姊弟姪女和她之間可貴的親情，最初錯誤估計「可能」將會是全書相對單薄的一個單元。直到她死後，我再次讀著她自己披露在書中跟父母相互寫的信，也讀了她的姪女陳天慈紀念姑姑而去西班牙見了荷西家人的感人故事；特別是我重讀了《紅樓夢》的最後一幕，我發現自己終於讀懂了三毛曾經屢屢自閉又逃避的親情。

即使從小以來，三毛身處在一個看似傳統的家庭裡，跟她的姊弟、親友、鄰居、同學都是個完全不一樣的孩子，傷透父母的腦筋；但是終其一生，原來「親情夢田」才是她看似平淡的生活中最氣勢磅礡的風景。

就像整本《紅樓夢》最後大雪漫天蓋地的那一幕壓軸的場景：

出家的寶玉戴著斗笠站在雪中面對著臨江舟楫上愛恨悲喜糾結交集的父親賈政，天地一片白茫茫清靜了悟、叩首跪別後寶玉隨佛道兩仙離去無蹤。這段不言而喻的親情蕩氣迴腸感動至深，竟超越全本《石頭記》裡所有大觀園的繁華到殞落、十二金釵的戲夢人生，也超越了寶玉和黛玉的情牽萬古。對呀！我上述已經提過三毛十一歲才小學五年級，就在上課時一直偷讀也搶讀著《紅樓夢》。全書這麼多動人的情節都不如她讀到了這最後一段，讓她對於親情感動到就直接在學校教室課堂上，渾然忘我放聲大哭。

結果……三毛大笑著跟我說：

「又遇到了一隻不可語冰的『夏蟲』啦！後來就被這個數學老師當眾大聲斥罵了小三毛一個字而已——『豬』！」

我也笑到摔在地上說：

「『冬豬』豈可語冰於『夏蟲』。那個一元二次方程式的冥頑『石頭』腦子，也解不開象限座標上『風月寶鑑』的『石頭記』！」

語畢，我倆頓了一秒鐘，接著狂喜大笑滿地滾，久久不能自已矣。

三毛第三個夢田

——真摯・友情

三毛式的友情

三毛相識知交的朋友滿天下，無庸置疑，她真正是那種天生絲毫沒有一點點存在對於貧富、老少、智愚、貴賤的所謂「大小眼」和「分別心」的人。

我陪三毛走在她家附近一路且晃且聊，真的是連經過理髮店，裡面的洗頭小妹不經意轉頭看到，都會忍不住舉著沾滿肥皂泡沫的雙手跑出店來，親切喊著她：「小姑」。這樣的一喊真的沒有任何目的，只是喜歡眼前這個人，見一次就想叫她一次而已。既是有別於姊姊陳田心是姪女口中叫的「大姑」，她後來也要我這麼喊她，三毛說這也完全符合了她「小姑獨處」的情況。

就是因為三毛的純真善良又有正義感，並且極為熱心樂於助人、關懷照顧朋友，難免讓很多不懂她的讀者經常會分辨不清她待人處世裡的「友情」和「愛情」，甚至無心就扭曲誤解了三毛真正具有一種「可以和每一個懂她而也被她欣賞的朋友，成為心靈知交的『天賦能力』」。檢視三毛這種一般世人終其一生也未曾體驗珍愛擁有過的人際關係，請容我將其通透參悟後稱之為「三毛式的友情」，那麼當如此純潔真摯的情誼擺放在凡塵俗世裡，確實跟社會上定義的「愛情」好似僅僅一線之隔——我倒是覺得那正是本性熱情活潑的三毛「真正的友情」。大家如果未能感受理解這關鍵一點，終將霧裡看花，於是難免在三毛善美的友情天地裡貼上一大堆誤解的標記符號。

就像三毛生前曾主動鑽進同志畫家席德進的臨終病房照顧他；曾因欣賞朱銘的雕刻造詣而在他兒子面前都逗趣說她是「小老婆」；曾為了方便深入討論電影劇本，讓從香港來台北討論劇本的嚴浩導演留宿在她公寓的閣樓；曾多次關心幫忙資助行動不便的身障作家張拓蕪，還給他失眠使用的藥；曾與知交筆友七等生長期通信，從文學評論到生活點滴無話不談；曾手勾手親熱地貼身攙扶著前輩老作家司馬中原大逛北京潘家園古董街地攤；曾連續幾年多次往返台灣新竹五峰偏遠的泰雅清泉部落，幫祖籍黎巴嫩的美國人丁松青神父翻譯英文出版了三本中文著作《清泉故事》、《蘭嶼之歌》、《剎那時光》；曾心疼王洛賓對民族音樂的畢生奉獻卻孤老邊陲而兩度飛赴新疆，還宣告她要陪伴照顧這名風燭殘年的老音樂家為他立傳；也曾與我在她過世前整整一年間多次當面日夜暢談又電話接力，講天說地狂喜溝通卻絲毫無關名利風月的文人雅敘；連對於欣賞其文筆卻從未謀面的四川作家賈平凹，三毛都在過世前請我幫她投遞回寄了一封信去給他鼓勵……。

凡此總總，也都曾經不免在一個城市跟隨著她身後的傳奇與傳說而流轉又流傳，繼而被街頭巷議、評頭論足，成為所謂那般好像想把朋友都引為知己的「多情」，各別無聊八卦猜測他們之間……應該不只是「友情」吧？畢竟，大家不懂，加上眾人此生從未遇得此情此景，可不又是一群「夏蟲」來了；於是錯把「三毛式的友情」居然硬是全都給歸類為夢幻的「愛情」。

遺憾。這就真的沒讀懂三毛了！

有幸在她生命的最後一年，我能成為三毛的生命知己，乃是因為三毛和我在她的家裡多次面對面的長談中，我們發現彼此在對於所謂「靈魂的狂喜快樂」上，有著極為相似的溝通認同——於是我們想一起旅行、一起寫作、一起畫畫、一起唱歌，一起把兩人同樣的見聞經歷，一起用她女人的文學心，以及我男人的新聞眼，寫下來可以傳世的文字。承蒙她的信任與託付，我們兩人相約以錄音形式即刻錄下兩人所有的聊天內容，以便未來完成共同的作品。當時三毛其實連書名都已經取好了，我們還有志一同，我用黑筆、她用藍筆，記錄下來兩人出書計畫的親筆字跡，在同一張便條紙上，珍藏至今：

「南來北往，東成西就——三毛．眭澔平一九九〇大串連」

我比一般人幸運的是，讀者乃是透過書本閱讀文字來認識作者三毛，而我則是以朋友交心的方式認識知交陳平。

我聽她當面說故事，言語生動豐富，細節歷歷如繪，故事情感飽滿，鋪陳條理有致，自不在話下。尤其是當她說到撒哈拉和加納利的生活，她會將自己在著作裡寫過和未寫進的故事，一一坦誠面對我，完整溢於言表又躍然紙上般扣人心弦。

以下的故事皆出自於三毛當面親口所言，畢竟她書寫的文體本來就是以第一人稱自傳自我表述的方式，如果與其他出版雷同或有出入，那是因為都是來自於同一個人的經歷，我尊重她在人生的最後一年裡所想說的方式與內容。

三毛的兩個啞巴朋友

談到三毛的第二個夢田：友情，三毛一生中最讓我心靈震撼感動到泣不成聲的「朋友」，其實都不是我前面提到過的名字，而是兩個「啞巴」。經由貫穿三毛生命裡的這兩位啞巴朋友，我們才能全面深入了解三毛對「朋友」真正的定義。

首先登場的是《傾城》裡的〈吹兵〉。

三毛九歲還在就讀台北市中正國小四年級時，那年九月到十月她在學校認識的一名臨時駐軍部隊的伙房聾啞炊兵，一個在四川街上為快生產的太太抓中藥卻被抓軍伕給帶到台灣的殷實壯漢。他幫忙當值日生的小三毛提送班上熱騰騰滾燙的大水壺，三毛則教他寫字分辨「炊」和「吹」、「笨」和「茶」，跟他一起玩蹺蹺板；

但是卻被老師誤會阿兵哥對三毛有所「不軌（鬼）」而不准他們來往。在那個師長絕對威權的時代，三毛只能聽話逃避，乖乖順從老師的教誨和規定，她悔恨自己當時只會哭、只會朝著啞巴炊兵說那三個字「不是我」，就像《水滸傳》裡偷窺的石秀面對翠屏山上楊雄正殺出軌的妻子潘巧雲求救時所說的話一樣。意思說不再理會這個炊兵啞巴朋友，並「不是我」、絕「不是我」的本意，而是老師強迫逼我這樣做的。直到部隊移防離開校園的那天，三毛看到了教室裡站在老師面前那個找她的炊兵，她不顧威權的老師阻止衝出教室筆劃手勢叫他出來。他給了三毛一大紙包的牛肉乾和他的名字與部隊信箱地址，敬個禮轉頭沉重地離去，可惜全被老師沒收，今生今世永無重逢之日。三毛自我救贖般痛苦地在〈吹兵〉一文中回憶到：

那是今生第一次負人的開始，而這件傷人的事情，積壓在內心一生，每每想起，總是難以釋然，深責自己當時的懦弱，而且悲不自禁。而人生的不得已，難道只用「不是我」三個字便可以排遣一切負人之事嗎？親愛的啞巴「吹兵」，這一生，我沒有忘記過你，你還記得炊和吹的不同。正如我對你一樣，是不是？我的本名叫陳平，那件小學制服上老掛著的名字。而今你在哪裡？請求給我一封信，好叫我買一大包牛肉乾和一個金戒指送給你可不可以？

另一位三毛的啞巴朋友是《哭泣的駱駝》裡的〈啞奴〉——三十歲那年她生活在西屬撒哈拉沙漠所認識的一個當地身分卑微低賤的奴隸。三毛生前跟我說她一直不喜歡去看自己以前的文章，但是她這生還是有她最喜歡自己所寫的一本書，那就是《哭泣的駱駝》。有一次三毛忽然打電話給我，跟我說她今天什麼事都沒做，發呆發了一整天，都在看自己的書，那些她寫過卻其實從來不回看的書。三毛在電話那一頭笑著說，她又讀完《哭泣的駱駝》，直說「還是滿好看的」。我們共同最喜歡的，則是此書裡面闡述表彰三毛無上友情的經典之作〈啞奴〉——三毛肯定地跟我說她今生最愛自己寫的書就是《哭泣的駱駝》，最愛自己寫的文章就是〈啞奴〉。

在這一篇散文小品裡，從三毛、荷西與三對嬌貴的西班牙夫妻透過朋友阿里的安排，有機會到當地沙哈拉威人的大富豪家用餐，才驚愕地發現民主自由法治的西班牙竟然縱容自己非洲西屬撒哈拉的土地上蓄奴。三毛意外目睹這些從沙漠裡比抓軍伕還要狠的整個家庭被抓來的黑膚色的人，世世代代順服卑賤為奴的傳統。其實我們要了解三毛的本性就是極端痛恨任何不公平不正義的事，連我和三毛到郵局排隊寄信，她都會毫無公眾人物顧忌的所謂「形象偶包」，完全不假思索立刻挺身而出拉高聲量破口大罵，把那個插隊在一位老先生前面的大漢硬是給拉出來，我卻沒這膽量。

於是三毛在撒哈拉一樣如此不屈從於當地約定俗成的陳規陋習，不但曾對西班牙行政長官抗議縱容蓄奴，她還不時偷偷塞錢給兒童奴工雜役。直到其中一名孩子告訴了他誠實的啞奴爸爸，於是這衣衫襤褸的土著來她家退錢而相識。

我發現這個當下最可貴的不只是三毛，甚至荷西比她更積極的不在意周遭鄰居的謾罵批判、蜚短流長，他們小夫妻就是偏要把啞奴拉進家裡一起平起平坐的乘涼、喝水、共餐。這對於我七進撒哈拉旅行生活的經歷見聞來看，三毛與荷西當時如此衝撞當地嚴格的階級貴賤習俗，簡直是離經叛道到足以遭群起攻之，甚至可能嚴重到被當地權貴和人民聯合把他們燒死的恐怖地步。

三毛的友情這般平等博愛、堅持不分貧富貴賤到專注關心弱勢團體，絕不錦上添花、趨炎附勢，都讓我們讀懂她的一生在「友情夢田」方面，她為自己覺得應該幫助的朋友去付出、為她覺得應該投入的朋友去做事。如此我們就更能理解前述她與多位朋友可貴的情誼；另外她何以更像家人一樣跟加納利老友張清渠和張南施相處情同父女姊妹、跟上海因創作同三毛筆名的《三毛打游擊》漫畫家張樂平結拜為義父女持續魚雁往還。這些朋友的情誼真摯無比，非但無關名利，更無任何企圖目的，就是「朋友」——在不同的層面和角度，甚至可以比真正家人還要親的友情。

自然這樣來看三毛對顧福生老師、對白先勇、陳若曦、朱銘、許博允、林懷民、席德進、王大空、孫越、司馬中原、沈君山、紀政、張曉風、古龍、倪匡、七等生、張拓蕪、王洛賓、瓊瑤、林青霞、眭澔平等朋友，就清晰明瞭三毛把朋友的定位和分際一直都掌握的相當適切，千萬不要像坊間網絡街頭巷議，總拿愛情浪漫的色彩去渲染。

談到這裡，我們是時候繼續回頭再讀〈啞奴〉了。

就在三毛得知因為撒哈拉爆發一場突如其來罕見的大雨，不但她家淹水毀損，連南方茅利塔尼亞的沙漠都長出了青草，於是啞奴即將獨自被高價賣到那裡去做他最擅長熟稔的泥水畜圈。我們看看三毛如何面對這個她無法改變的事實，她知道她自述從九歲「負人的開始」，現在三十歲又將凌遲煎熬一次，看看她怎麼做？看她如何送別一個又是無關名利風月的朋友？我們就能完全明瞭三毛的「友情夢田」：

我再衝出去，看著啞奴，他的嘴唇在發抖，眼眶乾乾的。我衝回家去，拿了僅有的現錢，又四周看了一看，我看見自己那塊鋪在床上的大沙漠彩色毯子，我沒有考慮的把它拉下來，抱著這床毯子再往啞奴的吉普車跑去。「沙黑畢（朋友），給你錢，給你毯子。」我把這些東西堆在他懷裡，大聲叫著。啞奴，這才看見了我，也看見了毯子。他突然抱住了毯子，口裡哭也似的叫起來，跳下車子，抱著這床美麗的毯子，沒命的往他家的方向奔去……

我眼中的三毛對朋友就是這樣，即使陌生人在沙漠招手要搭便車，她一定會把車停下給別人方便。她也曾幫一個第一天上班的推銷員買了第一套兜售的百科全書，幫一個雙手被燙傷的男店員隱瞞他捲款逃去找一個始終欺騙他的「阿拉伯塑膠花」壞女人；三毛又常關心這個人沒有船票過島、那個擺小攤賣飾品的日本流浪漢又去哪了，還有跟荷西爬牆進屋悉心照顧同社區沒人理睬的瑞典殘病老人……。對！這些人事物一起構築鋪建出三毛一生的「友情夢田」。

驚心動魄，是你

「許多年過去了，半生流逝之後，才敢講出。初見恩師的第一次，那份『驚心』，是手裡提著的一大堆東西都會嘩啦啦掉下地的『動魄』。如果，如果人生有什麼叫做一見鍾情，那一霎間，的確經歷過。」

這是三毛在《我的三位老師》中寫的一段話，寫的是顧福生，一位英俊秀逸的畫家，也是當年台北文藝圈甚為有名的美男子。他像一陣薰香醉人的春風就這麼不經意間吹進了少女三毛冰冷幽暗的心底，喚起了她心湖凝結冰凍下的一絲火種，燃起追逐生命光華的勇氣——這為她寂寥荒蕪的生命黑夜中亮起的一道璀璨曙光，曾讓她熱淚盈眶感動不止，終其一生未曾遺忘。每次想到畫室中那位安靜溫和如玉樹芝蘭的青年，三毛總是忍不住莞爾一笑，滿是歡喜，只是在眼裡眉間總不免帶著一絲歲月流逝過往如雲煙的遺憾和無奈。

對顧福生，少女三毛曾私心寄託了太多，多到她曾想就這麼不問朝夕一生相隨，多到只要在顧福生身邊她就可以什麼也不用想、什麼也不必怕，就這麼帶著靜靜的歡喜跟在顧福生身邊，便足以讓三毛悸動雀躍、別無他求。

三毛對我說：三十年前她不只是上畫畫課而已，更是在畫裡找到對愛的渴望與對藝術的追求，一種能穿越時空的極致之美。花季一般美好的歲月，可是比起同齡人的鮮妍明媚群芳競豔截然不同，十六歲的三毛將自己冰封囚禁在輟學幽暗封閉的世界裡，她靜默無言孤寂落寞，這般美好年華卻無法和同齡的少女一樣相約著前去學校，也無法妝扮得漂亮嬌美像朵花一般地奔赴約會餐宴。她就那麼冷冷清清、寂寂寥寥沉默著，她的世界荒蕪一片像冰川覆雪漫天鋪地，直到那一次出門學習西畫開始融解，終於逐步花木扶疏，欣欣向榮。旅法青年藝術家顧福生的教法創新自由不墨守成規，在他的學畫導引下發現小三毛討厭死寂刻板的素描，意外探掘出她在文學寫作方面的天賦資質潛能和後天過人的努力才華；終於閃爍星光緩緩照亮了她荒煙蔓草的生命曠野，當代世界華語文壇耀眼的明星作家三毛於焉誕生。

那七年間，極度的厭學讓三毛曾經只能「呆」在家裡，學業都是由父母親自教導。陳父發現自己這個女兒很愛畫畫，為此他四方請託又東奔西跑幫三毛找到了第一位繪畫老師，這位老師是「渡海四大家」之一的黃君璧先生——一位傑出的國畫大師，三毛跟著他學習傳統中國山水畫；但是那種再三的反覆臨摹讓她覺得索然無味，甚至厭惡其刻板枯燥。三毛與生俱來就對於美術作品有著獨特的審美觀，實在難以接受在她看起來如此枯燥無比，有如原地踏步的練習方式。父母十分疼愛她，於是為三毛另請了張大千的入室女弟子邵幼軒老師，繼續教她學畫傳統牡丹工筆花鳥。邵女士並沒有讓三毛一筆一畫地去臨摹，而是直接讓她創作，畫一些簡單的花鳥圖。在這段時間裡三毛雖然找到了一點兒繪畫的感覺，但是她依舊不覺得快樂。

後來我把一幅三毛署名「二十四歲　陳平女史」的牡丹畫交給我的名畫家好友趙松筠教授評鑑，她立刻讚賞畫紙上雍容華貴的花朵確得邵老師真傳。但是三毛卻曾親口說那些畫明明白白就是照著古老繪本公式化的模仿，根本不能激盪起她心中渴望「美學」那種心靈自由奔放又渾然天成的熱情。於是封閉時期的她依舊沉默、寂靜無言，直到偶然的那麼一天，三毛收到後來旅居維也納的音樂家堂哥陳懋良送給她的一本畢加索的畫冊，她驚呆了！

「愛！就是這樣的，就是我想看到的一種生命。」

三毛打開畫冊，畫中濃郁奔放的色彩、獨特解離的構圖所蘊含著的濃烈情感讓三毛驚歎不已！只這麼一剎那就觸碰到她那顆敏感的心，三毛立刻愛上了畢加索的畫，她就是喜歡畫中充滿靈氣的生命力，一種磅礴猶如驚濤拍岸的雄渾氣勢。三毛一面跟我講述當時的情景，一面笑得快跌到地上——三毛說她愛畢加索的畫，愛到想跑到西班牙找畢加索，甚至找他是為了愛他的藝術，愛到天真地想把少女的自己獻給他。那天我們倆真是笑得從椅上講到地下。不過，即使如此對藝術的瘋狂愛慕並沒有讓三毛走出禁錮自己當年心靈的枷鎖，她仍舊獨自一人，靜候在幽暗籠罩不去綿長的梅雨季裡。

結識顧福生對三毛而言來自一次「美好的意外」，似乎冥冥之中就有那麼一段塵緣讓素不相識的兩個人即將相逢。那一天，三毛的姐姐陳田心約朋友到家裡玩，在這一群人中有一對姊弟，姊姊是陳繽、弟弟是陳驌。幾人玩到興起時，陳驌突然站起來甚是神氣地說，他要畫一幅畫給大家看。畫筆落下，大家爭相看著，這是一幅色彩鮮明有著激烈衝突的戰爭畫，畫的是一場美國騎兵隊與印第安人的戰爭，這與大家往常所見的畫都不太一樣，引起了一陣騷動，喧鬧聲驚擾了那時一直躲在臥房裡從不出來見人的三毛，因為她聽著聽著實在有點好奇了。

於是就在大家失去興趣不再關注這幅畫，簇擁推擠著走出屋外去院子裡玩耍時，三毛悄悄地走出了房來，拾起那幅被扔在地上的畫。那濃郁的色彩構成出強烈的畫面，只這麼一眼便挑動了她的心，讓她想起了堂哥送給她的畢加索畫冊。對！就是這樣濃墨重彩、構圖驚人的畫面讓她深受感動，為之著迷，讓她第一次覺得枯寂貧乏的生命竟能由畫筆勾勒如此鮮妍多姿和飽滿要流洩四溢的生命張力，好似我們輕顰淺笑、舉手投足即可瞬間觸碰到生命本質的光彩。她握緊了手裡的畫，第一次這麼渴望；她喉嚨發乾，心跳加速，眼裡卻閃爍著光芒。她渴望擁有畫中這樣激烈炙熱的生命力，她迫不及待地想要知道是誰能賦予白紙這般強烈的生命，禁閉多年的她首度找到一條煥發昂揚朝氣蓬勃的康莊大道。

陳驌告訴她，他學的是歐洲的傳統油畫，老師是一個名叫顧福生的人。顧福生，這個名字對三毛來說是陌生的，她在心裡默念著這個名字，讓三毛有一種極其強烈的衝動要見到這個名叫顧福生的人，更要見到他畫中豐沛的生命。三毛就是想跟他一起畫畫，一起去觸碰體驗那種有如妖媚魍魎蠱惑靈魂隨之震顫翩然起舞的另一種生命姿態。於是這個將自己封閉多年的女孩，居然主動央求母親：讓顧福生收她做學生。母親陳繆進蘭聽後又驚又喜，這麼些年來還是第一次從女兒口中提出要求；

這朵將自己閉塞牆角的花朵終於頭一回怯生生地開口說話，讓母親擔憂愁苦的心有了一絲希望，不然母親真怕孩子老是躲在靜默漆黑的時光角落裡枯萎凋零。於是，媽媽答應，不惜一切也要努力完成孩子的心願。

顧福生是顧祝同將軍家的二公子，家世顯赫，出身將門的他卻非勇悍粗俗之輩，反而有著江南水鄉孕育出的鍾靈毓秀，他執著而又堅韌地追求著自己心中的夢，君子如玉、王孫修竹，是台灣「五月畫會」著名的畫家。

台北市泰安街二巷二號，顧家的高門庭院綠樹繁花，忐忑的三毛帶著萬分期盼一路穿楊拂柳，來到顧福生的畫室。她遲疑不前躊躇呆立，許久方才鼓足了勇氣敲響門扉，畫門緩緩拉開，露出一道修長清瘦的身影，紅色的毛衣襯著一張溫潤含笑朱顏玉貌的臉。「怦怦」……三毛聽到了自己悸動的心跳聲，一種無法言語的仰慕歡喜讓她有著難以名狀的心動，恰如三毛提到的那份一見傾我心的「驚心動魄」。當時三毛感受到的就是《詩經．鄭風》的意境：「既見君子，雲胡不喜。」

筆墨油畫中的星光璀璨

緣分這個詞無法描述，難以形容冥冥中卻似由天註定。在與顧福生結識之前三毛對此並不在意甚至可以說是不以為然，然而在遇到了顧福生這麼一個人後，她卻由衷地感激著這份上天賜予的緣分。

顧福生與三毛以往所遇見的老師都不一樣，他風度翩翩、溫文爾雅，並不會去追問眼前這個十六歲的女孩為何不去學校？為何小小年紀這般自閉孤僻？他就是這麼溫和寬容地接納眼前這個不敢多看他一眼的女孩，接納她的一切，不論世俗眼中的好與壞。家世門第並沒有讓顧福生孤傲清高，即使他與生俱來就可以享有這些，可是這位俊秀溫和如幽谷清風一般的暖男君子竟擁有著一顆至誠、至真、至善、至美的心，純粹而又包容，他將自己全部的心神投入到藝術創作，他喜歡美也能創造美，每一個與他結識的人都情不自禁地萌生愛慕之意，這無關情愛，只因他那獨有的氣度風采。

清風拂面而來，帶著和煦陽光一點一滴融化冰封的心湖，一絲一縷縈繞三毛輕鬆歡悅的心靈花圃，並不會讓她覺得窒息束縛，反而令三毛的情緒難得自在展舒。她跟著顧福生進了畫室，耳邊是顧福生溫潤悅耳的聲音，他只詢問一些小事，是否喜歡美術，以前有沒有接觸過……也給三毛介紹了他的畫室，絕對不提任何讓三毛有半點顧慮擔心的私密問題。顧福生語調平緩，讓三毛原本緊張擔憂的心全部放鬆了下來。她喜歡這位老師，喜歡這種輕快自在的相處方式裡學畫，這都是因為顧福生的寬容與尊重讓她安心自在。

於是三毛再次學習畫畫，讓她對自己有了更強烈的期盼，因為她喜歡和這第三位老師顧福生相處的感覺，於是為此她願意一直拿著畫筆。每次從畫室才回到家來，三毛便已經開始盼望著上課，這是她有生以來第一次如此焦急地等待著上課並且開始喜歡教室了。三毛自己也嚇到：居然才剛剛離開那間畫畫的教室，她就開始殷切期盼下一次又能跟老師在教室裡重逢。

第一堂課是學習素描。三毛有點緊張，她喜歡美術、喜歡畫畫，但非常厭惡反覆枯燥的練習，從而三毛並沒能掌握太多繪畫的基本功法，她也沒有任何素描的基礎，因此自認為畫的實在很糟糕。看到畫紙上慘不忍睹的線條構圖，三毛瞬間感覺到絕望，她甚至沒有勇氣再次提起畫筆。

「為什麼不動筆呢？」

顧福生走近，聲音依舊溫和平緩，沒有絲毫的責怪。瞥見三毛蒼白的臉色，這位細心體貼的老師立即就察覺到了三毛的窘迫，他並沒有多言而是接過炭筆從頭開始教導三毛素描的基本技能，讓她多加練習。

對於顧福生，三毛始終是十分感激的，除此之外還有著深深的仰慕。這麼美好如玉石青松般的人怎能不讓三毛心折，於是她拼命賣力地熟記著這些技法，苦苦堅持續練習，然而畫作仍舊沒有多大長進，也看不出自己在繪畫方面到底有何天賦？

顧福生教的學生很多，三毛可以說是這些人當中畫的最差的，對此顧福生依舊寬和，他雖年輕卻有著讓人尊敬感動的包容力，他耐心溫和地鼓勵著三毛，畢竟與他人不同，三毛是一個敏感自卑的女孩。顧福生的耐心包容又像三毛父母對她的愛，眼看即將再一次由關愛而讓她自慚形穢，也讓她越發感到內疚不安——

三毛又想要退縮了。她不願成為顧福生的負擔，因此即使她再如何喜愛顧福生也不免怯懦自責：

「沒有用的，不能再累你，以後我還是不要再來的好！」

三毛說出這句話時真是糾結而又痛苦的，她甚至也不知道自己究竟想要得到什麼樣的回答？她明明就想留在顧福生的身邊，畢竟她實在喜歡那份溫存；然而強烈的自尊心怎麼總讓她自卑內疚，甚至絕望。

聽完三毛的話，顧福生難得愣了一下，隨即微笑帶著一點心疼，他沒有直接回覆，而是輕聲細語地詢問三毛是哪一年生的，當得知三毛的年齡後他笑著安慰：「還那麼小，急什麼呢？」這一抹笑容讓三毛糾結痛苦的心有了片刻的安寧，可是敏感的靈魂讓她還是難以心安，幾個月的苦學毫無進展讓三毛痛苦壓抑覺得自己一無是處，讓她又想要躲回厚厚的蠶繭裡將自己鎖起來，這樣就沒有人會看到她的無能了。

就在三毛心灰意冷想要將自己再度埋藏在黑暗裡的時候，顧福生又一次給了她一道曙光。

「你的感覺很特別，雖然畫得不算好——」顧福生沉吟了一下，又微笑著問：「有沒有試過寫文章？」在幾個月的接觸中，顧福生能感覺到三毛的獨特，他相信這個敏感有著細膩思維的女孩是天生饒富才情的，只不過或許並不在繪畫方面。

對於顧福生的話，三毛是茫然的，畢竟她已經很久沒有去學校了。

顧福生指指書架，沒有等三毛開口，他主動取出幾本書，微笑著遞給三毛，是一本《筆匯》合訂本，還有幾本《現代文學》雜誌。這些書從波特萊爾、左拉、卡繆到陳映真等海內外作家的作品，與三毛以往讀過的中國古典小說和世界名著的風格截然不同，全都是當時台灣文藝青年最熱愛追捧的現代文學標竿級讀物。三毛握著這些書，躁動不安的心似乎逐漸有了一絲著落，這就是顧福生開啟三毛最可貴的一條閱讀寫作的康莊大道。

顧福生察覺到素描帶給三毛無以名狀的壓力，於是微笑著和三毛商量下次改畫水彩，不碰素描，語調平衡且輕鬆自在。顧福生似乎從來不會讓人為難，和他相處真是一如頭枕清風、身沐朝陽。

果真這些書刊深深地吸引了三毛的目光，讓她沉浸其中、欲罷不能。從這些書籍中，她驚訝地發覺原來這世上也會有許多與她內心極為相似的情懷，她並不孤獨。後來，三毛的話漸漸多了，見到顧福生她會滔滔不絕敘述著自己閱讀後內心的驚訝與感動。每當這時候顧福生都會微笑地看著她，耐心聽完她所有的話語，眼中流露出欣喜和安慰。於是三毛每次上課後都會從顧福生這裡帶幾本書回家看，她固執的心窗漸漸被敲開了。一段時間後三毛在畫畫的時候帶著誠惶誠恐的心情，小聲詢問顧福生可否看看自己寫的文章？

顧福生微笑著點頭回應，似乎理應如此。

三毛也就真的去寫了，她開心雀躍，再去上課的時候她交給顧福生她的第一份稿件。對三毛來說顧福生已經不僅是老師也是她的知己，是她的傾慕憧憬，更是世間一切的美好。顧福生翻看了一下，見到三毛拿來的是有關一名女孩安妮被精神官能心理障礙疾病所困擾幻聽的一篇散文「惑」。

再次去畫室上課的時候，顧福生突然對她說：

「你的稿件在我的朋友白先勇那兒，《現代文學》月刊的總編，同意嗎？」

一句輕描淡寫的話，落在三毛心底猶如驚雷滾滾。她無法置信，就那麼看著顧福生說不出一個字，眼眶酸脹想哭。

「第一次的作品，很難得了，下個月刊出來。」

顧福生的話語依舊那麼平和恬淡，穩住了三毛的欣喜若狂。

一九六二年十二月，三毛的處女作在《現代文學》雜誌上刊出。三毛從顧福生那裡收到月刊，驚喜不已，她捧著書飛奔回家，喊著：「爹爹！姆媽！我寫的文章變成鉛字了，你們看，上面有我的名字——」

素日寡言的三毛此刻歡天喜地，父母也無比寬慰。

驚豔了黑暗寂寥的時光

「對於生命中的有些人，根本就無法用語言來描述。」

對於三毛而言，顧福生就完完全全是無法用言語來形容的，這個人太過完美，世間一切美好的辭彙都不足以形容，他猶如三毛年少時所有「美夢的衣裳」，是天上的明月、是山間的青松、是曠野的清風、是翠谷的藍溪。

一篇名叫《惑》的散文，就這麼為三毛打開了人生遲疑迷惑的一扇門，從此以後三毛逐步開創了一條文學創作自信的生涯路。那時候，三毛漸漸地開始嘗試走出禁閉的房間，走出桎梏心靈的囚籠，這份勇氣源自於生命裡顧老師給她的那道萬年長夜裡獨醒的星光。

三毛踏青戶外，欣賞外面的花草樹木、天光雲影，日暮時分常常遇見家裡附近出現同樣俊美的主編白先勇，她卻幾度羞澀避開正在斜陽下漫步的伯樂。白先勇和三毛算是鄰居，他不但是顧福生的知交好友，同樣都屬大將軍的名門子弟。白先勇是桂系大將白崇禧的公子，更是當年文組第一志願台大外文系高材生與《現代文學》的主編，氣度溫文爾雅才情卓然。三毛一反對顧福生的親近，竟然會躲著他。後來三毛將這件事告訴了顧福生，聽完三毛的話，顧福生有片刻的沉默，他溫和地看著眼前這個活潑了些許的女孩，緩緩說道：「你不覺得多交一些朋友也是件很好的事情嗎？」這句話讓三毛猛然意識到自己的生活裡還真的是：除了顧福生便是書，她根本就沒有「朋友」，雖然她總是哄騙自己覺得這也沒有什麼不好啊！

顧福生遞給三毛一個地址，並催促她前去。這般情況下，三毛去了永康街，陳秀美的住址。陳秀美筆名陳若曦，顧福生的好友，白先勇的同班同學，是一位作家，也是三毛日後很好的朋友，正是她鼓勵三毛寫信給文化學院懇請接受借讀，終於讓三毛再次回到校園。

慢慢的，三毛不再那般冷僻孤寂，變得熱情活潑，也有了書本畫畫以外其他的喜好。那是一個尋常的黃昏，三毛提著畫箱從顧福生的畫室走出來，遠遠地就聽到一陣悅耳甜美的笑聲，等到走近恰好與四道美麗纖細的身影擦肩而過，衣香鬢影如花似玉，這是顧家的四個女兒。這次的驚鴻一瞥，讓三毛恍然發覺自己也是這般美好的年華才是。回家後，三毛攬鏡自顧，於是讓母親帶著她去訂製皮鞋，她選了一雙紅色的鞋子，色彩鮮豔亮麗。鞋子做好後，三毛迫不及待地穿上，走進了畫室，她想穿給最仰慕的那個人看。顧福生見到後，笑著點頭說很好看，這份肯定讓三毛萬分歡喜，她的人生漸漸地有了明媚的色彩。現在看來，一個從自閉抑鬱的狀態下想要重新回歸到人群的互動交集，實在需要太多的不經意就促成或摧毀的鼓勵來拉鋸成就啊！

「當年的那間畫室，將一個不願開口，不會走路，也不能提筆，更不關心自己是否美麗的少年，滋潤澆灌成了夏日第一朵玫瑰。」

在十六、七歲的三毛心裡，顧福生就是她的喜怒哀樂，是她一切歡喜的源泉。感激、傾慕、憧憬都不足以概括三毛對顧福生的情感，這個人是她生命中不可缺失的一部分，她渴求著這份安心能相伴朝朝暮暮、長長久久。

那時候的三毛並不知道——人生有很多相遇，無論愛深情淺總是要分離的。

當時顧福生舉辦了個人畫展，三毛便在畫展和家裡來回穿梭，她喜歡待在顧福生身邊的感覺，這種安心讓她眷戀，她也從未想過會有那麼一天顧福生即將不再出現在她的生活中。

那是尋常的一天，顧福生突然對三毛說：

「再過十天我有遠行，以後不能教你了！」

這突如其來的告別讓三毛恍然若夢，她凝視著顧福生哽塞無言。這個離別的認知讓三毛心裡空蕩失落，她甚至無法聽清楚顧福生後面繼續敘述的話語，也沒有勇氣再聽下去；只知道，他要去巴黎，一座藝術與夢想的城市，去尋找他的畫、去追逐他的夢。是啊，這是他的夢想，為此他將遠去故土、離鄉背井，不管未來是聲名遠揚還是默默無聞。誰能讓他停下追逐夢想的腳步呢，至少三毛知道她不能也不應該，她甚至不知道後來自己展開歐洲遊學的生涯，正是從她這一刻被顧老師深埋下的種子。縱使千般依戀萬般不捨也只能祝福，三毛拖著沉重的步伐恍惚地離開顧家，望著長長的林蔭道路，三毛第一次覺得回家的這條路怎麼會是如此漫長到沒有盡頭。

一艘名叫「越南號」的大輪船載走了那個追夢的青年，在顧福生漂洋過海遠去巴黎後，三毛似乎一瞬間長大了許多。十九歲的時候，三毛鼓起顧福生給她打足的勇敢底氣，特別是顧福生介紹的陳若曦好友鼓勵，她自己寫信申請借讀中國文化學院哲學系，並將輟學的經歷過程坦然告訴了校長也是創辦人張其昀先生。終於，三毛在休學七年後再次回到了校園，這些都可以歸功於三毛亦師亦友的顧福生的善美影響力。

十年後，三毛來到美國伊利諾伊大學求學，顧福生正好也在美國。這時他已經是一位頗負盛名的國際大畫家了，舉辦了許多畫展，特別是他類似於畢卡索「藍色時期」與「粉紅色時期」的「青色時期」，青蒼色調截然不同，顧福生對於繪畫藝術擁有更深刻的認識和展現。於是這對許久未見的師徒約定在芝加哥重逢。當時大雪紛飛的芝加哥天氣很冷，三毛緊握著的那張寫有地址的字條，獨自一人在入夜滿城燈火下卻是徘徊走動不敢進去相見，心情無比沉重。

其實三毛只要再多勇敢一點點就能見到闊別十載的恩師舊友了。然而闊別十年的光陰她自覺仍舊一無所有、一無是處，她不知道該如何面對心中的月華星光、薰風青松，她怯懦地錯過了跟顧福生第一次海外重逢話舊的機會。

後來又過了十年，人生跌宕起伏的三毛經歷了許多，當她再次回到台灣的時候恰好顧福生也在，這一次三毛終於鼓足了勇氣決定去拜訪他，如此兩人分別已經二十年，她絕不想也不敢再去等下一個二十年。

依舊是二十年前的那個舊地址舊教室，三毛恍若走在時光的回憶裡，等待著久別重逢一如二十年前那般，一道修長纖瘦、玉樹臨風的優雅身影一步步地靠近，在生命明暗起伏的波光灩影裡、也在感情記憶深處的喜悲懷念裡……漸漸疊影重合，三毛的眼淚瞬間奪眶而出。

這一次三毛已經是享譽海內外擁有億萬讀者的名作家，她仍像紅樓夢裡的「王熙鳳」一樣的好強，也像「林黛玉」一樣的敏感，而眼前自己的大恩人顧福生這一位雲淡風輕的前輩畫家大師，聲譽依舊斐然。兩人相見恍如隔世，也稱心快意無話不談。但是，相談之下才發現師徒兩人從素描油畫教學聊到水彩創作，也首次明瞭兩人對於愛情性別極為不同的價值標準追求。原來儘管每個人皆有自己渴望不同的愛與情感，只不過驚訝地發現彼此都在表面如「史湘雲」浪漫自得以及「薛寶釵」溫和得體的應對進退中，曾經如此各自不約而同又奮不顧身地如純真善良的「賈寶玉」一樣，恣意狂放追求著自己心中熱切渴望卻不被祝福的愛。不論，那些深情與夢想如彩筆顏料狂放潑灑勾勒，又堆疊潤彩、鏤刻雕鑿到何等撕心裂肺般轟轟烈烈的愛，最後兩人回到這初相識也曾忘情、忘時、忘年、忘記性別的老畫室裡，驀然回首，現在豈不都像是又循環返抵到達自己的生命畫廊裡，那座心靈燈火闌珊處的原鄉。

正像蘇東坡說的——「也無風雨，也無晴」。

他倆發現當下此刻……竟然都只剩下自己一個人，還在這麼癡傻佇立瞻望著，那一幅孤獨踉蹌跌宕被擱放在角落裡，被定名為「愛情」的畫作。

遙遠的地方

在談王洛賓之前，我們先來讀一段作家楊照於二〇二〇年十二月一日所寫的一段文字，可能會顛覆許多人對於三毛和王洛賓之間既定關係的印象：

三毛曾經和七等生有過信件往來，他們曾經結下書信之間的緣份。一個是長髮飄飄的謎樣的才女，一個是藝術家形象的瘦弱作家。怎麼看他們在文學上的交情？……年初，在北市圖的「三毛座談會」上，一位來自大陸的朋友提問，問到三毛和王洛賓的事。我腦袋立刻浮現出一段文字，並被那段文字刺激出的場景畫面弄得起了一身疙瘩。不過我忍住了沒有講話，一方面因為我擔任的是主持人，不該搶主講人——三毛的大姊及丁松青神父——的時間，另一方面更重要的是，這段文字的出處及來龍去脈很難在那樣一個場合交代清楚。回家後，我找出了這段文字：

「阿平九月底從大陸回來，到十月初才和他連絡，在電話裡，阿平透露出這次在大陸的不幸遭遇，她說新疆的那個老頭把她鎖禁起來，不給她飯吃，也不給她水喝，一直逼迫她把錢拿出來，她說她沒有錢，只有一些旅費，那老頭不相信，說她財產起碼有一億。她求他給她水喝，那老頭說不給錢就什麼都不給，她求他放她走，那老頭說妳來了就別飛出去。她渴得受不住，開始腎發炎，關了幾天就昏歇過去。她被送去醫院，就活了，她乘機逃走，飛到四川來。在四川病情嚴重了，電話到台灣，姐姐去看她，但姐姐來得慢，到四川時，她已經病好了，向姐姐要了一千元美金，姐姐還怪她是騙她的。」

——楊照〈兩顆不可相見的寂寞心靈——七等生的「兩種文體——阿平之死」〉

在那遙遠的地方，有位好姑娘
人們走過了她的帳房，都要回頭留戀地張望
她那粉紅的小臉，好像紅太陽
她那美麗動人的眼睛，好像晚上明媚的月亮」

——王洛賓〈在那遙遠的地方〉

悠揚的旋律在耳邊緩緩響起，在水碧天藍的草原上牛羊如繁星點點，似乎能感覺到吹過耳畔的涼風幾許，想起那拿著細軟皮鞭淺笑著的卓瑪姑娘，還有那名跟在她身後唱著情歌的牧羊工王洛賓。

民族音樂家「西部歌王」王洛賓就是在一次朝聖的機緣下結識一位美麗的姑娘，於是便有了我們傳唱的這首歌〈在那遙遠的地方〉。在台灣三毛和我這一輩從小熟悉這些歌曲，這些民歌也伴隨著我們東奔西走，即使獨自一人在遙遠的異鄉旅行生活也能哼唱著。三毛就是聽到好友司馬中原前輩轉述，看到了一篇關於王洛賓的報導文章，是香港一位女作家夏婕寫的採訪稿，名為〈王洛賓老人的故事〉：

「在那蒼茫而又荒涼的戈壁灘，有這樣一位老人，他唱著歌在大漠流浪安居。」

就在這麼一瞬間，三毛聯繫上夏婕，明瞭這名曾經在大西北跋山涉水採集民歌的音樂家其所歷練顛沛坎坷的人生——王洛賓一生飽經苦難，前後關進黑牢十九年，卻採集改編又創作出許多深入人心傳唱世界的歌謠。

在三毛得知這人依舊在世並且孤獨固守在遙遠的新疆時，三毛準備動身了。因為三毛就是一個有著牡羊座火星行動力想到就會去做的人，於是報名參加了一個大陸旅行團前往新疆。《明道文藝》的主編陳憲仁先生得知三毛要去大陸的消息，也聽聞了三毛此行會到新疆烏魯木齊，恰好有一份王洛賓的稿酬，於是他委託三毛將稿酬交付王洛賓，這剛好直接促成了三毛和王洛賓必須見面的機緣。

一九九〇年四月十六日，這已然是冰消雪融的春日了，而那時的烏魯木齊還很冷，三毛隨著旅行團一路輾轉從敦煌走絲路來到吐魯番和烏魯木齊；在這裡三毛利用兩天停留的時間脫團獨自一人前去拜訪王洛賓。在相遇之前他們素未謀面，王洛賓對「三毛」可以說是一無所知，畢竟這麼多年來他獨居邊陲大漠裡，完全不知誰是「三毛」。對三毛來說，那個人就像三毛在一九八九年去上海，特地去拜見到她的筆名「三毛」的同名創始人漫畫家張樂平是一樣的意義——他們夫婦成為了她的乾爹和乾媽，待她如一家人，直到後來三毛都跟他們全家保有深刻濃郁的情誼。張樂平這位比王洛賓更早就在三毛心裡活了幾十年的人，創作的小人物漫畫如《三毛打游擊》、《三毛從軍記》……等等都是很多人從小看過的漫畫書，於是她把自己的寫作當成只是抒發卑微小人物的心聲，所以引用成為後來聲名大噪的筆名「三毛」。

正是基於如此相似的時空背景，我們才能更持平去理解三毛拜訪王洛賓代為轉交稿費當時初始實際的心情。

夢鄉縈繞心頭

那個早晨王洛賓依然唱著他的情歌，傾吐心中對於亡妻與遠方友人的思念。這麼些年來他獨居西北，歲月悠悠早就不再去關注世間諸事，他全然沒有預期到會有那麼一個人闖入他逐漸死寂的生命裡，讓他在枯燈殘蠟的暮年時分，還能再度感受到自我生命的熱度以及得到全國媒體的重視矚目。

初見三毛時王洛賓是平和的，在那時他只聽說來了一位自遙遠寶島台灣的女作家，此前他對三毛真可謂是一無所知。至於三毛初見王洛賓，則特別對於他開口隨即流淌出和煦寬厚的歌聲印象深刻。兩人簡短交談中，三毛深深欣賞老人的才華橫溢，但更加心疼他在創痛波瀾的人生歷程裡悲慘的遭遇，時至今日竟然仍舊如此乏人問津而終將孤老於邊疆。或許源於他們彼此都有著相似年少追夢的經歷，都曾經走南闖北浪跡天涯，以致三毛一度以為他們的靈魂都是那麼的潔淨澄澈而獨特，直到後來實際相處才夢斷驚現並非如此美好。

三毛就在第二次從新疆倉皇輾轉跑回台灣之後，語重心長感嘆地跟我們幾個好友，包括七等生、司馬中原和我談及此事，私下親吐實情，她對我們難過自述了整個事件極為不愉快的經過。（細節請參閱二〇二〇年十月二十四日過世的三毛好友作家七等生的著作《阿平之死　兩種文體》，收錄有三毛在電話中的口述與其他的親筆信件。）

三毛後來才發現「她」與「他」原本以為可以當忘年之交的朋友，不過她卻直到死都是「看破」不再「說破」，只用《紅樓夢》跟我做了一個文人知交才聽得懂的比喻。三毛說到第二次再去找王洛賓，方才完全認清了那個遙遠地方的老人真正的面目，令她聞之色變，不寒而慄——

「如同在《紅樓夢》裡，原本自己以為我是『賈寶玉』遇到了『秦可卿』和『秦鍾』這對真情姊弟倆；後來才發現大出所料，根本就是『賈寶玉』遇到了書中前段和後段兩個賈府頭痛人物『賈瑞』和『賈環』，跟我們完全歸屬於兩個不同世界裡的人，連朋友都不能交。」

聽聽三毛寫的〈橄欖樹〉，僅管她說當年寫的歌詞因為版權問題，被修改了很多她寫〈小毛驢〉的原意，但是我們仍可發現三毛和王洛賓兩人巧合詮釋著，他們各自在追求「遠方」的「目的」有多麼的不一樣：

為什麼流浪　為什麼流浪遠方……
為了天空飛翔的小鳥
為了山間清流的小溪
為了寬闊的草原　流浪遠方　流浪
還有　還有　為了夢中的橄欖樹　橄欖樹」

——三毛〈橄欖樹〉

至於王洛賓採集編作的民謠，也是三毛從小在台灣的教育環境裡曾經琅琅上口的那首，由維吾爾民歌〈康巴爾罕〉（Qambarxan）原曲改編為〈馬車夫之歌〉和〈達坂城的姑娘〉的漢語歌詞：

假如妳要嫁人　不要嫁別人啊　一定要妳嫁給我
帶著百萬錢財　領著妳的妹妹　跟著我馬車來

——王洛賓〈達坂城的姑娘〉

原來三毛和王洛賓的價值觀存在南轅北轍的差異，就一直巧妙隱藏於兩個人分別寫過的歌詞裡面。兩首歌都提到了動人的故事，也都是發生在「遠方」的故事；但是一個是在追夢無欲無求的橄欖樹，一個則更看重那領著妹妹和她百萬錢財的嫁妝。

其實當我們讀到民謠原曲〈康巴爾罕〉維吾爾語的正版歌詞所敘述的意境，便立刻能夠理解，那才是三毛真正奮不顧身一輩子追求的那種「友情」，以及驚訝的「黑暗巧合」竟隱喻著她這次在友情夢田裡所受的極慟之苦：

一個人能夠騎著駿馬踏遍霜峰雪嶺
一個美好靈魂飽受一個壞人痛苦折磨

——〈康巴爾罕〉維吾爾民謠原詞

三毛後來繼續回顧新疆的事，跟我和司馬中原爺爺且哭且說……。

一開始初見面時她確實被他的「遠方」觸動了感懷，後來才知道，原來他們兩個人的「遠方」是這麼的不一樣。三毛的「遠方」是為了無所謂「無所為而為」的一棵「夢中的橄欖樹」；而他的「遠方」為的卻是「有所為、有所殷望渴求」，在生命盡頭被世界灰燼徹底掩埋遺忘前，再一次擄獲得到大眾傳媒的「關注」。

畢竟，當回到這暮年黃昏的第一次相遇時，曾經真的單純美好。

王洛賓回憶起久遠的陳年往事，他為三毛又唱了另一首神遊遙隔天涯寄情的「遠方之歌」與「高高的白楊」。這歌聲讓三毛似乎回到了那段在撒哈拉大漠黃沙的悠悠歲月、加納利島的潮起潮落，還有意外死在海裡不復相擁的人，都讓三毛哀傷不已，進而確實深刻觸及到三毛純潔的心靈。

高高的白楊排成行　美麗的浮雲在飛翔

一座孤墳鋪滿丁香　孤獨地依靠在小河上
一座孤墳鋪滿丁香　墳上睡著一位美好姑娘
枯萎丁香引起我遙遠回想　姑娘的衷情永難忘
孤墳上鋪滿了丁香　我的鬍鬚鋪滿了胸膛

——王洛賓〈高高的白楊〉

這首〈高高的白楊〉是王洛賓被打入獄中最艱苦時光裡所創作的一首歌曲，儘管他已年華老去雙鬢染霜，但他的歌聲卻仍有一種震顫人心的力量，甚至提及思念死去的妻子，在在令人動容不已。特別是當他唱到「孤墳上鋪滿了丁香，我的鬍鬚鋪滿了胸膛」時，三毛想到在西北非加納利群島潛水意外死在海裡而葬在拉芭瑪島上的荷西，特別是那座孤墳裡埋的就是生前同樣「鬍鬚鋪滿胸膛」的丈夫。思念及此，三毛自然忍不住痛哭失聲，淚流滿面。

這般失態，僅僅是因為她聽懂了，懂了歌聲裡的悲慟，懂得這份痛徹骨髓的孤單絕望，這份夢斷情殤三毛感同身受——讓她如墜深海，無法不想起那冰冷絕望的訣別，那埋葬在漆黑土壤下的摯愛，那些她親手掘地挖墳所揚起的一坏坏黃土塵沙。荷西的音容歡顏霎時恍若眼前，她似乎可以感覺到下頜稠密的鬍子正爬滿了遠方的墳牆，似乎還能看到荷西眼中清澈明亮的笑意。

歌聲漸漸消逝，耳邊三毛的哭聲久久不止，王洛賓也忍不住雙眼淚濕，他們同是天涯淪落人，只有親身經歷過才會如此感同身受。

他給三毛講歌詞裡的故事：

一個青年在新婚前夜被捕入獄，美麗的未婚妻獨守家中日夜思念，不久便鬱鬱而終。獄中的青年得知後悲慟欲絕，為了紀念心愛的妻子他開始蓄起了鬍鬚，年歲日增他的鬍鬚隨著他的思念寸寸綿長，鋪滿了他的臉、他的頸，更是籠罩了他的整顆心、整個胸懷，彷彿正要爬向他愛妻遙遠的墓碑。

這便是三毛和王洛賓的初見。只這一面，三毛曾經誤以為自己又找到了生命裡的友情知己。

其實當時王洛賓完全不了解三毛在整個大陸讀者心中的地位，直到那晚，王洛賓循著地址去旅館找三毛，才驚訝自己挖到寶了。當他向前台詢問「三毛」的房間時，驚動了整個旅館，眾人驚訝不已！三毛竟然在新疆，還住在他們這棟樓裡？原來，三毛本來習慣就是低調不願透露行蹤，登記時跟著團隊用了「陳平」這個本名而並非響徹全國的筆名，卻因王老先生無心簡單的詢問而不再掩藏了。大家爭相走告，不久就聚集了許多三毛書迷粉絲，搬來好些她出版的作品請三毛簽名。這時，王洛賓才意識到眼前這位敏感細膩的女作家原來早已盛名在外，不是他以為隨興跟他又哭又笑的泛泛等閒之輩。不一會兒三毛早就被人群簇擁包圍，嘈雜中三毛與王洛賓無法細談，只好匆匆道別。

這一場首次新疆短暫的相逢，讓三毛萌生了難以言喻的關懷之情，她回到台灣確實親口跟我說，她期待去照顧陪伴這個風燭殘年的老人，也想為他著書立傳，進而牽掛起那座「遠方」的城市和城裡的人，就像是我們想念 B612 號星球上小王子而會不自覺對著滿天的星斗微笑一般。三毛跟我強調，她對王洛賓先生完全是基於心疼老藝術家孤老邊疆而想去陪伴照顧他，讓世人給予他應得的榮寵和尊崇。一如三毛對待台灣畫家席德進臨終前、作家王大空重病時，特別是金馬影帝社會公益慈善家孫越住院時，三毛都是同樣放下所有手上忙碌的邀約活動，勇於貼心關懷自願去醫院幫他們搥背按摩伺候三餐，全天候照顧那幾位也曾年少才情奔放的今日老弱殘病。

這完全符合她跟荷西曾經在西班牙屬地加納利的富人社區裡的助人善舉行為準則——小夫妻長期爬牆進去照顧一名又髒又臭，被棄置在陰暗角落的瑞典癱瘓老頭子，直到他死，這可絕不是有著些什麼浪漫的愛情故事。反倒是老人死後，瑞典家人遣來了一位北歐風情萬種、顧盼自憐、煙視媚行的年輕金髮帥哥牧師來這度假勝地主持葬禮，三毛跟我說話時僅僅敘事沒有貶損。但是，我不小心就聽到了三毛心底的對白而當面一語道破：

「活著時他們不來加納利關心照顧這瑞典同鄉老人家，現在死了，該不是這廝藉此才來，順便期待轉角撞到愛，想遇著有個些什麼浪漫西班牙小島的愛情故事吧！」

此語說罷，不意引來我和三毛聊著這件悲傷的往事，卻以狂喜大笑收結，久久不能自已。

三毛從過去到後來，每次遇到這樣的老人總是會說同樣的一句話：

「你現在這麼苦，你無法要求我不愛你，在這一點上，我是自由的。我不管別人怎麼看怎麼說，我就是要去照顧你，管你的吃喝拉撒還要幫你搥背按摩。另外送你這個小飛機，當我不在病房的時候，如果有哪個護士小姐膽敢對你不好，你就用這個飛機射她的屁股！」

二〇一八年五月一日高齡八十七歲過世的金馬獎影帝終生義工孫越老前輩，他就在生前一九九三年跟我轉述了上面三毛對他說過的這段話語。後來還真的把三毛當他重病在醫院照顧他時送他的那架「小飛機」，在他參加我為三毛故宅免費開放讀者參觀，所舉辦的晶華酒店記者會上轉送給了我，我也珍藏至今。後來孫叔叔得知我向她母親買下的三毛南京東路四段一二〇巷十八號四樓的故宅，因為五十多年老公寓在四樓與五樓違章加蓋，沒有無障礙空間與合法規定的八米巷弄寬度，我創建成立紀念館開放兩年後不得已被勒令關閉遷移，他也致電安慰我，逗趣要我考慮「啟用」那架同樣的「小飛機」去「射」相關督察人員的屁股。

歌聲悠悠，萬里迢迢

「有時候，我多麼希望能有一雙睿智的眼睛能夠看穿我，能夠明白瞭解我的一切，包括所有的斑斕和荒蕪。那雙眼眸能夠穿透我的最為本質的靈魂，直抵我心靈深處那個真實的自己，他的話語能解決我所有的迷惑，或是對我的所作所為能有一針見血的評價。」

這是三毛內心對友情高標的渴望，她期盼著有一位知己能讀懂她，三毛一度覺得好像又找到了一位，因此曾經雀躍不已。

第一次見面後回到台北，她給王洛賓寫了很多封信，熱烈真摯複雜交錯的感情全都融於紙筆中。三毛提到，她曾經如此牽掛著這位遠在西北邊疆的忘年之交，因為他是為民族音樂奉獻一生的人，在遠方孤老的晚年，國家都應該要派人來照顧他的三餐起居才對呀！既然沒有，那她就自告奮勇來。臨行前三毛還跟我們說：就像當年她來回跑去台灣新竹五峰鄉的清泉部落，就是為了到天主堂裡幫美國人丁松青，也就是小丁神父翻譯三本他寫的英文書：《清泉故事》、《蘭嶼之歌》、《剎那時光》——只是就近方便翻譯寫作，當然絕不是誰愛上了不能結婚的神父。同樣，三毛當時再去新疆最重要的想法，是要同樣就近幫王洛賓艱苦傳奇的一生寫下「傳世的傳記」，不該讓這樣的國寶被湮沒在邊陲荒涼孤老至死。

對於三毛的頻頻來信，已是垂暮之年的王洛賓隱約感覺到什麼，他寫信告訴三毛：「蕭伯納那柄破舊的陽傘，早已失去了傘的作用，他出門帶著它，只能當做拐杖用，而我就像蕭伯納那柄破舊的陽傘。」

他的回信讓三毛忍不住責怪：「你好殘忍，讓我失去了生活的拐杖。」

無法在最美的年華與彼此相遇，這是無法改變的遺憾，好在沒有在此生完全陌路，還能一起談論詩酒文章，彼此相知。終於在闊別三個月後，三毛再一次來到了烏魯木齊，可惜她發現自己走進了一個別人設好的局，為時已晚。

接到三毛前來的電報後，王洛賓滿懷期待，他開始親自準備打點一切。因為三毛在信中說不要住賓館，住在家裡是為「走近他」。於是這位雙鬢斑白的老人邀著朋友一起去為三毛選購傢俱，為三毛布置好一間舒適的臥室，有當時流行的柔軟的席夢思床，有簡單好看的書桌，有著溫暖光澤的枱燈。

在機場，王洛賓彷彿見到了他歌聲裡當年的卓瑪姑娘，三毛拎著行囊，溫柔地笑著，王洛賓忍不住濕了眼眶。這一回，三毛的確打算與王洛賓同住，她滿是期待準備為王洛賓寫傳，為此萬里迢迢前來奔赴。

然而，抵達烏魯木齊時，有件事立刻讓三毛慍慍不悅、耿耿於懷。

正當她下機時，見王洛賓西裝筆挺，還來不及問候，便被突如其來、鋪天蓋地的強烈鎂光燈此起彼落閃傷眼睛，周圍佈滿的攝影機怎麼全部正對準了他們兩人！這出乎意料的場景讓三毛火冒三丈以至於深惡痛絕。外人經常誤以為三毛是公眾人物，熟稔八面玲瓏長袖善舞接受追捧簇擁，殊不知其實這就是兩人當場即刻決裂的關鍵。他老人家完全不懂三毛的個性，一貫最不喜歡這種安排擺拍的媒體攝像，特別是歐美生活最介意外界對其生活私領域的侵犯，更不喜歡名為朋友卻假借她的知名度巧立名目去遷就配合採訪報導。

經由王洛賓解釋，三毛才知道這是烏魯木齊當地的媒體正在為王洛賓拍攝紀錄片，得知三毛要來，於是特意安排了一場大陣仗的攝製團隊。可是三毛一點也不覺得歡喜，她只為這群人的打擾感到不悅。畢竟這一次她迫不及待地前來，只為了與心中的知己朝夕相對，既暢談詩歌玩賞文章，又可以為大師暮年人生著書立傳，完全是帶著滿腔赤子之心的純真，以及俠義情深的精神而來。三毛一向痛恨被當成媒體加油添醋的八卦題材，她這才發現眼前的王洛賓並不是她上次認識的王洛賓了——王洛賓以為三毛跟他自己一樣，期待更喜歡被熱鬧關注環繞，因而到處宣揚三毛要來跟他住，並且縱容所有傳媒的喧囂包圍。

聰明的三毛發現：此行不但完全失去了她來照顧老藝術家朋友、又傾聽記錄為他老人家傳承著書立傳的初衷；甚至開始疑惑：難道這是王老先生初嚐媒體甜頭，逮住目光焦點而把握機會大秀一場嗎？如果三毛喜歡陶醉眷戀這種世間浮名美譽，那麼三毛只消繼續徜徉各地享受她在華人世界裡的尊榮光環就好，根本不需要心胸磊落再度前來烏魯木齊，做一件原本她覺得是一件人生極為有意義的事情。三毛真心希望能夠聆聽王洛賓採集民歌的故事，一如尋常百姓人家，平凡踏實地讓她就近照顧老人起居，也好好寫完一本西部歌王的傳記。

那一瞬間整個美好的寫作計畫，突然變成了「沙特荒謬劇」喧鬧嘈雜裡的「一條蟲」，簡直讓三毛忍無可忍。相對另一方面，久久被棄離大眾舞台中心的王老先生因為三毛，竟然好似臨老入花叢般得以周旋在眾星拱月的攝像鏡頭間，在三毛的眼中發現這個朋友怎麼突然「變了」。王洛賓完全不像同樣的忘年之交顧福生，出身生活優渥的名門，志業順遂又富貴榮華，因此對三毛毫無所求，兩人重逢反而沒有人需要主動設計或是被動無心去炒作媒體報導，難怪二十年後兩人在畫室裡，方得以直指內心面對交流各自生命裡所有的愛與孤獨。

最後整個事件急轉直下，三毛顫抖地說她自己是「逃回」台北的。那時在司馬中原、七等生和我的眼中所看到的三毛，確實遭受了一次對人信任付出卻始料未及的驚愕。

那時王洛賓頻頻外出，當地媒體還會跑到他的住所前來實拍外加現場連線，紛紛擾擾甚至有點啼笑皆非的嬉鬧讓三毛極不自在。一開始她得知自己被預先安排必須回應訪談王洛賓的鏡頭，三毛不忍王洛賓對媒體食言尷尬只好無奈為難回應配合，強忍著種種煩悶和委屈。隨後三毛終於看清真相，發現她完全有一種「被耍的感覺」，就堅持拒絕一切採訪攝影，但是她卻也不被准允離開。三毛後來親口跟我、司馬中原和七等生三人說，她是近乎被軟禁安置在王洛賓家的房間裡，行動完全無法自由。王洛賓忙於外界的拍攝訪問之餘，只是匆忙請了一個女孩名為照料三毛實則監控看管，不讓她跑掉。三毛哭訴有時連想討杯白開水都喝不上，甚至還有人認為她版稅豐厚手頭闊綽，竟然獅子大開口跟她要錢，沒交出錢來別想走！三毛說她心力交瘁，活到四十七歲第一次對人性的信任徹底崩潰。

不久，三毛病了，身體在腎臟方面出了嚴重狀況，這才急忙被送到醫院，心力交瘁的三毛當然不留一語、趁機頭也不回就逃走了，此生永遠不再去那個誤植虛幻夢想的遠方，雖然她依然深愛那個遙遠美麗的地方和在那裡其他曾善待過她的好朋友們。

期間三毛有輾轉向台北的姊姊陳田心求助，請她來大陸接她，最後等她逃出來之後，既然絕口不提新疆憾事，在成都見到趕來的姊姊也將其弄得一頭霧水，還問三毛，妳不是說很嚴重嗎？怎麼現在看來還好嘛！

展讀七等生著作裡忠實記錄引用著三毛的原話，讀後我們終能懂得三毛對王洛賓的友情為何前後會極端變異。這段文字出於自七等生一九九一年出版的《兩種文體——阿平之死》。

至此三毛完全明白了悟，在自己人生「友情的夢田」裡仍將是自己一個人獨往的遠行，世間一切都要靠自己擔起，無關友情。這一次，三毛在新疆僅僅住了半個月，與她之前所想的長居久安相差萬千，她明白自己無法停留，因為其實那裡原來並沒有她想去靠純真友情支撐生命的「拐杖」。

回首是昨日種種，去路卻已山窮水盡。

面對三毛在烏魯木齊醫院的不告而別，還周旋在媒體採訪焦點中的王洛賓內心深處自然湧現出一股無法明言的惆悵，他恍惚意識到在這段時日不經意間錯失了什麼，其實他始終不知道甚或是一直只在乎自己在受矚目，而並不了解「三毛」——那就是他無心或有意引領媒體拉著三毛配合拍一部「忘年之愛」的傳奇樣板戲，這正是三毛此生莫忘初心裡最痛恨的舉措。若有似無的焦慮令王洛賓開始期盼三毛三度前來新疆，但是他應該心知肚明何以每每提筆寫信，却只等到三毛一封客套冷淡的回函，甚至表面好似令人費解的三毛在一九九〇年十二月十一日回給王洛賓最後的一封信中，淡淡說到她自己剛剛在十一月十四日和英國老友在香港訂了婚。事實上，我們幾個好友都沒人聽說三毛有此具體婚約，應該是她客套的私下回應王洛賓可以死了那條心吧。

直到三毛離世的那一天，一九九一年一月四日王洛賓得到三毛的死訊，他為三毛寫下了一首悼念的「戀歌」〈等待〉，算是為他們短暫的友情畫上了一個勉強的句點。面對直到今天，從網路到市面上不時還在誤解傳頌那段新疆的「忘年之愛」，真該下架了！也只有王洛賓自己應該心知肚明，他和三毛沒有戀歌，他到底是如何親手毀滅過了一片三毛的友情夢田。

你曾在橄欖樹下等待　再等待
我卻在遙遠的地方徘徊　再徘徊

人生本是一場迷藏的夢　且莫對我責怪
為把遺憾贖回來　我也去等待
每當月圓時　對著那橄欖樹獨自膜拜
你永遠不再來　我永遠在等待

——王洛賓〈等待——寄給死者的戀歌〉

等待著一個永不歸來的朋友，那個唱著〈橄欖樹〉的人已去了幽冥的遠方，儘管他知道她真正「頭也不回」離開新疆的原因，三毛終究為厚道保留了朋友最後的顏面而未曾公開批判張揚。言猶在耳，三毛認為每一個她引為知己的朋友都應該是「莫忘初衷」的，三毛只是再一次私下對我們幾位好友長歎：

「早年明明是一個流浪追尋去採集遠方民謠真純的『賈寶玉』，為何到了遲暮晚年一如孔子說的『老年戒之在得』，竟變成驚喜眷戀鎂光燈鏡頭《風月寶鑑》裡模糊焦點的『賈瑞』？」

三毛友情的流浪原來只「駐足停留」在值得的朋友身上，她絕不在意朋友老朽的容顏軀體或貧病不得志的恥辱羞愧；三毛真真切切是無法容忍朋友，像掉進那個沒有被「麥田的守護者」保護好，而墜入懸崖的那些不再純真自由的靈魂。三毛「第三個夢田」裡的「友情」，解開謎鎖鑰匙最關鍵的標準就是「真摯」二字；如果讀者沒有搞懂這一點，終將無法認識真正的三毛。

與你短兵相接

「小熊，你在家嗎……」

時光匆匆一晃過去三十餘年，真的名副其實足稱「恍如隔世」。

我仍舊能清晰回憶起三毛初次幫我取此暱稱並親切叫喚的模樣，是那麼的明快而又熱情，眼底深處的暢然笑意似乎還在眼前，過往的歲月就在這麼一剎那間全都浮現，讓人感慨萬千。

「小熊！」

三毛總是這麼喊我，在三毛心中每一個真摯誠懇可愛，又能給人帶來溫暖的人都是「小熊」，就像是西方歐美國家那個從小陪伴孩子長大的「小熊」（泰迪熊Teddy Bear），只要一想起就能感覺到溫暖。

初見三毛是雀躍的，緊張而又期待，而相處之後我發現她是我發自內心珍惜感動的朋友。我很慶幸命運能讓我在有生之年，特別是年少時光遇到這樣一位特殊的女子——從我認識她時自己的青年時期，到今天我已然步入了自己的老年歲月，此生我都確定已經無法再遇見和擁有，像三毛這樣忘年知交心靈相契的真摯友情。

記得是為了寫我的第四本書《台灣風雲人物句典》，在出版社老闆平鑫濤和作家瓊瑤夫妻的牽線下前去三毛家拜訪她。由於越談越投緣，兩個人當下計劃準備要完成「合寫一本書、合走一段旅行、合出一張唱片」的夢想，而決定把我們所有的聊天談話都錄音保存下來，正好可以一起來聽一聽這一大段兩人真實的對話。我們由此可以完整了解三毛到底在意的是哪一種「友情」，對於三毛來說，她所由衷渴望的「友情夢田」到底又是要如何去種桃、種李，種些什麼春風呢？

三毛：我跟你說，我很久沒有跟一個人說話喔，說到你這個程度了；但是我每天都跟人說話。跟你有說不完的話。對！我又活了！我覺得我身上有很多的一種特質，是別人來碰到我的時候，我發不出來的東西，在你的身上我發的出來。有一次我跟一個人說話，那個人跟我說：三毛，妳說的話我都聽得懂耶！嘻嘻！快笑死了！哈哈……澔平，你說的話我都聽得懂耶！哈哈！

澔平：也許就是默契吧！

三毛：不是！我沒有讀過書！我的學歷是初二上。嘻嘻！

澔平：那妳覺得怎麼解釋呢？

三毛：那當然是兩個人「旗鼓相當」。我最喜歡一種朋友喔！就是「短兵相接」的朋友。我覺得程度差太多的，不好玩。而且你說的話我都聽得懂耶。嘻嘻！

澔平：互相都聽得懂喔。

三毛：你沒有一個用詞我是不懂的，因為我們兩個人的用詞都不是很口語化的。因為你知道你自己的工作，你報新聞的時候都是一種知識分子的用詞，可是我都聽得懂。但是，兩個人的程度都很好，你有沒有發覺？對，程度都很好！就是說，你要知道，你是學歷史的耶；可是我的中國哲學史喔，我拿的是一百分耶，不是九十九。老師說，以這個年齡，那個時候才十九歲到二十歲嘛！以這個年齡、以這個程度，我要給妳一百。所以我還是個愛「史」的人嘛！對，講話我們搭得上，兩個人搭得上腔。然後你說「建康」，我說「建業」（南京），然後我們兩個還是搭得上話。

澔平：我覺得最大的感動應該就是妳講的一種，電波根本不相容的，甚至很多做法、個性和我們成長的軌跡都是不同的……

三毛：可是卻激盪著一樣的……

澔平：而且更令人震撼的感動。

三毛的率真和熱情豐沛到足以讓人頃刻全然感受。我從未想過三毛是如此牡羊座的親切明快，隨著走進她那間佈置舒適雅致的木飾房子，三毛自在爽朗的性格讓人覺得「真摯」極了，活像一個天真可愛的孩子，有著十分令人舒適欣賞的性格。在與三毛的交談中彼此話語相投、如魚得水，當天當時當地就立刻成為了至交好友。

常有人問我和三毛截然不同的性格和經歷是怎麼成為朋友的，就僅僅因為那次簡單尋常的訪談嗎？自然不是的。面對這樣的疑問，直言回答：

「我們不僅有著共同的愛好，更有著極度相似的靈魂。」

我們是在靈魂深處共鳴，因此即使相隔十幾歲，人生經歷完全不同也並非結交朋友的阻礙。至於我用整本《紅樓夢》去描述三毛則是我們心靈交會的契機關鍵。記得第一天我就用了《紅樓夢》裡的五個才情人物來勾勒出她的生命拚圖，令她欣喜若狂，滿是心領神會。我說：

「妳的聰明率直像極了大聲大調精明幹練的王熙鳳，妳的浪漫閑情又好比斜枕睡在牡丹芍藥花下瀟灑自得的史湘雲；但是，妳的內心卻在進退得宜圓融的薛寶釵和敏感尖銳才情橫溢的林黛玉中相互拉扯牽絆著；最後，終究還是跳出來了那個純真善良不受八股科舉世俗框架囿限束縛的賈寶玉，始終懷抱著一顆追求生命靈魂自由平等和真摯情愛的赤子之心。」

這篇人物報導文學寫完在台北皇冠雜誌登出，讓三毛驚喜震撼，原來還有人可以這麼懂她，從而兩人益發無話不說相談甚歡，約定一起去旅行，一起譜歌，一起畫畫、一起壓花、一起寫作、一起出書、一起拍電影。為了這些願望我們共同保存所有的聊天記錄，現在回顧起來，確實真摯又傻得萬分可愛。

三毛最開始知道我是緣於一則新聞，她在電視上看到我採訪播報高雄林園石化工業園區污染附近漁村環境的消息。三毛在自宅裡不放電視，連屋頂的天線壞了很久都沒修，那次她是去父母家吃飯時無意中看到的。有時候緣分就是這麼的突如其來，毫無預兆。

幾次偶然看到我的電視新聞報導，給三毛留下了深刻的印象，因為早年我被派任採訪的大多是與災難有關的突發新聞，這讓三毛感歎於生命的無常和脆弱，但她對此從未絕望。她說她絕對深信災難悲苦的後面更存在一種可貴的真情，因為她就是靠著這種力量活下來的。

直到那一次訪問，三毛見到了電視上的那個人，也在長談後帶給她難以言喻的意外之喜，她說從今以後自己終於有一個可以面對面、也想跟她隨時面對面，無話不談的至友。她說以往很多朋友大家很要好，有的像跟司馬中原打電話、跟七等生書信往還筆談，大家卻並不想見面；連到清泉找小丁松青神父都不過夜，匆匆來去。

她告訴我：已經請工人來修理颱風吹壞的天線，再把老電視機搬出來到閣樓，要開始重新當一個電視新聞的觀眾。那時她正在全心投入撰寫人生的第一部電影劇本《滾滾紅塵》，我們常常聊到深夜，現在才知道那本書表面看似三毛在創作她一生裡唯一「虛構的文體」，其實她淋漓盡致地在表面以為是張愛玲和胡蘭成的愛情故事下，完成了自己傳奇生命的另一本「隱匿的自傳」。

聽三毛對我親口剖析她自己的文章，真是如此觸動心靈。她說自己寫電影故事裡的每一個人物都有一個「致命傷」，而這些「致命傷」都不是「錢」而是「情」。三毛說她把這些致命傷藏在了自己的劇本裡，藏在每一個角色裡，而每一個角色都有「她的影子」。

三毛說她鮮少向人全然袒露心情心聲，在這一方面對我卻是例外，也許這就是兩個人冥冥間註定的默契。在與三毛結識之前，專業電視新聞工作訓練下的我，不可能和自己所有採訪過的對象都成為深交的好友，之前採訪過的人不乏聲名大噪之前輩，也只有跟曹禺、吳祖光、柏楊和朱銘四位成為以文會友的忘年之交，直到跟三毛的相處更讓我如沐春風。

「每一次與三毛的交談都讓我有種像是經歷了一場人生奇幻的旅行、談了一場轟轟烈烈的『戀愛』；也讓我發現了一條豐富人文原生態的河流、聆聽了一首天籟迴盪的清新歌謠，值得我去仔細品味玩賞。」

三毛最喜歡我說她「豐沛的內心世界裡藏著三百七十五把鑰匙」的比喻，而這些鑰匙等待開啟的世界館藏，必須要遇到真正「對的人」，有如用指紋瞳孔搭配AI人工智慧辨識之後，方才得以完整敞開心扉，盡情展現其千嬌百媚、風華絕代的氣象萬千。

從別人的書中找到的秘密

三毛愛看書，曾在《送你一匹馬》中說：

「讀書多了，容顏自然改變，許多時候，自己可能以為許多看過的書籍都成了過眼雲煙，不復記憶，其實他們仍是潛在的。在氣質裡，在談吐上，在胸襟的無涯，當然也可能顯露在生活和文字裡。」這正是三毛鍾情於閱讀的原因，在這一方面我們兩人確實有著說不完共同的話題。

原本以為歲月悠然靜好，喜得知音可以就如此度過漫漫人生，如之前約定好，在我留學歸來後兩個人就那樣去旅行、去寫書、去畫畫、去壓花、去演講、去唱歌……。直到一個清晨噩耗傳來，發現那個和我約定好的人，突然就永遠離開了。我沒有搶天哭地為這段年少早夭的友情大哭，而是驚覺我怎麼剎那間就失去了一隻會寫字的手、一條能旅行的腿，而我卻還要在人前人後若無其事的，又倍增責任壓力的，鞭策自己有生之年必須使命必達，走完她生前已去的地方，特別是走完那些她流浪旅行親赴遠方的未竟之志，一連串還沒能夠完成的夢想。

偏偏遺憾的是當我從國外趕回到台北家裡，意外聽到她在我答錄機裡藏有兩通最後的留言，頓時心神崩潰，嚎啕大哭——原來三毛在這一段刻骨銘心的友情裡，她轟轟烈烈地玩了一場「愛人同志」的躲迷藏遊戲，文字裡她巧妙提到了所有我們聊天裡隱喻的象徵，甚至運用了我們最愛彼此寫過的詩句。但是我發現：自己居然還是那個最後才找到朋友「躲貓貓」秘密藏身之處的傻孩子。

尤其最不可思議的是，我竟等到三毛死後，自己才從別人的文章裡，了解到她把我當成是何等特別又重要的朋友。以下這段來自長篇小說《狂風沙》前輩作家司馬中原的一篇文章，真是應驗了三毛母親說過：「她想藏的東西，除非她自己說出來，否則沒人找得到。」

對關心三毛生平、熱愛三毛作品的人來說，古代詩人面對紅塵，慨嘆知己之難尋，乃寫下「相交遍天下，知音有幾人？」的詩句，眭澔平無異是三毛最看重的知音。我以庸劣之資，混跡文壇近六十年，和三毛的乾爹徐訏先生訂交於其晚歲，但一見面就十分投緣。我的長官兼老友鈕先銘先生，是和徐訏先生同乘一條船去留學法國的，後來卻成了至交好友。徐訏先生一生寫過許多作品，抗戰勝利後，他以《風蕭蕭》一書，風靡全國。但後來，他的「中道」文學觀，開罪了「左」、「右」兩派，罵他為「變形蟲」，他每次來台，就找鈕公喝酒解悶，鈕公拉我當「陪客」，不知不覺中，我這陪客卻變成「主客」了。

我能和三毛結緣，全靠她乾爹的亟力推薦。徐訏先生認為：三毛在文字表達上的「才情」，也許略遜於張愛玲一分，但她體認文學的大智慧，卻遠超張愛玲七分。他並說：「像這種力足樞紐時代的大丫頭，乃百年難遇的謫仙人物，萬一有一天，我告別人間，務請善視之。」

我和三毛，一生見面不到十次，但每次都必深談，她尊我為叔，我視其為女，無形中代替了徐訏先生的位置，這種情形，她姊、她弟均知之甚深。更巧的是，我女兒的長相，酷似三毛，在北一女讀書時，同學們均以「小三毛」稱之，故三毛與我，實有宿世的緣分，扒心亮肺，無所不談。首先，我得確認她是當代女作家當中，徹底信奉絕對大宇宙觀的謫仙，既謫生凡塵為人，就得把「人」給做好，但三毛認為：做好一個人，不能受「禮教觀點」的綑綁，愛與婚嫁，根本是無國界的。三毛是天地中的自然人、自由人，三毛與荷西之戀，無人可以取代。三毛曾對我言，荷西死後，夜夜入其夢中，牽其手，願早享方外之樂。

我最後一次見三毛，是在市中心東和路一家已歇業的茶藝館中，那家茶藝館我們在小橋流水、石橋可通的單獨茶室暢談竟夕。她自陳荷西逝後，東南亞若干大企業家，均有娶她的意念，但她並非是關在金絲籠中的雀鳥，根本非其所願。她又提及，在上海，有位新銳的青年導演，和她很談得來，彼此互通書信，但僅只是朋友而已。她最後提及：在台灣，有位深知我心的老弟，但他太癡太傻，我根本不可能嫁給他，但我不能不說：「我真的很愛他。」後來我才想到，那個她愛他，又不可能嫁給他的傻蛋，就是眭澔平。

澔平的資質是一等的，但他在灑脫上，略欠三毛一籌。三毛未能走過的路，他要去走；三毛未能達致的遺願，他要去完成。他放棄高薪，旅行各國，朝夕不忘繼三毛的「遺志」，但其所得乃為「蕩產傾家、自甘自樂」而已。如果澔平是「小傻瓜」，老朽更差他三級，三毛與其說是「尊敬」我，不如說是「指撥」我。她說：「司馬叔，孔子當年周遊列國，希望大道遂行於天下，但時空錯亂，大道在當時根本無法遂行。當時七國爭雄，專談霸道，若行王道，即自取滅亡。」三毛周遊列國，不論王與霸，專講生命的親和，她本身即是「親和的光體」，比談「天」論「道」，更能「光照萬邦」。她對我說：「您的本性，與我相同，但您淪為愛的奴隸、家的枷鎖、兒女的囚徒、生活的僕役、虛名的罪犯，惜哉，吾叔也。」如此，眭澔平仍然大我三級，即是很自然的了。

——司馬中原〈三毛的灑脫和眭澔平的癡〉

小王子和狐狸的狂喜溝通

一個人的一生中，如果能有一次心情真切的感動應該就是幸福的；然而，我們的人生裡，卻因著三毛所寫的故事讓我們一次又一次地感動。一切的緣起，都是來自於「心靈的獨白」——因為唯有歷經過孤獨煎熬磨考的人，才會更加懂得珍惜觀照同樣孤獨的心情。三毛的「最後一封信」到底是寫給了誰、「最後一通電話」又是留在誰的答錄機裡並不重要；重要的應該是我們的時代裡曾經出現了一位這樣的女作家三毛，她在我們青澀懵懂、善美純情的年代，透過她的文章，看到了外面開闊的世界、聽到了內心溫柔的聲音……，這些都是何其幸福感動的滋味。

懷念三毛，特別對我而言就是在紀念一位生死知交的摯友，不論你是三毛的朋友還是三毛的讀者，她對於我們而言，早就已經是一個時代的里程碑，見證過我們真誠執著的理想、珍藏了我們年少無悔的青春。此刻，想起三毛的心情不再悲苦，反倒油然而生出一絲幸福感動的滋味呢！

三毛跟我說過：「你知道嗎？那些我們說過的話都會變成歷史。」

檢視我和三毛這一生走到了這裡所有的生命歷程，確實還真像一段夢幻傳奇的歷史。三毛和我曾一起寫下一張小小的短箋：

「南來北往　東成西就　三毛・眭澔平　一九九〇大串連」

三毛認為創作的文章應該是：「每看一次、每聽一次都會要有震撼靈魂、熱淚盈眶的滔天『波瀾』。」而且最後，我們還是得把自己再當成是一個充滿赤子之心的「孩子」，一個可以隨時回到兒時母親癱瘓的病床前，我是站在那裡扯著嗓子講話、唱歌、說故事給媽媽聽的孩子……；同樣也把心中來自世界的故事文章，一個接著一個自然流暢又那般掏心挖肺的像三毛一樣紀錄下來。

聽聽三毛怎麼跟我聊她自己，又怎麼期待和定義所謂的「朋友」：

三毛：小鬼！是你壞！因為今天你逼著我一個問題，是我再也不會跟你談到的話題。我並沒有要說，你還要逼，你每次要逼兩次。然後，你今天又逼我，都是你做的事情，我可沒有。嗯！「妳最快樂的事情是什麼？」我沒有回答你，你就可以放棄了。因為這也是你的職業，也是你的經驗。你知道我不願意回答你，你就不可以再問。你再逼我，你就逼出了一個「真誠的我」來！好的，我的「致命傷」？那天你問我一句話的時候，我已經答給你了。你堅持！你很壞！你說「什麼是妳最快樂的事情？」我一時裡很難回答。後來你就說，這個問題很俗氣，可是「什麼是妳人生裡最快樂的事情？」那我就想騙你，我就想騙你，因為人最快樂的事情可以有很多。我忽然一下說了真話，我說是「溝通」。喔！我自己嚇死了，我講出來的時候。我從來不跟人家講，因為你問了我兩遍，你盯著我問。我在你面前不太能說謊，不太能說謊，不太能。

跟一個人可以溝通的時候，那簡直是我最快樂的事情！是一種「狂喜」，真的是一種「狂喜」！因為我們心裡有很多的東西，在這個社會上我們溝通的時候用不著！就是那「三百個鑰匙」的問題，用「三個鑰匙」就夠了！唉！

接著我和三毛終於好好地聊到了《小王子》這本書：

三毛：啊！我今天發呆發了一天，什麼事都沒做，在看自己的書。哦！我從來不看自己的書，今天看了一下午，覺得還是滿好看的。澔平，結果是一場空。沒有沒有！我意識到自己的「危險」。澔平，我恨死我自己了。

澔平：為什麼呢？

三毛：如果現在……

澔平：現在什麼？

三毛：如果現在……沒什麼。

澔平：啊？

三毛：其實不要想的那麼窄義嘛！男性、女性，太無聊了！要想的是那個小王子和他的狐狸。

澔平：哈！小王子和他的狐狸？

三毛：這本書很淺，可是很好看！那個狐狸說，你要跟我做朋友之前，你不可以馬上走過來跟我做朋友！你要今天坐在你原來的位置，然後那個小狐狸說，我在這裡，我在樹下。明天你移過來一點點，後天你再移過來一點點。你跟我約四點鐘見面，你不可以三點半來，因為你會剝削了我「等待的喜悅」。然後，我忽然了解了什麼叫做「牽掛」……我已經很久沒這種感覺了！

三毛的寂寞在於知交滿天下，卻少有能與她狂喜溝通的對象，或許正因為如此，她在極端孤獨的心靈空間裡，練就了一種與風雨花草等等萬物都能夠對話感應的性情。這種絲絲入扣，卻又民胞物與般豪壯開闊的胸襟，的確令我震撼。三毛也從此為我在刻板的男人世界裡，打開了一扇女子溫柔細膩、多情多感的窗，教我感受到繁花落葉裡的山高水長。現在即使是無意瞥見一朵遙遠絕壁懸崖上，兀自生長迎風搖曳的小百合，都能令我感動良久。

三毛生前一而再、再而三提醒我一讀又讀不斷讀的書就是：《小王子》（Le Petti Prince），我們最陶醉於裡面說過的那段話：

> 我的行星上滿溢了她的香氣，但我卻不知道要以享有她的恩賜為樂。爪子的故事（小王子擔心他最疼愛的玫瑰被羊的爪牙吃掉），讓我煩惱了很久，殊不知正因如此，才使得我心中充滿了柔情與悲憫。

或許就是相知的柔情與未知猶豫的悲憫，讓沙漠中潛藏的水井雖然遙不可及、可遇不可求，但卻能教旅人變得謙和而溫柔敦厚。許多人庸庸碌碌了一生，得到了世俗的一切，卻永遠不曾用一顆敦厚的心探觸咫尺柔情的世界——其中即便有缺憾，也能給人悲憫的滿足。

回到法國飛行員作家安東尼・聖修伯里（Antoine de Saint-Exupery）筆下的《小王子》，主角會為那顆「B-612小行星」上的一朵玫瑰擔心，會為玫瑰有著虎爪般的刺卻抵不過羊的一口而煩惱。這些微不足道的事不關名位財富，所以在我們的星球裡，似乎經常被人劃歸到專屬無聊無用的角落。人們總忘了一份真摯柔情、自在浪漫的感動，正是一種電波磁場，可以不必恆久佔有，甚至即使不曾傾吐告白也足以相互心領神會的。否則，小王子也不會因為浩瀚銀河中，有一朵藏在某個星球裡的玫瑰而跟天上所有的星星笑；作者安東尼也不會因為知道離去的小王子正住在宇宙的某個星球裡，而擁有了滿天會笑的星星。於是，我繼續著了魔似的去旅行。令我驚訝的是：自己特別選中的目的地為什麼很多都離不開偏遠的荒野沙漠？後來從《小王子》的故事裡，終於又找到了答案。小王子說到：

「沙漠為什麼會這麼美？是不是因為在某處藏了一口井？」

「有一朵花……我想她曾經『訓練』過我，讓我變得溫順、聽話……」

我這環遊世界的一路上，幫朋友三毛看遍她已走過以及她未走完的旅程，儘管只有我一個人踽踽前進，但是自助旅行深入村里的歷程，卻在沿途所有人、事、物的交融下，一如小王子的玫瑰——他們都「訓練」過我，讓我不僅變得溫順、聽話……更學會了用最單純的心靈，迎接滿坑滿谷的柔情。我終於開始領悟三毛在乾旱荒涼的撒哈拉、遙遠偏僻的加納利，如何寫下了自己生命中最璀璨的詩篇。另一方面我也覺知發現似乎愈是貧困艱苦的人文地理環境，愈盛產這種採擷不盡的悲憫與柔情，亦愈該「如是我聞」般嚴厲訓練著我。

在我們這顆「不太光潔的行星」上，四處滿溢了這些柔情種子的香氣，只是我們總是不免像小王子曾感歎的一樣：

「我卻不知道要以享有她的恩賜為樂。」

如此久而久之，自然也塵封了心中無盡的柔情與悲憫，逐漸退化淡忘。我驚喜地發現：自己似乎已經造訪過小王子曾去過的每一顆行星，甚至連他初降臨與最後消失的那片撒哈拉瀚海沙漠，我也去過多次。他似乎會為我選在天南地北不同的地方消失，唯一相同的是，每一處的正上方都是那顆小王子所住的行星——上面有一朵玫瑰、三座火山，還有沙漠裡甘泉也似的縷縷柔情。我終於知道我該怎麼解釋自己這份孤獨旅人行者的心情，也完全了解我未來該如何去追思懷念一位同樣來自沙漠的摯友——以前我真的並不知道應該像小王子對玫瑰一樣，要以享有她的「恩賜」為樂，甚至在三毛過世後很長的一段時間裡我曾經一直身處在遺憾、惋惜中度過。遺憾她走得太突然，來不及見最後一面；惋惜她的文筆才情，再也讀不到她的新作。其實，我也更遺憾自己不再找得到如此文思相濟、真誠啟發的摯友；惋惜我沒有在與她相交的短短一年中把握更多互動學習成長的機緣……。不過，此刻當我體會到我的心和我的創作早就因著她而更加充滿「悲憫與柔情」，瀰漫著我們居住的這個些許「不太光潔的星球」時，如此超越昇華世間男女愛戀的濃濃友情夢田分享，豐沛飽滿到足以使我終生受用不盡，何來遺憾惋惜之有！

一位老母親的請託

三毛的媽媽陳繆進蘭女士在一九九三年初，也是三毛過世兩年後，曾經親自打電話來找我。老人家語重心長地說，她特別去問了一家出版社的老闆，還有少數幾位三毛生前結交較有能力的朋友，問他們願不願意用七百五十萬買下三毛二十五坪的南京東路四段一二〇巷二十九弄內的老公寓四樓，她願意儘可能留下裡面三毛生前的遺物，但是全都被他們一一拒絕了。

她說到，當時每個月還要支付一萬元給一位先生代為進入故宅打掃整理空屋，加上其他的經濟負擔，特別是自己白髮人送黑髮人，健康還能維持多久的擔心（後來於隔年七月六日離世）。她也提及畢竟三毛的家人都不是像三毛在文學藝術文化的領域，將來這些東西一定會散掉。所以她老人家最後找上我，拜託漝平來買下，只是希望儘量低調，以免其他幫不上忙的人，還要來議論批評責怪。

於是我趕緊和當時的未婚妻商量。為了我們準備要結婚，跟上海商銀才談妥房貸，每月繳交十萬元買下民生東路三段一二七巷內大樓新房的情況下，我又正在自費世界旅行與英國留學花錢攻讀博士，未婚妻才考上公衛研究所也要續唸碩士，都沒有固定正職收入，如何能幫陳媽媽解決這個大難題呢？

非常感謝當時未婚妻跟其母弟商量後，願意立即仗義襄助，把她父親早逝留在紹興南街小裁縫店面的拆遷費六百五十萬元全數拿給我。再央求我爸爸借出一百萬，直接將現金七百五十萬給付陳媽媽指定的黃志偉代書，正式簽約付清給財產繼承人陳聖、陳傑兄弟，全程由陳媽媽和黃代書出面依法定程序妥善履約完畢。

後來，那年當我得到第五屆金曲獎年度新人獎的流行音樂作品《蒲公英的哭泣》、紀念三毛的《飛夢天涯》專輯唱片發行時，同天在晶華酒店也舉辦了台北故宅三毛文學紀念館的開幕記者會。陳媽媽原要出席，另外孫越叔叔，加上周聯華牧師，基於我們三人是世界展望會同赴非洲辛巴威和莫三比克難民營的義工，都要來現場致詞祝賀。可惜，臨時陳媽媽身體虛弱無法出席，於是要我們直接出攝影班到當時的空軍總醫院拍攝訪問。於是，就在輸血的病床邊，由陳田心大姊和弟媳隨侍在側，陳媽媽透過攝影鏡頭跟坐在病床邊的澔平說話，並於隨後公開播放，如同她到「三毛紀念館」開幕說明會的現場。

以下就是三毛母親生前難得留下唯一這段真實珍貴的口述影片。她流著眼淚感謝澔平為三毛所做的事，也完全了解兩個忘年之交的文人，在三毛生命最後的三百七十五天裡，如何深刻建立了狂喜溝通的珍貴情誼。

三毛的人生就是一個「愛」字，她就是很愛這個世界，很愛人。現在她遠去了，眭澔平再幫她繼續走下去。

我真的是很感謝、很感謝你！她在天上看到你為她所做的，她一定會像平時跟妳在一起的時候一樣，她會大笑。

這就是為什麼，我們可以看到當年三毛紀念館開館的請柬與《上海新民晚報》的新聞，以及眾多參觀過的中外讀者追思感想的文字留言，特別是陸續送來陳列了幾百隻三毛最愛的玩具「小熊」。

遺憾的是，在固定免費每週開放電話答錄機預約參觀整整兩年後，由於數十年老公寓的四樓與樓頂違建加蓋的問題以外，大家都不懂原來博物館和紀念館設有法規限制，要求具備無障礙空間和消防逃生設施通道，可是老宅連最基本的巷弄寬度也都遠遠不及格，加上同棟老公寓裡的鄰居有意見，不得已只有暫停改為不定期開放，直到現在都是匯集團體二十人以上，不定期用電子信箱 hp4226@gmail.com 預約聽講參觀，由我本人親自解說導覽。

後來更意外發現：三毛當年使用的裝潢木板，雖然營造了小木屋裝置藝術的氣氛美感，卻全是海關廢棄的拆箱雜木，外加屋頂花圃和邊間的雨水滲漏，蓄養了巨大的白蟻窩，差點把書籍家具全部啃食殆盡。於是必須緊急把所有遺物全部移出搬空，在我自己私宅的透天住所永遠保留一層，牆上全部請木工釘上防蟲處理最好的南方松木料，完整還原、妥善保存，也陳列展示三毛台北最後故居的全貌，至今依舊完好。

你是舊友，是故知

「朋友這種關係，最美在於錦上添花，熱熱鬧鬧慶喜事，花好月更圓，朋友之最可貴，貴在雪中送炭，不必對方開口急急自動相助。朋友中之極品，便如好茶，淡而不澀，清香但不撲鼻，緩緩飄來，細水長流，所謂知心也。」三毛對於朋友的定義就在這裡，她覺得朋友不在多也不在世俗的好與壞，而是彼此知心了意。

毫無疑問，本名陳喆的瓊瑤是懂三毛的，在本名陳平的三毛遠去撒哈拉時，瓊瑤便祝福：「送你一匹馬，陪你走天涯。」

只有懂得，才能如此瀟灑言語。瓊瑤是因為第一本自傳體的書《窗外》寫到師生戀引發父母和丈夫的決裂，於是後來全部都寫虛構的小說；三毛則相反寫了一輩子的自傳體的散文，過世前最後一本才是虛構的電影劇本《滾滾紅塵》。然而，兩人都曾為情所困，也曾尋死，最相似的還是兩人細膩又開闊的心靈。

認識瓊瑤最初是緣於報紙上連載的《煙雨濛濛》，那時候三毛休學在家，不願見人，將自己封閉在一片幽暗斗室之中，而文章書籍正是她難得的寄託，瓊瑤連載在聯合報副刊上的文章是她十分喜歡的，雖說那時候三毛從未想過自己會和這位文章的作者相識相知。

緣分有時候就是如此奇妙。因為繪畫恩師顧福生，三毛得以與文學結緣；而三毛與瓊瑤的相識也恰是因為她的文學作品。眾所周知，瓊瑤和平鑫濤彼此都是各自二婚在一起，這位平先生正是皇冠出版社的創始人也曾是報紙聯合副刊的主編。恰巧三毛和瓊瑤的作品機緣巧合下都在那裡刊登和出版，這讓她們彼此有了相識的良機。一如我的七本書和三毛的二十幾本書也都是由這同一家出版社發行，也照樣在那家報紙副刊登上了多次的頭題。

真正的相識相知也是緣於文字，那時三毛遠走撒哈拉，與心愛的人在沙漠流浪遍覽荒原景色親歷神秘生活，這美好而獨特的生活讓三毛萌生出熱烈的渴望，她用流暢生動的文字將自己的所見所聞記錄，彙集成冊編寫了第一本書《撒哈拉的故事》，這來自遠方流暢的文字讓瓊瑤甚是喜歡，一如三毛當年捧著每天連載瓊瑤小說文章的報紙愛不釋手。

那個遠在荒漠天涯的女子這麼獨特，讓瓊瑤恨不能親往相見，她提筆寫信，寄給遠在異域他鄉的三毛。瓊瑤說在她自己的內心深處也住了一位同樣遠走流浪的「三毛」，她們的靈魂有許多共通之處，如此才會相互吸引。

這對摯友的初次相見後來是在瓊瑤家裡。那天，三毛裝扮良久，去見她自小憧憬的人，這讓三毛忐忑而又期待，她特意穿了一件灰藍色的大衣，這是她在撒哈拉與荷西結婚時所穿的衣服，對她而言意義深重。

第一次見到瓊瑤，三毛是驚訝的：「我被妳嚇的，是妳的一切，妳的笑語，妳的大書架，妳看我的眼神，妳關心的問話，妳親切的替我一次又一次加滿茶杯……」

這個溫婉優雅的女子乃是三毛印象中的大家閨秀，和她自己有著極為截然不同的氣質，驚訝之餘似乎又覺得本該如此，她們的交情並不以此為意。

至於，當瓊瑤初見三毛又說了什麼呢？她深深感歎：

「妳，初見面的妳，就有這種『兵氣』。是我硬冤枉給妳的，只為了自己心態上的不能平衡。」

瓊瑤喜歡三毛身上那渾然天成的瀟灑不羈，她嚮往那種自在，渴慕著大漠揚沙走馬紅塵。

這般碰面後又是漫長的離別，然而書信往來並沒有淡化她們彼此的感情，她們討論文學創作也談天說地，彼此就像另一個自己，是生命的另一面。

再次會面是在許久之後了。那個秋天，加納利拉芭瑪島的冰冷海水吞沒了荷西的生命，三毛悲痛欲絕，整顆心如墜深海，冰冷而又絕望。得知消息，瓊瑤萬分焦急地給三毛打了電話：

「Echo，我們也痛，為你流淚，回來吧，台灣等你，我們愛你。」

Echo，音譯為「回聲」，是希臘神話中眷戀著水仙花少年而無法得到回應的女神，是三毛給自己取的外文名字，其實也是來自她亦師亦友的顧福生老師的英文名。

瓊瑤瞭解三毛，更深刻明白失去摯愛對三毛而言意味著什麼，這是無法言說的絕望，她萬般憂心，急切地希望三毛回到台灣。三毛在加納利島隱居了一年的光陰，她神思恍惚，摯愛似乎還在身邊，在這海風夾雜的蒸騰水氣裡，在她呼吸的每一寸空氣中，她的心似乎也沉墜到冰冷的海底。直到一年後，恍惚中的三毛才決定回到台灣。失去荷西後，三毛心如死灰槁木，即使她已經回來，一顆心卻是沉封在遠方荷西的墓碑裡。

對此，瓊瑤憂心忡忡，她給三毛打電話讓三毛來自己這兒：「妳來我家，這裡沒有人，妳來哭，妳來講，妳來鬧，隨便妳幾點才走，都是自由。妳來，我要跟妳講話。」

那時已是初冬，天氣格外的寒冷，三毛一身黑衣抱著一束血紅的蒼蘭，出現在瓊瑤家門口。再次見面，瓊瑤心疼得厲害，她一把拉住緊緊擁抱著將三毛拉進了自己的家。畢竟瓊瑤有過傷心欲絕自殺的經歷，此時她最懂三毛了；她用了整夜的時間，才讓三毛允諾不去尋死。她抱著三毛哀求，她何曾願意這般逼迫自己的好友，但是她就是沒有辦法，她太了解三毛了，明白這個即使能對她微笑的姑娘依舊有著一顆千瘡百孔的心，時刻都想著死亡。她只好無可奈何地去逼迫，逼迫她給自己承諾，直到三毛鬆口「我答應你，瓊瑤，我不自殺」時，瓊瑤頓時痛哭出聲，在三毛的眼淚中瓊瑤整顆心都在顫抖，她多怕三毛不肯應聲！直到三毛回家，瓊瑤都不放心，她緊握三毛的手直直逼問。

「妳對我講有什麼用，回去第一件事，是當妳母親替你開門的時候，親口對她說：媽媽，妳放心，我不自殺，這是我的承諾。」

瓊瑤知道三毛是一個十分重諾守信的人，但凡她承諾下來就有活下去的勇氣，哪怕這會讓三毛痛苦不堪，但只有活著才會有出現希望的可能。

看著三毛回家的背影，瓊瑤仍舊不安，數著時間等待著三毛到家就迫不及待地打電話詢問三毛是否如約說出，她的步步緊逼讓三毛難以抵抗，有一種十分複雜的感覺讓她活著卻又難以呼吸，她對著電話哭，聲音哽咽：

「說了說了，我說了⋯⋯」

因為這個諾言，三毛拼盡一切忍耐著時刻籠罩著的死亡，努力活著，一顆心卻是空空蕩蕩，痛苦不堪。三毛說：

「我在一個深夜裡坐著，燈火全熄，對著大海的明月，聽海潮怒吼，守著一幢大空房子，滿牆不語的照片。那個夜晚，我心裡在喊妳，在怨妳，在恨妳——陳姐姐（瓊瑤），為著七個月前台灣的一句承諾；妳逼出來的，而今，守的是什麼樣的日子！第二天，我寫了一封信給妳，說了幾句話——陳姐姐，妳要對我的生命負責，承諾不能反悔，妳來擔當我吧！當然，那封信沒有寄，撕了。」

那段時日是三毛痛苦的深淵，卻有一根繩子緊緊拽住了她，不讓她在絕望中沉淪。與瓊瑤再次相見已是深秋，三毛悲痛的心漸漸平息，她穿著鮮豔的衣裳走進花木扶疏的瓊瑤家，彼此相視一笑，不用過多的言語，只這麼一個眼神她們就「都懂了」。

在秋日花香中她們飲茶論文，歲月似乎淡如微風。

三毛愛馬，愛花，愛自由，她喜歡體會生命的一切，為此她流浪天涯，四處奔走，「騎著瓊瑤送給她的那匹馬」，行走天涯看遍山水風光。她當然同時希望也能有這麼一匹陪著瓊瑤走天涯的馬：

「陳姐姐，妳鼓勵過我，我現在可不可以握住妳的手，告訴妳，我們仍然不常見面，不常來往，可是當我們又見的時候我也要送妳一匹馬，我畫的——畫一個瓊瑤騎在一匹賓士的馬上，它跑得又快又有耐性，跑得妳的什麼巨星影業公司都遠成了一個個斑點，跑到妳的頭髮在風裡面飛起來。這匹馬上的女人，沒有帶什麼行李，馬上的女人穿著一件白色的棉布恤衫，上面有一顆紅色的心，裡面沒有妳書裡一切人物的名字，那兒只寫著兩個字——費禮，就是妳丈夫平鑫濤的筆名。」

記得叫我回來吃飯

三毛說：

「我是一個熱愛生命的人，包括有時候我想自殺都是因為我太熱愛生命了。所以始終那麼活潑，我倒不是說在人的面前是這個樣子，就像丁神父說的我是一個很有趣的人。我的興趣也很多，我的人生很豐富，我有一個很豐富的個性；所以說……我不太肯讓我自己活得死氣沉沉的，我也不要說不太肯……，因為我本身就是一個活活潑潑的人。」

三毛口中提到的丁神父就是她的好朋友，祖籍黎巴嫩裔的美國人丁松青神父，也把我翻攪的思緒拉回到了台灣新竹五峰鄉清泉山區的泰雅部落。長長的吊橋架在山對山、崖對崖的溪谷上，丁松青神父的小天主教堂矗立在一頭，三毛曾租下卻未長住過的老紅磚房則在另一頭，就是我的好友徐秀容現在正經營，延續三毛深入台灣鄉野所最愛的清泉之家「三毛夢屋」。

二〇〇六年我終於第一次上山見到三毛當年口中的那位美國來的「小丁神父」，又像我跟三毛留在加納利群島上的中外好友一樣，都是極快速就聊得非常開心。心裡默默慶幸：自己又因為三毛的關係而多了一位值得終生相許的知交。

小丁神父拿出了好幾封三毛的親筆信件給我看。我再次發現閱讀信件真的是一種超越時空、進入人際心靈隧道游走探索的最佳憑藉，因為那些鮮活的字跡會變成舞動今昔思緒、通聯數據網路的精靈，立刻串連起每一個生命角落裡所有曾經發生過的故事。

小丁神父指著一封三毛用英文寫給他的信大笑，因為我們發現三毛原來也會用「畫圖」來寫信的——她畫了一個我剛才形容過的清泉地理環境，只見隔著吊橋，山這一頭天主堂的山東廚師李正老伯伯扯起嗓子，對著山另一頭磚房屋頂上的三毛大叫：「來吃飯！」坐在另一頭的三毛，頸上繫著隨風飄起來有如絲襪的圍巾，像極了「小王子」，身旁有一朵玫瑰，屋頂上還有一小隻撒哈拉耳廓狐狸……。我跟小丁神父看著看著盡是笑中帶淚，一一細數那些大家曾經「擁有三毛在身邊」的幸福日子。不論她是悲傷還是歡笑，都是如此親切真摯。

多年過去了，我常去參加他的教堂彌撒跟村民聊天，他們喜歡聽我講旅行世界的故事，尤其是講那一段我去耶路撒冷走苦路，後來又在菲律賓邦邦牙省親身被釘上十字架，體驗當地文化傳統的經過。我們也多次研究在 ISIS 伊斯蘭國肆虐下的黎巴嫩，如何帶領國際慈善團隊人道去救援慰問他父母在中東祖籍老家故鄉邊界的難民營。因為我們深信如果我們的好朋友三毛還在世的話，她的行動力絕對跑得比我們兩個男生更好更快，並且她會毫不猶豫地積極動員組織劍及履及，「如果三毛還活著的話，一定會這麼做的」。

這好像是二〇二四年台中捷運隨機砍人事件中的那名英勇護人的長髮哥許瑞顯，他引用日本動漫《葬送的芙莉蓮（德文 Frieren，凍結之意）》所說的話：「如果勇者欣梅爾（德文 Himmel，天國之意）還活著的話，一定會這麼做的！」

回顧三毛四十八年傳奇的命運，浮生若夢。

我和所有陪她走過每一段人生的朋友，或是看過她每一本著作的讀者——都以擁有「三毛」這份共同記憶的鼓勵而觸動心弦，牽引起微微上揚如彎月般的嘴角。每一位三毛的朋友或讀者，我們終其一生都將會以擁有過「三毛」這份共同的記憶而撩撥感動著心弦，共鳴回聲不止。

妳和我實在太相像

上面這一小段話我才剛剛寫完，竟然馬上真的應驗而且發生了一件有關三毛的朋友來找我，非常神奇又不能解釋的事情。

那天下午，出版社的總經裡桂台樺先生突然打電話給我，語帶興奮又顫抖地說到：

「有一個人想見你，她的名字叫濮青，從一九六五年台大數學系畢業後赴美留學，已經四十六年從來沒有回到過台灣的一位女詩人，她要送給你一封三毛在一九七八年寫給她的親筆信。」

我聽了自然喜出望外，立刻在二〇一〇年十月二十五日的晚上取消了原訂的電視節目錄影，趕赴台北福華飯店與濮青相見。站在大堂等她下樓的心情非常奇妙，就像自己剎那間忽然又跑去了遙遠的加納利群島跟三毛的中外老友再次重逢一樣，件件往事隨著秋夜細雨、涼風陣陣自落地的大玻璃自動門外吹進來，我的心可真是一陣暖、一陣寒呀……。

終於，我與濮青相見了。旅居美國的她是一位跟三毛從未謀面也沒有通過電話，卻在兩年多的時間裡一個在亞美利加大陸、一個在西北非外海的加納利，隔著遼闊的大西洋互相通了三十幾封信而心靈深交的筆友。由此又可知三毛深交友情，非但不拘泥年齡、性別、職業、貧富、貴賤，即使不見面只是靠文字筆談，只要能心靈磊落相照就能有溝通狂喜的交流。

果然我跟大三毛一歲、一九四二年出生的濮青學姊自是一見如故，也有聊不完的話。原來她是首度回台灣參加北一女畢業五十年的高中同學會，只因為恰巧同房的杜英慈會長要去位於新北市大坪林的出版社洽談出書的事宜，她驚訝地說了一句：「哦！大坪林啊！那是我從小長大的地方呢！」於是臨時一起同行順便看看老家，才巧合發現，她在美國不小心打開衛星電視看到談及三毛的「眭澔平」，也剛巧是前後陸續在這家出版過十二本書的作者。濮青立刻拿出她放在身上的一紙小便箋，上面的回台備忘錄上還真的寫著：這次回台灣一定要試著看看能否找到一個人——眭澔平，還在旁邊用注音符號寫了這個怪姓的多音字讀法「許」。

沒想到我們真的這樣輾轉就相遇了。對！我代替老友三毛的兩隻眼睛第一次看到了這位比她大一歲，不論外型到內在都如三毛當年信中所說「妳就是我」、與她「太像太像了」的朋友「姊姊」。她們魚雁往返的文字中，極為深度地探討到諸多甚有意義的精彩話題：從中國人在西方社會裡生存與生活的甘苦、嫁給老外夫婿的適應，一直到美滿婚姻愛情裡卻仍然內心孤獨的文學女人。

濮青請我細細展讀三毛在四十二年前親筆寫給她的信：

「今日是中秋，一輪明月正當頭，Jose在上夜班，我一個人吃飯，在洋（陽）台上看月，竟是沒有感覺。……心境有若平湖秋月。……七八年」

讀到這裡，輪到我驚訝地叫出來：

這封信……這封信……又一次太巧合了呀！因為恰好是三毛在荷西不幸意外死亡整整一年前所寫的信，荷西就是死在一九七九年的中秋節，而信上署名的那一天居然正是一九七八年的中秋……。

現場眾人頓時靜了下來，不勝唏噓。

揮別了三毛的老朋友，也是我的新朋友，大家相約十一月九日再聚。回家的路上我騎著機車穿梭在台北夜裡冷清的街道上，晚風陣陣迎面襲來，我彷彿覺得三毛的手在我臉上輕輕拂過，如風的往事在穿梭了時光隧道的恬適安詳之後，也都這麼悄悄地一起拋向了身後。

後來旅美的濮青不但和我在台北見了好幾次面，有一次她得知我旅行受傷，還先託她到亞洲出差的兒子來慰問我，隨後又特別自美國飛回台北像媽媽一樣照顧我。無庸置疑，這就是在三毛的友情夢田裡，彼此「相像」的大家，都會相互去做的事。

三毛第四個夢田

——執著・愛情

山有木兮木有枝

今夕何夕，搴舟中流。
今日何日兮，得與王子同舟。
蒙羞被好兮，不訾詬恥。
心幾煩而不絕兮，得知王子。
山有木兮木有枝，心悅君兮君不知。
今夕何夕兮，得見君子。

相傳楚國鄂君子皙曾泛舟河中，划船的越人愛慕他，用越語唱了一首歌，歌聲空靈哀婉聽之動容難忘，鄂君子皙請人用楚語譯出，懂了歌聲裡的深深仰慕，情深意切打動人心，這時光河流中的偶然一相逢，見之傾心，從而有了這首《越人歌》。得見君子傾我心，即使這被公認為中國最早歌頌同志情誼的詩句，但是跨越國籍、階級、性別、年齡的愛卻成為此詩令三毛永恆感動的情懷，也是想探索了解三毛的「愛情夢田」裡的一條關鍵線索。

在芳華正好的時光裡得以遇見你便是最美好的相逢，三毛初見舒凡即有一種怦然心動的渴慕，就如那乍然偶遇鄂君子皙的越人，這一見就是終生難忘。

當年筆名舒凡的梁光明是台灣文化大學戲劇系二年級的學生，出版過兩本書也得過詩歌和短篇小說文學獎的首獎，溫和清俊、才華橫溢，也是學院裡叱吒風雲的人物，仰慕者眾，他正是三毛的學長，更是三毛自述的初戀。

三毛有在〈我的初戀〉一文中說過：「這個男孩是當過兵才來念大學的，過去他做過小學教師。」

三毛看了他的文章後很快就產生了一種仰慕之心，也可以說是那種一個十八九歲的女孩對英雄崇拜的感情。從那時起，三毛注意到這個男孩子，她覺得這一生所沒有交付出來的一種除了父母、手足之情之外的另一種感情，就可以很固執地全部交給了他。這人指的正是舒凡，在尚未見面時她就已經心生愛慕，當真的在學校見到舒凡時，三毛更是無法自拔，從而固執追求著，有一種山崩地裂也要勇往直前的衝動。

三毛對我說起這段校園之愛的男主角，她原本因為厭惡學校而幾年不踏足，已然能看出她是個多麼倔強且不肯輕易改變的人，竟然可以為了愛拋開堅持和矜持。為了舒凡，三毛常常跑去戲劇系的教室聽課，只為了見一見他。在那段時光裡，三毛就那麼如影如風如空氣地跟了舒凡三、四個月，但凡有舒凡的地方，三毛必定在不遠處。

對於三毛熱烈的愛意，舒凡始終緘默，愛慕他的人是那麼多，從而他早已習慣了別人愛慕的眼神，對於三毛毫不掩飾的追求，他也只當成尋常並沒有放在心上。他的冷淡疏離讓三毛輾轉反側夜不能寐，求而不得的煎熬並沒有阻止她的愛。

三毛一如既往，努力追尋著，直到一個偶然的機會。

那段時日，三毛的作品陸續在報刊發表，雖不及舒凡聲名遠揚卻也是一位眾所周知的才女。她拿著稿費，歡喜地請客，請的是學校的同學，在大家吃飯喝酒聊天時，三毛心裡仍舊隱隱期待著一個人的到來。就在她焦急忐忑的等待中，門開了，走進來舒凡修長的身影。

就在那麼一瞬間，三毛整顆心都亮起來了，她的眼裡滿是星河璀璨，急忙起身為舒凡斟酒。三毛雀躍歡喜還有點隱隱的羞怯，心想他既然來了，應當對自己也是有點喜歡的吧？帶著這種朦朦朧朧的期盼，三毛柔情萬千，而舒凡卻只是淡淡地將杯中的酒一飲而盡仍舊淡然如初，他似乎只是前來赴一個尋常之約，並沒有過多地將目光停留在三毛的身上。飲罷，他便與同學交談去了，不再看三毛一眼，隨即便告辭離開。

冷若秋水，這個詞足以形容舒凡淡如雲煙的態度了，讓三毛受盡煎熬。涼風中三毛獨自漫步，心中愁腸萬千，她痛苦憂傷自問：「愛到底是什麼東西？為什麼那麼辛酸那麼苦痛？」可是她依舊熱情執著，在獨自漫步思索時，她明白自己必須採取行動，如若不然只有錯過了。三毛知道徘徊等待是絕對等不到她要的愛，猶豫不決只會錯過，她不想更不願就此與舒凡成為陌路人。

一個清晨，三毛心灰意冷獨自繞行操場散步，回眸驚喜發現不遠處佇立著的熟悉身影正是她心心念念的人。三毛跟我說她當時不知哪來的勇氣，竟然走過去採取主動，她居然從舒凡的衣服口袋裡拔出一支鋼筆，直接在他的掌心上寫下了家裡的電話號碼。這個勇敢的女孩鼓足了勇氣，她緊張而又期待地攤開舒凡緊握的手，那是三毛第一次觸碰到那個人，溫熱的掌心讓她雀躍悸動，她懷著莫大的期待，寫完就立刻驚慌失措轉身離開。她不敢再多看舒凡一眼，她怕觸碰到的目光是冰冷而又厭惡的，更害怕對方直白的拒絕，那是她無法接受的。

那個下午，三毛翹課了。倉皇逃離後，三毛飛奔回家，寸步不離地守著電話，她焦急不安地等待著，她不知道那個人是不是會給她打電話，這一切是否僅是她個人的一廂情願。日光漸漸稀薄，夕陽斜照將樹影拖得漫長又晃蕩，三毛一顆心越來越沉重，悶得無法呼吸。就在她即將絕望之時，久等不到的電話終於響起。

三毛等來了舒凡的消息，約她晚上七點鐘在台北車站鐵路餐廳門口見面。三毛激動雀躍開心得跳起來，整個靈魂都在歡呼，她等到了，等到了朝思暮想的回應，這不再是她一個人的單相思。經過漫長的等待，三毛終於等來了她的繽紛花季。

三毛在唱片《回聲》專輯中，用歌曲銘記了這段往事——

火車一直往前去啊　我不願意下車
不管它要帶我到什麼地方
我的車站　在你身旁
是我　在你的身旁……

——三毛〈七點鐘〉

在雨季裡等你

重逢無意中，相對心如麻。
對面問安好，不提回頭路。
提起當年事，淚眼笑荒唐。
我是真的真的真的愛過你，說時依舊淚如傾。

星星白髮又少年，這句話請你藏在心底。
不要告訴任何人你往哪裡去。
不要不要跟我來。
家中孩兒等著你，等爸爸回家把飯開。

——三毛〈說時依舊〉

在三毛寫〈說時依舊〉時，想起當年的花樣年華即使時隔多年仍舊難以忘懷，畢竟正如她所說的那樣，她是真的愛著舒凡，自古以來「情」這一字最是傷人。雖然後來舒凡有表示過從來也沒有跟三毛發生過〈說時依舊〉歌詞裡那樣重逢的場景，但是三毛的這一場真正的初戀，就曾是如此少女情竇初開的愛著他。

為了奔赴這場約會，三毛對鏡梳妝打扮良久。她不是那種讓人見之驚豔的女子，沒有絕美精緻的五官，卻具有一種源自生命深處的張力和氣質出眾的魅力。他們終於戀愛了，一個是頗有才情的哲學系佳人，一個是聲名遠揚的戲劇系才子，話語相投、愛意真摯。

年華匆匆如流雲易逝，轉眼間舒凡學長就要畢業了，在面對未來的抉擇時這對情侶遇到前所未有的矛盾。三毛期待著與心愛的人朝朝暮暮，彼此如影隨形，於是三毛想要和這個讓她怦然心動的男子結婚。在那時的三毛看來，婚姻會是她愛情的歸宿，她渴望與摯愛的人長長久久相偎相依。但是舒凡並不同意，在他看來彼此年輕正應該為未來做好打算拼搏事業，而婚姻可以等他事業有成之後再說，並不需要這麼著急。

對於舒凡的拒絕，三毛無法接受。當年跟舒凡結婚一事她似乎有著無法開解的執念，對此三毛不肯甘休，她甚至和舒凡提出願意休學結婚與舒凡一起創業。毫無疑問這個想法被舒凡嚴詞拒絕，對於他來說和三毛的愛情的確美好，他喜歡這個獨特的女孩是毋庸置疑的，可是愛情並非他生活的全部。那時，他是學校意氣風發出名的才子，對於未來有著極大的期許，怎麼會將自己埋葬在一如錢鍾書所說那束縛的「圍城」裡，埋沒自己雄心壯志的遠大抱負。

古往今來，似乎總能看到這樣的情景：甘願為愛放棄一切的才情女子，不願放棄堅持追求理想的男人，或許男女思維的不同角度之處生來已經註定。畢竟十分自傲又才情卓絕的三毛也有自己鮮明的個性和脾氣，與其浪漫膚淺的只注意她甘願壓低身段、拋開驕傲、放棄學業，不如說她的愛情觀就是這麼的不顧一切，可見當時她是何其渴望擁有一個與相愛的男人，共組一個可能比原生家庭更美滿的婚姻。

舒凡接二連三的拒絕讓三毛惶恐不安。她自我剖析基於渴慕安定，害怕若是不能結婚相守，她便會失去這個摯愛的男人，於是三毛緊緊逼迫，盯著舒凡給她一個「家」的承諾、一個「愛」的歸宿。三毛的厚重深情一刻不停地執拗追問，讓舒凡倍感壓力，甜蜜的戀情滲入了說不出的苦澀抑鬱，漸漸成為彼此沉重的負擔拖累。當年換成任何一個同樣有才情又有責任感的男人，其實很容易就會被三毛兼有雙魚座浪漫多情和牡羊座咄咄急進的個性產生反感——絕不願在無法承擔的時候就給出承諾，他做不到。

那段時日，三毛日日盼望著舒凡的回覆，卻始終等不來想要的承諾。矛盾不安讓他們爭吵不休，在激烈的爭吵中，三毛甚至脫口而出：「你是要娶我，還是要分手？」她何嘗真的希望和這個男人分開，她只是迫切地想要舒凡能給她一個承諾，因此不惜對自己愛情的初戀丟出了幼稚無理取鬧的選擇題。請特別諒解三毛才從自閉走出來回到校園，她的內心世界裡多怕再被孤獨的情緒吞沒，又一次退縮回到自己禁錮的城堡裡面而再次與世隔絕。

三毛親口跟我分析那時的情況：其實，她根本沒有打算要出國，但為了逼舒凡，她還真的在父母的協助下一步步辦理著出國手續。她只是不想再這麼拖下去了，她以為自己的一意孤行，示意將出國遠走高飛，就會逼迫舒凡必須做出結婚的決定。這實在好像愛情電影常演到要自殺的女主角，最後一刻總會在懸崖邊出現那個即時來拉她救她的男主角。結果愛人沒有出現，當手續辦好後，三毛卻是驚慌失措騎虎難下，究竟該怎麼辦呢？愛情沒有對錯，她萬萬沒想到自己必須走。這竟然好似冥冥中的命運，正為她未來遼闊的生命開啟了一篇新頁！

臨行前的最後一晚，三毛帶著機票和護照再一次找到舒凡：

「給我一個未來，我們一起的未來，機票護照我都可以不要。」

她期盼地看著眼前這個讓她鼓足勇氣去愛的男人，多麼地希望對方能夠應允。這般如利劍架喉寸寸逼壓，隨著三毛的話語舒凡徹底放棄了：「我們不要再彼此折磨了，我太累了。」他聲音哽咽，一個意氣風發的男人此刻卻忍不住落淚。他哭，三毛也哭，過往的甜蜜歲月一去不復還，痛苦悲傷無奈糾纏在彼此的眼淚裡，無法融合的矛盾讓他們漸行漸遠，一切期待都成為如露亦如電的夢幻泡影。

愛成了折磨，這不是三毛的初衷，卻搞成了無法跨越突破的鴻溝，給三毛上了第一堂真正自己親手毀滅美夢的愛情課程。她必須離開了，離開這座城市，離開那個她初戀深愛不捨的男人，去遠方去流浪，去懺悔去調整、去異鄉尋求自我心靈困頓中永恆的療癒救贖。

對此三毛的父親曾說過一段話：「我的二女兒，大學才念到三年級上學期，就要遠走他鄉。她堅持遠走，原因還是那位男朋友。三毛把人家死纏爛打苦愛，雙方都很受折磨。她放棄的原因是：不能纏死對方，而如果再住台灣，情難自禁，還是走吧。」

台灣不再是她的久留鄉，這裡有她心愛的人卻難以回應她的期許，留下只會彼此折磨痛苦糾纏；但是內心深處她如何能捨得下，這畢竟是她心愛的人，就像三毛自己寫的歌詞裡所說的那樣：她是「真的真的愛過」他。

三毛愛情夢田裡的第一個論及婚嫁的故事徹底結束了。

願與你終老

有時候人與人之間的緣分當真無法用時間來衡量，有些人縱使相識一生也不過是泛泛之交不曾在心底掀起一絲漣漪；而總有那麼幾個人，即使僅是短暫的相逢也會終生銘記。這樣的愛人會在你毫無準備的時候乍然相遇，又在不經意間錯失所有，莫可奈何，徒留歎息那命運如此興風作浪的「波瀾」。但是三毛一再跟我說，她喜歡生命裡多一點這種所謂的「波瀾」，不然人生真的會太無聊、太平淡也太無趣了。可見三毛面對愛情夢田大海汪洋裡的「波瀾」，可是充滿著無比的勇氣去迎接挑戰的。儘管時光久遠，三毛依舊對於今生幾段無緣走完的愛情，懷抱著深深的繾綣無奈。

就在闊別故鄉多年後，三毛終於回來了，五年漫長的時光讓她能夠從容面對陳年往事，漫步在多年前許久徘徊的大學操場時，三毛的內心是平靜的。流浪多年後歸來，三毛學有所成，憑著在德國歌德學院所獲取的畢業證書，她回到母校文化大學，成為一名德文老師，此後她便打算在這裡長居久住。

在台北的武昌街，有一間「明星咖啡屋」，這裡的一切對三毛來說是那麼的熟悉親切，在咖啡的氤氳苦香中陳年舊事紛至沓來，她並不知道一次情場的浩劫也正宿命般地向她席捲而來。在她口中這一段何其一敗塗地的愛情經歷，甚至曾讓她一度尋死。

如往日那般三毛閒散坐在明星咖啡屋裡，手捧著醇香的咖啡打量著來來往往的人群，在她漫不經心的目光中，看到有一個留著長髮、衣著時尚卻凌亂的清瘦男子，拉開她身旁的椅子如一片雲那樣落下，落在三毛塵封了幾年的心底。這是一位不是很得志的畫家鄧國川，他獨特的氣質令三毛很是欣賞，三毛情不自禁地想起了遠去巴黎深造的顧福生老師。兩人話語相投，三毛更是熱切地參觀了對方的畫室，那熟悉的顏料、奇特的線條都讓三毛忍不住懷念牢牢佔據腦海深處的那扇門，似乎一推開就能再次見到深刻思慕的顧老師。無法言明的情感，逐步讓三毛對這位年輕的畫家產生極大移情作用的憧憬期許。

他們朝夕相處，感情來的迅猛而又洶湧。很快，這位畫家向三毛求婚了，縱使家人反對，熱情衝動的三毛卻是不顧一切，她答應了。因為她不要別人受到那種被舒凡拒絕的痛苦。畢竟那幾年中，三毛的愛情世界，不是苦苦逼迫學長舒凡的婚姻未果，就是少年荷西的追求等待反而教她倉皇躲避逃開，而後相逢的人也都沒能讓三毛停下腳步。於是這樣一位才情出眾的女子，爽快答應了一位普通畫家的求婚。

她誤以為總算等到了想要的愛，然而終究事與願違。

原來這個對她許諾山盟海誓的男子根本早已有了妻室，他的愛帶給三毛莫大的痛苦。她的深情相許、她的真心託付，連喜帖都印發給親友之後才驚覺上當，到頭來卻是一場荒唐鬧劇的笑話收場，顏面盡失。好在還有父母相伴，為她遮風擋雨，讓她仍舊相信愛情，有勇氣繼續走下去。她不再刻意強求，而是選擇了順其自然，正如她自己所說的那樣：「我愛哭的時候哭，我愛笑的時候笑，我不求深刻，只求簡單。」

為了讓三毛儘快走出這段情感的陰霾，喜愛運動的父親陳嗣慶鼓勵三毛去學習網球，希望她能夠健康快樂。在這裡，三毛認識了一位德國教授，這是一位年長的男子，高大挺拔、體貼溫和，幾次交流中，博學的他溫和體貼穩重平和，讓三毛不可避免萌生了愛意，那種寬厚的包容給予她觸及心靈的暖意。

或許也只有這樣穩重寬和的人才能給予三毛內心真正渴望的溫暖與安穩。跟他在一起的時候，三毛有著前所未有的平和寧靜，一切盡付時光柔波裡那悠悠斜陽淺照涵泳的深情脈脈。三毛說他們之間真的不必過多的言語，僅僅是眼眸相視的那一剎那就能感覺到滿滿的真情愛意。兩人之間存有好似張愛玲追求的那種「歲月靜好」的恬適安穩，當然三毛流利的德語同時拉近了兩個人的距離。

那一夜，三毛一如尋常和他在星河閃爍下漫步，月光將他倆的身影拉得漫長而又纖細，輕輕的腳步踏在鬆軟的土地上。突然，他停了下來，平和溫柔地對三毛說：「我們結婚好嗎？」

「好。」三毛又一次沒有絲毫的猶豫地答應了，她喜歡並且眷戀著這份溫柔的暖意。雖是韶華正好的年紀她卻早已經歷許多波折，但就是這個人能給予她安穩寧靜，她願意為此駐足。那個月夜，他們在星光下擁抱，只希望往後餘生都如今日這般安詳美好。

決定好婚期，這對戀人依照德國習俗，滿懷期待前去訂製結婚當天準備發給賓客的名片。只見名片上兩人的名字相列如花開並蒂、枝理相連，願比翼雙飛今後執子之手你我暮暮朝朝。這是一款簡單的名片，精選薄木材質，兩人的名字安靜躺靠在一起，一面中文，一面德文。三毛付完錢，跟老闆約定半個月後印好就會來拿名片。只不過直到十七年後，三毛回憶起那段往事，光影拂掠，她久久歎息：「那盒名片直到今天還沒有去拿。」終其一生，三毛都沒有去拿，就像那場永遠不會來臨的婚禮。

結婚前夕，那個和她約定好一起終老共白首的德國愛人竟然心肌梗塞，永遠睡在了她的懷裡死去，此後並蒂不再、連理枯竭，終生陰陽兩隔不能相見。生老病死、愛別離、怨憎會、求不得、放不下，這些人生疾苦最痛也莫過於生離死別了！那一晚，平日健康的他竟然心臟病突發，猝不及防地離世，甚至來不及告別，沒有留下隻言片語。多年後，三毛在《我的寶貝》中寫下一段文字時，仍舊是深深的歎息：「今生今世只要一想起就會忍不住悲傷。」

人世聚散，死生無常，愛人的驟然離去讓三毛在筋疲力盡中恍然如夢，於是在崩潰的情緒裡三毛服藥自殺。好在及時發現，她的身體沒有死去，一顆心卻早已滿是枯槁荒蕪。死亡邊緣、搖搖欲墜中，三毛決定再度遠行，去放逐流浪、去尋找夢田。於是她又飛往西班牙，前往這個曾經多次包容了她過往苦痛的首都城市馬德里。

在歐洲與你相遇

「我第一眼看見他時，觸電了一般，心想，世界上怎麼會有這麼英俊的男孩子？如果有一天可以做他的妻子，在虛榮心上也該是一種滿足了。」

三毛第一次見到荷西是在西班牙的年尾，那時樹葉盡落，冬日的寒意早已融於夜晚的風中，她在爸爸的老朋友家過平安夜。午夜時分，她見到了那位英俊的男孩，霎時間有一種驚歎的心動。

三毛說他們相遇的日子，剛巧就在我出生的聖誕夜十二月二十四日最後一秒鐘。西班牙馬德里有一個特殊的習俗，就是在聖誕節的零點零分之前，市區所有的青年男女都要衝出家門，見到第一位異性就要彼此擁抱、親吻祝福。那是一九六六年，三毛的學校也正在放最重要的聖誕節假期，她爸爸的老朋友、旅居西班牙的老華僑徐耀明邀她來家裡吃晚飯過節，住進他家的客房。就這麼無巧不成書的是：荷西是住他們家公寓樓上的鄰居。所以聖誕凌晨午夜鐘響前，三毛人來瘋的一股腦衝出徐家大門，少年荷西也正從樓梯三步併兩步下來剛巧跳到她的面前。兩人彼此都嚇了一大跳，彷彿在夢中：東方美女神仙姊姊和西班牙帥弟就這麼在樓梯間裡當場撞個滿懷！依照習俗兩人靦腆地在聖誕鐘聲中彼此擁抱，親吻面頰，心倒是早已怦然心動跳到九霄雲外去了。這段敘述如果讀者能像我一樣聽三毛親口來講，那真是場無以復加浪漫的超級夢幻饗宴呀！

再次奔赴西班牙，是緣於三毛的那兩段台北的情殤，她來此遠行原本也僅為遺忘。當年第一次為何會選擇申請來到西班牙讀書呢？據三毛回憶，那是在台灣讀文化學院時，偶然間聽到了一張來自西班牙古典吉他佛朗明哥的唱片，歌聲中她似乎頗能感受到炙熱純粹的美好，深受感動。於是緣於這份魂牽夢繫的旋律，在與舒凡前緣決斷的痛苦彷徨之時，三毛來到了西班牙馬德里，希望這個溫暖熱情的城市能讓她淡忘過去的傷痛。時間確實是治癒一切的良藥，在恍惚間不知不覺帶走了她過去所有痛徹心扉的負面情緒。漸漸地，三毛融入這個熱情奔放的城市，淡忘過去的傷痛，在馬德里，她是一抹無拘無束、自在隨意的風，她曾愛上了這樣奔放的自由，煙酒交友灑脫不羈。

在馬德里，三毛明媚自信，她如火樹銀花，有一種熱烈又典雅的美，在那些明月皎潔的夜晚，總會有西班牙男生在陽台下彈著吉他，獻給她吟唱的情歌。不過那燈火昏暗樓梯間的驚鴻一瞥，讓三毛艷羨於年少英俊的荷西，特別欣賞歡喜這個純真帥氣的男孩。在三毛眼裡，這個比她小八歲的男生，在她的心裡就如同一道美麗的風景。不同於三毛單純的好感，荷西初遇三毛便是一見鍾情，在他年少時就憧憬著一段美麗的愛情。他曾希望娶一個日本女孩為妻，可是就在與三毛的偶然相遇之後，他悸動雀躍全丟失了心魂，只這麼一眼，他就認定「此生的妻子」必定是Echo。

這強烈的愛意讓荷西輾轉反側，他竟開始不顧一切地愛著三毛，如一位忠實的信徒那樣追隨在三毛身後。夜晚，他也會抱著吉他駐足在三毛的陽台下，唱著熱烈的情歌；白天他則陪著三毛一起玩，或踢球或騎車，有時候甚至還去舊貨攤閒逛。三毛純粹欣賞著這個西班牙男孩，卻並不知道荷西早已深深地愛上了她。那時，三毛在西班牙讀女子書院三年級，而荷西還在念中學，為了魂牽夢縈的心愛女子，他開始翹課，偷偷溜出學校跑去找三毛，只為了能不時守候在她的身旁。

「Echo，樓下你的『表弟』來找你了。」

那時三毛在學校宿舍讀書，常有同校的西班牙朋友跑來調侃地告訴她。三毛十分驚訝，在異域他鄉的西班牙她並沒有「表弟」。當三毛走到陽台，看見樓下捏著一頂帽子靦腆的荷西時，忍不住笑起來。這個男孩的緊張是那麼的顯而易見，卻仍舊固執地看著她，他還會用攢起少少的錢，邀請三毛一起去看場電影。此後，荷西便時常來找三毛。

「『表弟』來囉！『表弟』來囉……」

三毛在宿舍裡幾乎天天都能聽到這樣善意的叫喊，日日見面，三毛隱隱約約感覺到，這個比自己小八歲的男孩對她已經萌生了愛意。這種朦朦朧朧的愛情在三毛看來是那麼的真誠，讓她不忍道破，或許這如霧如煙的愛意就如清晨的雨露，潔淨可愛，卻在太陽出來後難免終將消失無蹤。畢竟在三毛心裡，荷西還是一個尚未長大的男孩。因此，她仍待他像是話語相投、相處甚歡的朋友。

直到有一天，他們在公園散步，三毛隨意地坐在公園的石凳上，荷西突然鄭重地要三毛等他六年後結婚。這段突然的告白使三毛驚詫不已，稚氣未脫的俊美男孩如此認真而又虔誠，可是三毛即便心生感動也無法答應他呀！

三毛很明白，當年對於眼前這個稚嫩的大男孩，她毫無愛意。在三毛看來，六年漫長的等待時光並不會有什麼結局，這個男孩還有著漫漫人生長路，長到誰也不知道未來會怎樣。更何況她不愛他，又或者是她無法毫無顧忌地去愛他。於是面對荷西直白簡單的愛，三毛就算不忍辜負也必須明確拒絕，並且義正詞嚴不再與荷西往來，也不准荷西再來找她。

荷西愣住了，他久久望著三毛，不知道自己做錯了什麼讓她這麼生氣，或許他有想過三毛會拒絕，可他從未想過三毛的拒絕是這麼的斷然也全無轉圜的空間、這麼的毫不留情，甚至以後連來看她都不可以了！

「我站在這裡看你走，這是最後一次看你，你永遠不要再回來了。」

三毛的聲音冷漠而又堅決，毫不容情。

那一天，馬德里風寒入骨，荷西一顆心如墜冰窖，他很聽話地走了。他望著自己想長相廝守的三毛，好希望每天一睜開眼就能看到她……。但是三毛如此斬釘截鐵地拒絕，讓他知道自己必須離去，沒有一點餘地。必須走，就算萬般不捨，他也必須走了。

「Echo! Adios（再見）! Echo, Adios!」

荷西一邊倒著跑、一邊把頭朝向三毛大聲喊著，三毛後來跟我聊起這一段情景，她還是邊說邊哭。她說那時的馬德里突然難得下起了紛飛的白雪，迷濛飄灑下來模糊了荷西的面容，他是強撐起笑臉竟然用倒著走的步伐，雙眼卻始終注視著三毛，哪怕壓抑不住的淚水潰堤讓荷西逐漸哽咽，但他的口中卻仍然笑著對三毛大聲快樂地喊著一句又一句的：「ADIOS」（再見）。

三毛迎著寒風佇立，看著荷西的身影漸漸消失在茫然寂靜的白雪裡，三毛有一種說不出來的惆悵，怎麼好像《紅樓夢》裡的賈父在雪地裡目送辭別後遠遠離去的寶玉。那一個夜晚，三毛輾轉無眠，荷西強顏歡笑的臉久久印在她的腦海中。荷西則是無聲地流了一夜眼淚，濕透枕巾落寞無助，但是他後來真的信守了答應不再來找三毛的承諾。

滿身風塵，雨雪霏霏

未來難期，趁著尚未開始早早了斷，這次應當不會痛徹心扉了吧！

三毛經歷過痛苦絕望的情殤，也無法鼓足勇氣去等待漫長六年的遙遠時光。三毛開始結識別的男孩，其中有一個日本男生，是她的同班同學，家境殷實，有著浪漫的天性，每日清晨他都會給三毛送來一大束美麗的鮮花。

鮮花，各色精心挑選的禮物，這些都讓三毛同住的書院舍友羨慕不已，畢竟哪一個女孩不喜歡這份浪漫呢？可是這芬芳嬌美的鮮花、琳琅滿目的禮物似乎不能引起三毛內心深處的喜愛；她明白若不喜歡，再美的花也不過是剎那美麗、再稀奇的禮品也只是尋常身外之物。

那個男孩熱烈地追求著三毛，他甚至買了一輛名貴的車用來當訂婚禮物，面對如此炙熱高調的求愛，三毛驚惶不安，始終沒辦法答應，忍不住落淚。三毛的眼淚讓這個男孩慌張失措，從此打了退堂鼓。

歲月悠悠，輾轉數載光陰。三毛完成了在馬德里的學業，她收拾行囊繼續遠行，來到了一個德國古老的城市柏林。

「整個柏林就像一片白雲。」

這是一座繁華而又古老的城，白雲悠悠、清風徐徐，綠意盎然的菩提樹搖曳自在。三毛在這裡繼續學業，她來到歌德語文學院，攻讀德文。為了儘快取得畢業證書，三毛只好刻苦學習，幾乎沒有空餘時間。這樣緊迫的學習是三毛從未有過的，她咬緊牙關隔開了紛擾讓自己埋頭學習。在此期間，三毛結交了一位德國男友，名叫約根，是一個略顯固執的書呆子，學習刻苦，但是似乎天生總缺少了一種花前月下的浪漫情懷，即使和三毛約會也是兩個人一起「看書」，這與三毛期待的愛情截然不同。

在德國厚重的學業壓得三毛喘不過氣，好在她的付出有了收穫，僅僅九個月，三毛就拿到了畢業證書。隨後，約根實現了自己的理想，成為一名外交官，他開始考慮和三毛的未來了。那一天，他們一起逛著百貨公司，約根買下一條象徵結婚的「雙人床單」。看著那條床單，三毛沉默良久，心裡湧出一股難以啟齒的為難，忍不住濕了眼眶。雖然他們兩人誰也沒說一句話，但是絕頂優秀聰明的約根已經讀懂了解到：三毛不願意。看到三毛含淚的雙眼，約根心亂了一下，他默默地退了床單，也忍不住落淚，那一刻約根就已然明白他留不住眼前的這個東方女子。

一年後，三毛離開了德國，此生他們都未能再重逢，徒留那一個緘默寡言有點呆板的人，死死板板地在白雲悠悠的柏林等候了她二十多年。直到三毛快四十八歲過世的前兩天，她親口跟我說，她原來要嫁的人真的絕不是大家誤傳的王洛賓，而是這個等了她一輩子的德國書呆子外交官約根（三毛最後回王洛賓的信裡也提到她訂婚之事）。可惜至今很遺憾，我都還沒有機會把這句三毛的真心話轉達給他知悉。三毛真的跟我說過：「耽誤了人家一輩子，我也該嫁他了！」

離開德國後，三毛來到了美國。在美國芝加哥的伊利諾伊大學，三毛申請到主修陶瓷的機會，那一年三毛已經二十八歲了。在學習期間，她還負責圖書館裡英、美等國家書籍的分類工作。

也是機緣巧合，三毛有一位堂兄在美國，而堂兄的好友恰好也在伊利諾大學，是一位化學研究生博士候選人。因此，三毛的堂兄託付自己的好友照顧隻身海外的三毛。

這是一位溫暖細心的男子，他無聲而又溫柔地關懷著獨在異鄉的三毛，每天幫她送來午餐。他的溫暖體貼是那麼的柔和自然，讓人舒適感動，日益相處中三毛感覺到了他一點點透露出的心意，可是三毛自覺她尚未做好繼續一段感情的準備，因此沒有說破，仍舊一如尋常的淡然處之。

直到有一天，這位溫和的男人忍不住開口：「現在我照顧你，等哪一天你肯開始下廚房煮飯給我和我們的孩子吃呢？」這句話說得委實有點突兀，他們相識甚淺就突然告白。

家，孩子，煮飯……

這些在三毛眷戀著舒凡時是想過的，她也願意為舒凡洗手做羹湯，可是那段情斷之後，她流浪西班牙輾轉去了德國、美國，早已經更清楚自己真心喜歡隨意自由自在毫無拘束的生活。即使這是一位十分優秀的男人，愛慕他的女生也是不可勝數，但是不對的時間即使遇到對的人也沒有用，三毛於是變成了像舒凡那樣斷然拒絕了他。

三毛的堂哥聽聞了這件事，多次打電話來勸她，不希望她錯過這位優秀的男人，然而都沒用。對於那位博士的深情告白，三毛只是覺得自己的心好像早就死掉了一樣，她實在矛盾地無法再如初戀那樣熱烈追逐。三毛決定離開美國，在異域他鄉流浪幾年，她想家了。三毛深知自己要的愛情是什麼！這些相互糾纏的緣分，都還沒有深到讓她情願駐足的地步，所以這些情早晚會斷掉，註定不可能會有結局。

機場送別時，這位博士忍不住再次開口結婚的請求，此去一別便是山高水遠，日後難再相逢，在這離別時他仍舊希求那渺茫的回應。三毛沉默不語，拒絕的話早已說出，再多言也是毫無必要，終究是無緣。臨行前，三毛抬手為他理了理大衣的領子，這個溫柔體貼的人啊，就此別過了吧！她本無意傷害任何人，可依舊半點不由人。

帶著滿身風塵，三毛踏上歸程。隨後在台灣的恬淡歲月裡，三毛幾乎快要淡忘那些漫長旅程中曾遇見過的人和事，直到有一天三毛的一位朋友遞給她一封信，是遠在西班牙的荷西寄來的，隔著漫長的海洋和大山，這封信兜兜轉轉許久才到了三毛眼前。朋友將這封信遞給三毛時，忍不住說了一句：

「如果你已經忘記他，就不要打開這封信。」

三毛想起荷西那份純粹而又執著的感情讓人動容，特別是他信守不再到書院找她的承諾，讓三毛從喜歡之外又添加了一份尊敬荷西潔淨的靈魂。三毛當然未曾忘記過荷西，那天馬德里的雪落著滿身，目送雪中那個不得不遠去的身影一直留在三毛記憶深處，彷彿一回頭就能可親可即，看到那個少年含情脈脈而又努力故作堅強的笑臉。

與你久別重逢

在六年漫長的時光裡，荷西居然固執等待著一個被拒絕了的約定，在接近約定的期限，他期盼將自己的模樣封存在照片裡，和著這封信一起寄給三毛。六年過去，讓他從一個大男孩變為成熟的男人，和其他的西班牙男士一樣他蓄起了大鬍鬚，看起來的確比三毛記憶中的青澀模樣成熟許多。

他的信讓三毛忍不住想起當年那個被她冷漠拒絕的約定，未曾想到那個大男孩這六年來一直自己在單方面倔強堅守奉行著被她拒絕的承諾。不過，這時的三毛早已答應了前述德國大齡教授的求婚，又如何去回應這份單純執著的愛意，因此她沒有回應也無法回應。這封信就此石沉大海，等於沒有被送到、也沒有被拆開過一般。

世間的意外誰也無法預料，在三毛滿心歡喜期待著婚禮時，噩夢措不及防地降臨，她痛失所愛，絕望悲傷過後台北這座城已然是她的傷心地，難以停留。三毛又想起了西班牙，想起了那座自由熱情的城市——在痛苦悲傷中，她總是不由自主地想起西班牙的白屋紅瓦、那望不見邊際的葡萄園和橄欖樹……。日思夜想，在這痛苦難捱的日子裡，三毛決定重返西班牙，去那個自我心靈療癒的聖地馬德里。

時隔六年，芳華淡去，年近三十的三毛在歲月悠悠流轉後再次來到了馬德里。

視線所及之處是那麼的熟悉，面對恍若隔世生命裡的另一處故鄉，三毛忍不住落淚，感慨地說再度回到馬德里，並不覺得離鄉背井的哀愁，反而有一份「歸鄉的喜悅和心酸。」

這一回，三毛雖仍是遠離故鄉卻不再是流浪，馬德里這座溫暖熱情的城市是撫慰她心情的和風，這裡甘甜的葡萄酒一點點地浸潤她乾涸的心靈，她發自內心喜歡這裡。在西班牙，三毛找了幾份家教工作，閒暇時光還會給台北的雜誌寫稿，她也和三個西班牙女孩合租了一間公寓，她們時常拉著三毛逛街、看電影、喝葡萄酒，生活舒適愜意。

這時候的三毛幾乎從未想起那個六年前向她告白、要娶她的西班牙男孩，她在馬德里這座寬容熱情的城市裡輕鬆自在。而那個名叫荷西的西班牙男孩卻仍舊固執堅守著已然被拒絕的約定，在六年後的悠長時光裡癡癡等待。

偶然間荷西的笑臉會突然浮現在三毛腦海裡，卻也隨著輕輕揚起的風沙轉眼無蹤，不會在三毛心裡泛起一絲漣漪，她真的從未想過自己跟荷西會有什麼愛情的結果。六年前，她芳華正好，可惜那個男孩尚且稚嫩，對於夢一樣的約定，三毛確信美好的過往時間像陽光下的七彩泡沫，完全經不起六年光陰的風吹雨打。只不過三毛當時從未想過荷西會真的等待整整六年，因此她並未寄予厚望。

人與人之間的緣分有時候真的是難以言喻，似乎冥冥之中老天自有註定。有一天，三毛遇到了一個漂亮的西班牙女孩，她叫伊絲帖，是荷西的妹妹。那時，三毛在朋友家玩，看見院子下面有一個漂亮的女孩笑著和她招手。在看見三毛的時候，伊絲帖驚喜極了，她知道自己的哥哥一直在等著這個東方女子，為此，她絞盡腦汁纏著三毛，央求她給荷西寫一封信。

三毛並未想過和那個大男孩續結一段情緣，因此婉拒。伊絲帖卻很著急，六年了三毛難得回來，她希冀望著三毛說自己可以代筆。三毛無可奈何，便用英文給荷西寫了封信，很簡單的文字，一如三毛平淡的內心：「荷西，我回來了。我是Echo。」並在信中留下了自己的地址。

六年前，那個叫荷西的男孩給予過她一段簡單快樂的時光，可是三毛只當成友情，她看荷西就如看西班牙的清風美酒，欣賞歡喜著，無關情愛。在那時，她給不起荷西想要的愛情，也無法去等待六年的悠悠歲月。她的草草回信令荷西欣喜若狂，他迫不及待給三毛回信。和三毛寥寥數字截然不同，荷西很用心地準備了回信，他將潛水的漫畫剪下來，一張一張仔細地貼到信紙上，還用筆勾出一個漫畫的人形，並注解這就是荷西。信中，他告知了三毛自己的歸期。荷西又從妹妹伊絲帖那裡問來了三毛的電話，他滿懷期待撥響了那個號碼，聽到電話那頭熟悉的聲音，荷西激動得有點語無倫次，他不斷地重複，請三毛一定要等他歸來，一定要等他。最後極為鄭重地告訴三毛他會在本月的二十三號去馬德里見她。

接到荷西的電話對三毛來說是個偶然的意外，她並未放在心上，仍舊那麼的漫不經心，以至於她全然將荷西歸來的日子忘了個一乾二淨。那一天，三毛和同伴一起到山區的小鎮玩，直到天黑才回公寓。室友告訴她，有人打了十幾通電話來找她，三毛疑惑了許久，卻始終沒有想起跟荷西的約定。這時候，又有一個電話打來，是她在馬德里大學的朋友，說有急事找她，讓三毛務必立刻去她家裡。

不等三毛問清緣由，對方便掛斷了電話。三毛只好匆匆趕往，朋友將她接進了客廳，一臉神秘地讓她閉上眼睛。這些奇怪的要求讓三毛覺得莫名其妙，她也沒有拒絕。此刻的三毛絕對沒有想到接下來將有多大的驚喜。

朋友把她帶進一個房間裡，要她閉上雙眼，直到背後環抱過來一雙成熟男人的手，把她抱起來不斷轉圈，三毛是又叫又笑、又親又打，兩人歡樂極了。未曾再見之前，三毛從未想過與荷西重逢會是這麼充滿著高興喜悅。六年後的久別再次相見，當真有一種油然而生的激動深情。三毛興奮極了，內心奔湧而出的喜悅幾乎要將她淹沒，讓她無法隱瞞自己，原來在內心深處她是期待著的，期待六年前那個看似夢幻泡影一個漫不經心的約定，竟在眼前開花結果。

當年的男孩已經長大了，留著滿臉的鬍鬚，看起來沉穩俊俏，三毛情難自禁，忍不住抱住他親吻。驚喜、興奮之餘，還有一種模模糊糊油然而生的愛意。

風沙星辰，是前世鄉愁

再度重逢似乎是冥冥之中的約定，有著無法預測的因果。

六年的時光讓荷西真的長大了，現在，他能夠從容地面對這個他一見面就下定決心要娶回家的女子。學校和軍旅的生活，讓荷西愛上了航海和潛水的感覺，但是在他內心深處，卻一直有一個女子，比他自己的生命還重要。

他對三毛說：「這世上我只執著於兩件事：一是對妳永不變心的愛，還有就是對大海深沉的愛。」荷西十分喜歡潛水，他喜歡海洋，喜歡大自然的一切生物，處處充滿著好奇。三毛突然發覺跟荷西現在深入相處，在對自然的喜愛、自由的嚮往這些方面，她跟荷西擁有如此高度的相似。

荷西誠然滿懷赤子之心，有一種與生俱來的質樸自在。他熱愛大自然的萬事萬物，更喜歡自由的感覺，沉浸於自己想像的世界，對一切繁複冗雜的人事不願妥協，他就是那麼的簡單純粹。三毛喜歡與荷西在一起的時光，在這個自由若海洋一般的男人面前，三毛總算可以自在地呼吸、自由地舒展。

有一次，三毛和荷西在公園散步，她正因為一篇即將要交的稿子而愁眉不展，一路苦惱不已。對此荷西很是不解，他指著不遠處在陽光下修剪樹枝的園丁，很是真誠地對三毛說他自己寧願做一個每天淋雨日曬的園丁，也不要被關在暗不見天日的辦公室裡整理檔案。如此純然且毫不遮掩的想法是那麼吻合著三毛的天性，讓三毛有所感悟：這人生太長太繁，這人事太多太雜，有些時候的確不必過於認真，對於那些壓抑束縛的人和事，其實到頭來明明絕對都是自己可以放下來的。於是三毛當晚就給編輯寫信，推掉了那篇約稿，從荷西身上三毛更加認識到自己真正想要的是什麼——她喜歡文字卻更希望能寫自己想寫的文字，去過她自己真正想過的生活。

和荷西的相處是那麼的從容而又舒適，三毛很難不去喜愛這個純粹的男人，而真正觸動三毛內心的，則是那一次黃昏中的發現。

那一日，夕陽斜照，落日熔金，將整個馬德里暈染成暖暖的鵝黃色，是那麼的溫和明亮，荷西邀請三毛去他家玩。當三毛走進荷西房間時，她對於牆上貼滿著自己的照片深深震撼。整整六年了，當年寒風冰雪裡自己的相拒，讓荷西無法再靠近三毛的世界，此後毫無交集。可是他愛到了骨子裡，又如何能忍受沒有三毛的日子。

在三毛驚詫的目光下，荷西忍不住紅了臉，有點難為情地道出了原委，原來這些照片都是三毛寄給她爸爸在西班牙朋友徐耀明伯伯的複印件。那時候，每當三毛寄相片過來，荷西都會去他家偷偷將照片送到照相館放大，然後再將原本的照片悄無聲息地送回去，這一切都是緣於他是那麼的愛著三毛。這些貼滿房間的照片在日復一日的時光裡逐漸發黃，這麼多年來還被百葉窗曬出一條一條濃淡排列的線條，映照著荷西炙熱真誠的愛意。

那個大雪天，在被三毛拒絕後他哭了一整夜，也曾想過自殺。後來純粹的愛讓他鼓起勇氣，在翌日天明初曉時他做了一個決定，他要獨自單方面去兌現承諾，期望著任何渺小的機會也在所不惜。

聽著荷西的訴說，三毛忍不住紅了眼眶，這個男人是如此真心愛著她，讓她又想到了六年前的那個強忍著眼淚向她微笑道別的男孩，原本早以為兩相遺忘，如今卻是歷歷在目，竟然一直封存在記憶深處。

「你是不是還想結婚？」

三毛也不知道自己為何會說出這句話，話一說口她便後悔了，無法自控地哭了出來：「還是不要了，不要了吧。」

對於三毛突如其來的問話和反應，荷西驚住了，六年來他已經習慣了等待，他願意用許多個六年去守護這個心愛的女子，但也只有午夜夢迴他才敢夢到自己能夠娶到這個念茲在茲的心上人，但從未想過幸福來的竟會如此意外。

他必須把握良機，不能看著三毛再次從身邊擦肩而過。但畢竟當初的遺憾並非是說重來就能回得去的，六年過去，對於愛，三毛其實早已心生膽怯、意興闌珊。望著淚眼婆娑的三毛，荷西心疼極了，這是他摯愛的女子啊！輕輕拭去三毛眼角的淚水，荷西溫柔地捧住她的臉，這六年來在他所不知道的地方，他那心愛的人早已滿身傷痕。於是荷西說他可以用膠水把三毛碎掉的心給粘起來，反正過去的他無法更改，只希望未來能夠守候在她身旁。

對於三毛的猶疑不決，荷西再進一步握住三毛的手放在自己的胸膛，說那裡還有一顆黃金做的心跟她交換。他是那麼的真誠，獨自守著承諾等待了整整六年，三毛感動於他的鍾情，這六年後的意外重逢又似天已註定，即使對於愛情，三毛仍舊不安。過往種種糾纏困擾著她痛苦破碎的心，讓她實在很難再去涉足愛情夢田裡任何的耕耘栽種。這是源自三毛回憶說：自己每一次求婚或是被求婚，好似總是跟眼淚分不開關係。

荷西的執著堅守，三毛相當感動，卻已不知如何回應，她的那顆心仍在放逐，所以並未答應荷西；倒是自己驛動的心，早已渴望地飄到了遙遠的非洲撒哈拉大漠深處。

三毛曾經偶然間在《國家地理雜誌》上看到過一篇關於撒哈拉沙漠的報導：落日將整片天空染成瑰麗的色彩，傾斜在那漫漫無垠的冰涼沙漠。那綺麗的景象一直留在三毛記憶深處，讓她猶如被牽引到前世回憶裡的鄉愁而心生嚮往。風沙星辰，那遙遠的沙漠真的就像是三毛「前世的鄉愁」，她魂牽夢繫在那片荒涼又神秘的土地上，反正在這一生她絕對一定要去一次撒哈拉。那時候的三毛從未想過，撒哈拉沙漠後來竟然會成就了她一生的傳奇，記錄著她今生最為難忘的經歷。在那蒼茫的世間角落，還有著令人驚訝的生命足跡，似乎只要有夢，只要你敢於流浪，就能豪情壯美抵達任何地方。

於是三毛直接對荷西說自己明年的計劃，就是去撒哈拉沙漠。對於三毛異乎常人的想法，荷西並不詫異，正緣於他們都有一顆追求自由的心。其實荷西同時跟三毛說，他要去航海的心願，就是原本希望邀集幾個朋友一起從西班牙沿著地中海揚帆到希臘的愛琴海，他好希望三毛能和他一起去，一路同行當他們的廚師都好。

但是衝突來了，撒哈拉是三毛前世的鄉愁，她想去圓夢，去追逐內心深處的嚮往，此番前去撒哈拉，她決定久住。三毛說得淡然而隨意，荷西心底卻有點著急了，儘管三毛也是有些許遺憾的，畢竟愛琴海，那個充滿了夢幻傳說、浪漫神話和希臘悲劇的文明原鄉，美麗的海岸與千古流傳的故事都讓人嚮往；可是她就是更想去撒哈拉，三毛跟我說：那裡就是有著她「前世的鄉愁」。

三毛的回答讓荷西心焦如焚，他是那麼迫不及待想要和三毛在一起，幾乎已經到最後一釐米的距離，只見如今又將面臨離別，他忍不住懊惱。荷西又問一次，三毛仍舊堅決要去。航海是荷西一直以來的夢，可是這個夢如果需要他放下三毛，他是不願意的。在荷西的心中三毛勝過一切，三毛就是他的摯愛，為此他終於放棄一切。荷西一聲不響地自己先飛到當時撒哈拉的西班牙屬地首府阿雍，找好磷礦場的工作、租好房子，才告知三毛，讓她從馬德里搬過來。

遺落在時光深處的夢鄉

漫天風沙，捲起了細碎的星光灑落在遙遠的世間角落，背著行囊踽踽獨行的身影在璀璨的星河下逐漸遠去，和荒涼大漠融為一體，沙塵靜寂。

俯身寫信，荷西滿懷期待，為了三毛他甘願放棄航海，並且早三毛先來到遙遠陌生的異域他鄉，忍耐著大漠風沙侵蝕，獨自安頓好一切等待著三毛來。當三毛收到這封從西班牙在非洲的屬地西撒哈拉沙漠寄來的信件時，她再次深受感動，萬萬沒想到荷西竟然會放棄心愛的航行，一個人默默收拾行囊，獨自先導前往蒼茫的大沙漠。三毛說不清自己複雜的心情，三毛何曾不希望有人陪伴，但她已然成為了荷西六年來的執念，她不知道自己能否回報以同樣的愛，於是在面對荷西飛蛾撲火般的一心一意，她感動卻仍不知所措。

荷西的信讓三毛輾轉反側來來回回地看了好久，夜裡她漫步在馬德里的街頭，荷西微笑的臉龐、質樸而真摯的話語在她腦海中浮現，久久不曾散去。在翌日清晨，微風漸涼時，三毛下定了決心，她要奔往那個男孩的懷裡，奔往前世的夢鄉。

臨走時，三毛給同住的西班牙女孩留下一封信和房租的費用：

「走了，結婚去也，珍重不再見。」

滿懷著期許，三毛就像一陣徐徐揚起的微風一樣，朝著久久徘徊在她心裡的「愛情夢田」飛去了。

藉著三毛說故事的魔法，把我從一九九〇年帶回到一九七四年的春天，彷彿穿越時空看見一對戀人即將成為家人。當年孤陋寡聞的我對沙漠的認知有限，三毛總在我疑惑皺眉時，將情景和細節說得更為清楚。直到二〇一七年三月，我第七次到西北非，為三毛尋夢撒哈拉（可參照拙作《每一趟旅行都是愛與夢的分享》第四章），我親身考證三毛書裡的「啞奴」、「娃娃新娘」、「沙漠觀浴記」雖皆真有其事，但部分解讀內容的真實性出入無可厚非，難免存在少許實情有待商榷的空間。至於姑卡是真有其人，甚至我還遇見一位西憲，他的爸爸就在磷礦場工作，即荷西曾經工作的OCP公司。

這真是不可思議的際遇，好友三毛過世多年後，我走進三毛的沙漠裡，印證她對我說的「天方夜譚」，夜夜串起來的故事居然也成為我的人生傳奇。回顧亙古不變的沙漠依然日出日落，三毛曾經寫下的撒哈拉故事已然成為永恆。以下則是三毛跟我說的幾段沙漠裡的故事：

當年的阿雍小鎮像是被時光遺留在歲月長河裡的遺跡，只是撒哈拉沙漠裡的一座城，初到這裡三毛就有一種說不出的情絲縈繞。一九七四年四月二十二日在阿雍小鎮，三毛見到了闊別三個月的荷西。大漠的風沙侵蝕著曝露在空氣中的皮膚，三毛站在那裡望著荷西佈滿沙塵的頭髮和鬍子、乾裂的唇、粗糙的手，讓她伸手想要去觸摸。

荷西早就興奮地上前抱住三毛，他日日夜夜不停地思念著她。不言而喻，他懂三毛，三毛也完全了解荷西如何用真實的行動證明「他深愛著她」。荷西早早在這裡租好了房子，等候著三毛的到來。走在大漠荒涼飛沙的土地上，三毛有一種命中註定般的安寧，這裡寂寞而又荒涼，正是她前世的鄉愁。行經好長一段路，三毛才看到升起的炊煙，還有在路旁如隆起的方形蘑菇頭一般被風沙侵蝕到千瘡百孔的零散帳篷，中間雜亂立起少許鏽跡斑斑的鐵皮小屋，遠處掛著鈴鐺的駱駝襯托著成群的綿羊，正在大漠風沙中如雲般緩緩浮動飄移。這如夢似幻的景緻早就沉沉刻印在三毛前世記憶深處的鄉愁裡，無法逃脫宿命魔力的牽引。

三毛極為安靜虔誠地走在這漫漫黃沙的撒哈拉大地上，風中傳來孩子們嬉鬧的笑聲，如悅耳歌吟的風鈴，又是張愛玲那種「歲月靜好」世事安逸的美。只覺得天和地交融著如此親密貼近，星辰風沙又是舒卷著那般自由自在。撒哈拉的人如風如月、萬物有光有夢，合著天地日月生命同歸，正是一種從心所欲不逾矩的恬適美好——原來三毛畢生追求的精神世界就是那麼的安詳自由、無拘無束地躺在地球村的這個角落裡。在三毛內心深處一直具有這樣徜徉悠遊的自然天性，她就像沙漠中紮根深處的一株草，在這撒哈拉母親大地的環境裡蓬勃生長著，她的靈魂附隨整片沙漠的風沙狂喜跳躍，樂此不疲。

在一排房子中間夾有一棟方形鐵門的小房子，正是荷西為三毛在撒哈拉提前準備好的家。我去實地看過兩次，真的很不起眼，沒有人會理解他們擁有的不只是這個遠遠落後於外面東西方社會的繁華，他們其實快樂擁有了整個心靈富足的撒哈拉。至於一旦離開了阿雍市區，立刻就會跌落到一片寬廣到無邊無際的沙漠裡，幾乎看不到人類以及任何生物的蹤跡，只有那浩瀚無垠的荒蕪沙丘，一個一個連綿到風沙遮蔽的蒼茫天際。

滾滾沙塵不斷吹刮起三毛的長裙，將她的髮絲撩起撲滿她的臉。荷西放下行囊，從後面將她抱了起來走進第一個家，雀躍歡喜。在荷西的懷抱裡，三毛只覺得幸福舒適，經歷那麼多的悲歡離合之後，她似乎明白真正的愛完全不需要天崩地裂的海誓山盟，而僅僅是與所愛的人一起「過日子」就好滿足了。

在荷西的懷裡，三毛抬頭細細地打量著這棟房子，和台北到馬德里雕樑畫棟的花園洋房是不一樣的，這棟房子可以說甚是簡陋。一大一小兩個房間，幾步就可以走完的窄小走廊，廚房擁擠、浴室狹小，地面也是不平整的水泥地，實在算不上是舒適安逸的住處。荷西有點緊張地望著她，幾乎不敢詢問三毛對這裡的印象，或許沒有哪一個曾住過精緻華屋的女子願意將就如此狹小的房舍；然而三毛真的絲毫不在意，她覺得在這片大漠邊緣能擁有一個安身之所已經非常難得。後來三毛也插上鮮花、煮起中國菜，用她獨到的裝置藝術美感把這沙漠小屋打造的更加溫馨美好。

最讓三毛驚喜的是，荷西居然買到了一隻母羊，證明那個男人如何竭盡全力照顧三毛，即使是在這麼荒涼的沙漠，他也希望三毛能生活得很好。此後，他們一起去阿雍小鎮上買一些生活用品，便簡單也豐富地安頓了下來。

在撒哈拉的第一個夜晚，三毛蜷縮在睡袋裡靠著荷西。在這近乎零度的寒夜，三毛有一種恍然如夢般的錯覺，她終於來到了心心念念的前世夢鄉，身旁有一個甘願為她付出一切的男人，好似這世間早已了無遺憾。明天，對，就是明天，她要和這個男人去結婚，從此往後餘生皆是彼此相守。

翌日清晨，三毛和荷西來到了位於阿雍小鎮的法院，詢問申請結婚登記的相關事宜。法院裡出來接待三毛和荷西的是一位滿頭銀髮的老人，對於他們的前來，這位老人驚訝不已，因為生活在當地的沙哈拉威人都是按照自己的習俗結婚的，幾乎沒有人會來法院公證結婚。這位滿頭白髮的西班牙秘書翻出一堆法律書，後來給出了一個複雜的結論，就是要出生證明、單身證明、居留證明、法院公告證明……還要翻譯來、又公證審核去的才能公告。

漫長而繁瑣的程序讓人頭皮發麻，聽得三毛一度想要逃離，她最怕麻煩了，甚至直接詢問荷西，這麼龐雜的手續，是否可以不結婚了？荷西立即焦急起來，這怎麼可以，他盼望了那麼多年，等候了那麼久就是要和三毛結婚。他懇求秘書先生，希望這些程序可以快一些辦理。

荷西願意等待，只要三毛答應，他可以一個又一個六年無盡等候下去，因為他愛她。

執子之手，與子偕老

三毛是愛荷西的，這份愛意在她千瘡百孔的內心逐漸生根發芽，一點一滴地佔滿了她整顆心，癒合著她沉痛的舊傷，在那荒原般的心底開出熱情海島的似錦繁花。

荷西對於結婚的執著懇求，三毛無法不動容。所以哪怕她平生最怕麻煩，卻願意為了這個男人去填寫那些繁雜的表格、去等待三個月後才辦完手續，總算迎來了荷西盼了六年的婚禮。為了公證結婚所需的文件資料，三毛給遠在台灣的父母寫了一封信，告訴他們要結婚的消息。收到來信的陳父陳母滿是訝異，未曾想到遠在異國他鄉的女兒，竟然會遠去撒哈拉沙漠，又即將和一位名叫荷西的西班牙男人結婚，雖是倍感驚奇還有著無法啟齒的隱隱擔憂。他們了解三毛，知道自己這個女兒一旦下定決心是不會更改的；他們更希望三毛能夠幸福，因此帶著這樣複雜的心情，給遠在天涯海角的三毛寄去了所需的文件資料，還有他們深深的愛。

那位白髮蒼蒼的秘書先生告訴三毛和荷西，辦完這所有的手續，大致需要三個月的時間。對於早已習慣了等待，並在此之前已經等了超過六年的荷西來說，再等待三個月就能娶到自己心愛的人，他歡喜雀躍甘之如飴，在這盼望中他一直焦急等待著。

這等待中，荷西希望自己能時時刻刻跟在三毛身邊，卻知道這是不可能的，他需要努力掙錢去給他心愛的人有個舒適的生活，閒暇時間他就在家裡給三毛做她想要的傢俱。這段時日裡，三毛常常跟著賣水的大卡車去探索這片沙漠，她背著行囊、拿著相機，去拍攝這個讓她著迷的撒哈拉，那些瑰麗神秘的風景、奇異獨特的風俗民情，都讓她讚歎不已，終於她將這些記錄成文字留下，成為永恆。

在沙漠的日子並非一帆風順，艱苦的荒蕪之地生存下去是十分困難的，三毛不僅僅只是來看一看自己前世的鄉愁，若想在這裡久住就必須和當地的沙哈拉威人一樣，必須努力經營起自己的家。

三毛喜歡一切美的事物，儘管這個家簡陋粗糙，她仍舊精心佈置。為此，三毛準備了許多物品，比如說像饒富野趣的粗草席、充滿異域風情的大床墊、鍋碗瓢盆等許多物品，這些物資在與世隔絕般的沙漠里昂貴極了，三毛必須更加節儉才能在這沙漠裡長久生活。炙熱乾燥而罕見綠色植物的沙漠裡，最貴重的就是水，經常只是為了取得一桶水，她必須在烈日下熬著走過一段漫長的路。

這一切艱難三毛都還可以忍受，而她最怕的卻是「寂寞」。在撒哈拉，為了掙得更多的錢來維持家計，荷西必須日以繼夜在離市區很遠的磷礦場裡加班工作著。

那個家常常只留下三毛一個人孤獨地守候著，她坐在窗前聽著窗外的沙塵風聲，也等待著荷西的歸來。而每當荷西在夜間必須趕回工地上班，關上門的那一瞬間，三毛開始壓抑不住地流淚，她也曾喘著氣哀求著荷西不要走。荷西抱住了她，眼圈紅紅的，但是他必須去上班，否則無法在這撒哈拉長住。荷西也曾想逃離這片荒蕪大地，但是他非常清楚三毛喜歡這片美麗的撒哈拉沙漠，為此他的責任感和對三毛縱容的愛鞭策他，必須努力工作。此情此景，天秤座優雅的荷西（一九五一年十月九日到一九七九年九月三十日）完全變成是比牡羊座浪漫衝動的三毛（一九四三年三月二十六日到一九九一年一月四日）更像大哥哥哄著大她八歲的「小妹妹」一樣。由此可知三毛在撒哈拉的傳奇故事如果背後沒有荷西這雙推手，難道她真的可能會像文化大學胡品清教授給 Echo 的書簡裡所寫的一樣無趣地自打退堂鼓嗎？——一個人逛逛神秘的撒哈拉，就因為長期無以為繼又受困於真實無助孤獨的生活環境而離去了。

「喜歡追求幻影，創造悲劇美，等到幻影變為真實的時候，變開始逃避。」（胡品清）

我並不這麼認為，反而覺得應該從兩性互動上天平的微妙牽動微調關係來思索：當你多做一點、多進一點的時候，另一半就少做一點、退一點，總是給予對方被需要倚靠的存在價值。這其實正是一個女人潛意識裡，讓一個她心愛的男人在在享受著被信任、被依戀的幸福。不然三毛曾歷經七年的自閉輟學的孤獨，後來又歷經西班牙、德國、美國遊學生活的孤獨，應該早已練就為最能發揮孤獨境遇裡，自我巨大能量的人。唯一不變的是，顯然三毛的生命裡一旦遇到真正執著的摯愛，她就像飛蛾撲火一樣放肆自己的嬌縱荏弱，愛的表達就是彼此扒心亮肺般淋漓盡致。於是身處於這艱難的沙漠裡，她一方面看著荷西那雙磨出水泡、鮮血直流的手實在心疼不已；另一方面也再次坐享美夢成真，盡情陶醉荷西對自己體貼入心的堅定愛意——這個男人願意陪著她同甘共苦、為她付出一切，她心知肚明，這人世間再沒有另一個男人，可以為她做到這般地步了。

相對地，在撒哈拉三毛其實也大大圓了荷西多年以來的另一個夢——她心甘情願守在家裡，為荷西洗手做羹湯，正如她所說的那樣：「生命的過程，無論是陽春白雪，青菜豆腐，我都得嚐嚐是什麼滋味，才不枉來走這麼一遭啊！」彼此相守著兩人各別也是共同的夢，徜徉在大漠一隅，恣意享受著人世柴米油鹽中的自在隨風，三毛跟荷西都願意在這片回歸太虛自然般的撒哈拉沙漠裡攜手終老。

為了等待結婚登記手續，三毛每天早早起來，走過漫長的路去鎮上的郵局看信。我也在三十年後走到那個已經圍封起來正要全面拆除的老郵局，殘破的磚塊石牆散落著好多老舊的打字檔案和信件，我知道這眼前的一切即將被埋入歷史的垃圾塵埃中，我隨手拿了一疊好像考古出土的史料，心中不自覺地遙想著當年三毛展讀遠方家書和結婚資料時的喜悅。

終於，歷經漫長的等待，三毛迎來了期盼已久的通知，法院秘書長通知他們可以結婚了！秘書先生為他們小夫妻安排了傍晚六點的時間。她的心怦怦直跳，有一種甜蜜的歡喜在蔓延滋生著，讓她忍不住揚起嘴唇，眼眶卻紅了。

這時的荷西還在一百多公里外的海邊工作，為了讓三毛能在這片沙漠舒適地生活，他每天艱苦地往返兩百多公里的漫長路程，他日益憔悴的眉眼讓三毛心疼極了，於是後來改為荷西只在週末才回來阿雍市區。得知這個消息後，三毛奔往路邊，等待著一輛輛能給荷西帶信的車子。恰好，荷西所在公司的司機開車經過，三毛連忙叫住他，拜託他轉告荷西明天結婚，讓他下班後回來。司機很是納悶，竟然有人連自己結婚的日子都不知道嗎？

「他不知道，我也不知道。」

婚期來得那麼突然，三毛有一種雀躍的歡喜伴隨著迫近的等待，她給遠在台灣的父母發了電報：「明天結婚。三毛。」

得知結婚的消息後，荷西立即趕了回來，期待這麼多年，盼望了這麼久，臨近婚期反而有一點近鄉情怯的不知所措。晚上，他們一起去了鎮上的電影院，看了一場名叫《希臘左巴》的電影。翌日，荷西照舊去工作，下午回來的時候，他抱著一個大大的盒子，這是他給三毛準備的結婚禮物，一副駱駝的頭骨。

在這荒涼的沙漠裡，一幅完好的駱駝頭骨是十分稀有珍貴的。根據我在撒哈拉實地的生活和旅行得知，通常若是殺來食用的駱駝頭骨一定被斧劈腦門殘裂不完整，只有在大沙漠裡自然死去風化的才有這麼美的頭骨，問題是駱駝耐旱不是那麼容易死在沙漠深處，因而這份結婚禮物的難能可貴就可想而知了。當然更加重要的是：三毛跟別的新娘就是不一樣，她非常非常喜歡這樣的禮物。為了這份禮物，荷西在茫茫沙漠中也尋覓了許久。對於一般情侶夫妻來說，假若你不送我玫瑰花或是鑽戒就算了，還丟一個不吉利的動物頭骨來嚇人的話，早就嘔氣吵架鬧翻天了；但是三毛與荷西真的跟大多數人都不一樣，他們不但真心相愛、也真心知曉相愛的對方心裡所愛的一切。

算算至今整整五十年前，一九七四年七月九日婚禮當天，三毛細細裝扮著自己，她穿著一件淡藍色細麻布的長衣，頭髮披肩，戴著一頂草編的帽子，還從廚房挑了些「香菜」別在上面。荷西歡喜地看著她，他們一起走在漫天黃沙下的阿雍，撒哈拉的黃昏靜謐美麗地見證著他們的婚禮。

當三毛語荷西來到法院時，驚訝地發現小小的禮堂裡坐了許多未曾預料的人來看熱鬧，主持婚禮的法官興奮激動到連手都在發抖，原來今天竟是這片荒蕪的沙漠裡，第一次有人前來辦理公證結婚的儀式。他們終於成為了夫妻，這一生一世一起共度。他們牽著手徒步走回到市區偏僻墳場邊的家，黃昏早已淡去，幽寂的夜幕下漫天飛沙又在晚風中飛舞，環繞著他們的四周。荷西用溫暖的手將她緊緊牽著，腳下的路沒有盡頭，如同未來漫長的人生路，彼此身旁一定會有這個人陪伴自己白頭偕老。

時光美好，與你共度

愛情可以是風花雪月，永遠都展現著最美最好的一面；而婚姻是不一樣的。婚姻是什麼呢？有的人甘之如飴，有一種朝朝暮暮你我同老的浪漫；也有的人痛苦壓抑，恍若錢鍾書所述城門緊閉的「圍城」讓人壓抑不安。三毛和荷西的婚姻有的不僅僅是甜甜蜜蜜，他們日夜相守的歲月也是充滿著奇趣、洋溢人生五味雜陳。

結婚後，荷西有了一個月的假期，他們丟下一切瑣事去揭開撒哈拉沙漠神秘的面紗，在這如夢似幻的大漠風沙裡，他們見到了許多瑰麗的景象。不論是一片乾涸了數百年的河床，或是掏空了億萬年的海洋，在悠悠歲月流逝裡，逐漸演化為另一種美麗與哀愁。這是大自然的鬼斧神工，我們永遠無法猜測出這自然何以如此神奇。這是一片神秘遼闊的荒原沙漠，靜候在幽寂的時光裡如同熟睡的母親大地，寸草不生的沙土裡卻也掩埋著數不清的過往雲煙，悠長的時光不知有多少過客涉足此處，留下許多遺落在沙漠的文明。三毛雀躍地探索著這片土地，她跟荷西成為了這片蒼茫的沙漠裡獨特的「拾荒者」——實現三毛童年所寫作文裡「我的志願」，記得當時她還被小學導師大罵了一頓「沒出息」！

這片沙漠有著獨特的魅力，溫柔睡在這靜謐的時光裡，風沙輕輕裹藏起許多古老的神秘往事，等待著與沙漠心神相印的人們前來。

三毛深深著迷於這片廣袤的沙漠，似乎連呼吸都是感動的。在這裡，舉目盡是蒼涼的大漠黃沙讓三毛深深讚歎，特別是她感動於那些牧民真誠單純又充滿生命力的人文風情，逐漸一點一滴地撫平了她原本堅硬執拗多年的棱角。來到這片荒蕪靜謐的沙漠，三毛的心似乎也沉靜了下來，她細緻裝扮這沙漠中的家——那個簡陋破舊的小屋，在她和荷西的佈置下，漸漸溫暖還流露著些許無法言喻的浪漫。在那片蒼茫的沙漠裡三毛是獨特的生活藝術家，她對於美有著與生俱來精準的直覺，如此才懂得如何裝飾風沙中的那棟老房子。

三毛就是這樣一個女子啊，她最執著的事就是愛情與美，哪怕是在這片荒涼的沙漠她也想讓這棟房子，成為她和荷西的桃花源地。她真的在這片沙漠裡展開兒時的拾荒夢想，把許多被當地人遺棄的廢舊物品都由她寶貝地拾回家中，在她眼裡這些舊物確實都藏有著各自獨特的美。三毛還讓荷西親手做了許多傢俱，裝扮他們的家。

在某一個早晨，三毛和荷西去了數百里外的海邊。這片蔚藍的海域是那麼的乾淨澄澈，保留著原始古樸的自然之美。沙岸的岩石夾縫間藏著海潮退去後遺留下的螃蟹蚌貝，坑坑洞洞的水窪裡有著小小的海洋生物，這片遼闊的海洋在沉默的寂靜裡有著讓人會心一笑的鮮活生命，有一種淳樸天然的趣味。他們爬下懸崖，在西非面對大西洋的海水裡捉魚、拾撿貝殼，痛痛快快地玩了一天，這樣與大自然的親密接觸讓三毛暢懷不已，直到絢麗的夕陽暈染整片天際，夜幕降臨他們才意猶未盡踏上歸途，還將漁獲分給附近的鄰居們。

另外，三毛也十分喜歡埋藏在沙漠裡億萬年前遠古的化石群，這是生命存在的痕跡也是地球的歷史事件簿。荷西愛她亦懂她，難怪連送給三毛的結婚禮物都是那副完好的駱駝頭骨，後來我也意外地在沙漠裡撿到了同樣的一幅，雖然沒有下顎，但是已經千載難逢了，再次見證荷西當年要準備這樣的禮物送予愛妻，談何容易。

還有一次，荷西剛到家，一言不發就那麼雀躍地拉著三毛往外跑，出來後才告訴三毛，要帶她去沙漠裡尋找化石。三毛歡喜極了！即使那時天色已晚也絲毫遊興不減，他們抵達沙漠深處時夜幕低垂群星滿天，兩人卻仍舊是雀躍地歡喜興奮。可是夜晚的沙漠不僅有著幽雅的美，在風沙星辰溫柔的夜色中也隱藏著種種恐怖的危險。

那一晚，幽寂的夜色中荷西下車探路，卻陷入了一片死亡流沙，三毛眼見在寒冷的狂風裡荷西不斷在下沉，這是她第一次看到愛人距離死亡那麼近。看著逐漸失去知覺又無力掙扎的荷西，三毛焦急不安連嘴唇都在發抖。死亡迫近的當下她逐漸清醒，逼迫著自己冷靜下來，幾經求救卻險遭路過的壞人進逼侵犯強暴，還好絕地逃亡躲過再繞回了原地。終於三毛再次找到奄奄一息的荷西，迅速拆下了汽車的輪胎、座椅，她此刻「為妻則強」，撕裂了自己的裙子綁成布條，栓綁在輪胎上拋向荷西，接著她趴在岸上，用盡所有的力氣才一點點地將荷西拖回了人間。

癱在岸上，三毛緊緊抱著嘴唇青紫、面無血色的荷西，用酒不停搓拭著荷西的身子。她全身疲軟，在寒冷的夜風中瑟瑟發抖，她的眼神卻是那麼明亮，抱著荷西的手是那麼緊。三毛不知道自己擦了多久之後，就在她的手快要凍僵時，終於觸摸到荷西漸漸回暖的身子，看著荷西睜開的眼睛，她顫抖不已忍不住落下淚來。三毛告訴我說，這一次的歷險讓他們近乎於生離死別，讓三毛明白了自己的心，意識到自己是那麼的喜愛這個男人，是絕對無法接受對方死亡離去的。終於在璀璨星河的指引下，他們找到了回家的方向，重新開車上了公路兩個人有一種恍若隔世般的感覺。

劫後餘生之後且聽聽他們這對小夫妻的對話，您更會確定三毛深刻堅定的愛和自由奔放的人生，確實跟其他人都不一樣，倒是興味相投的荷西，跟三毛永遠是「一國的」。

荷西問三毛還想要化石嗎？三毛毫無猶疑地回答「我要！」

荷西應和「我更要了。」於是竟然相約明天下午繼續來這裡找化石。

今天當我們來講述三毛在沙漠的生活，就必須要站在他們夫妻的角度來理解才對。三毛跟荷西之所以能在這漫漫人生路上相識相知相伴相惜，或許就在他們有著相同相通相容相契的靈魂吧！都是那麼純粹而又堅持的赤子之心。荷西深愛三毛更瞭解三毛，他完全能懂得三毛在世人看來的一切荒唐行為，所以他當然更願意像麥田捕手般去守護著她；反之亦然。

還有一次，三毛跟我說她走路途經一座大墳場，看到一位白髮蒼蒼的沙哈拉威老人正在認真地雕刻，她忍不住好奇，走近看一下居然震驚不已。那裡錯亂地擺放著幾十個石雕，有立體生動的人臉、展翅飛翔的鳥兒、站立著的小孩，還有裸體臥睡的胖女人……。那般質樸又簡單的線條就這麼繪出了人生百態和這世間萬物，有一種讓人超凡入聖的偉大感動。

在這荒蕪的大漠深處，眼前近乎渾然天成的創作，就像數千年前出土的繩紋陶甕，又像希臘雅典帕特農神殿上鏤刻的大理石雕，教人忍不住狂喜驚歎。三毛走上前，蹲了下來，真誠地詢問這些藝術品可否賣給她。她用身上所有的錢買了幾個小雕像回家。走了一段路，老人追來，三毛以為他反悔了，正想抱著石頭快跑逃離，不料敦厚誠實的老人覺得她給了太多錢，所以再塞兩個小石雕送給她。滿心歡喜的三毛走到家門口，鄰居們得知三毛用一千塊換了這幾個爛石頭都忍俊不住哄堂大笑，嬉鬧到搥地打滾，在他們眼裡這些石頭毫無意義且一文不值。不過重點來了，回到家給荷西一看。哇！那可不同，他細細欣賞品味那些雕像，又給了三毛更多的錢，讓她再去多買幾個回來。

就是這般彼此懂得與成全，才擁有在這世間朝朝暮暮的時光裡纏綿不已的愛情。跟荷西生活在一起的日子裡，三毛的幸福存在於一種簡單安逸的恬適。

禍亂不安，只念你

人生天地間，忽如遠行客。

——古詩十九首〈青青陵上柏〉

一九七五年十月，基於安全考量，三毛在局勢慌亂中隻身乘坐飛機，匆匆離開了這片她跟荷西生活了三年零八個月的「夢裡的情人」西屬撒哈拉，往後餘生三毛再也未能踏回這片讓她眷戀不已的前世鄉愁。她不得已跟著放棄海外領地的西班牙僑民同步匆匆撤去，帶走一身塵埃。

三年前，她帶著滿腔深情義無反顧地來到了這片荒蕪神秘的土地，荷西對三毛的暱稱就是「我的撒哈拉之心」（怎麼好像電影鐵達尼號裡面女主角的項鍊暱稱「海洋之心」），如今摩洛哥軍隊已經在所謂的「綠色行軍」之下進逼並佔領了許多區域，平日獨居的女眷三毛只能倉促想辦法，經荷西的安排暫且先逃去西北非外海的加納利群島再說。

在西屬撒哈拉沙漠的最後一段時光裡，三毛確實經歷面對了人生大環境中，最為動盪的日子。

那時候的撒哈拉時局確實動盪，剛開始三毛還抱以期望，覺得在這人跡罕至的荒蕪沙漠裡，自己並不會牽涉到那些政治軍事鬥爭中的複雜紛擾，卻不曾料到，在這似乎被世人忘記的角落也被攪進了國際現勢折衝樽俎的殊死決戰場。

一九七五年的那個情勢緊張的下午，荷西神色凝重地跑回家，他帶著仍舊想要留在撒哈拉的三毛去了鎮上的周邊建築，轉了一圈，那一堵堵牆上寫著鮮血淋漓一般的文字：「西班牙狗滾出我們的土地！撒哈拉萬歲，游擊隊萬歲，領袖巴西里萬歲！不要摩洛哥，不要西班牙，民族自決萬歲！西班牙強盜！強盜！兇手！我們愛巴西里！西班牙滾出去！」

牆上滿是這些醒目可怖的控訴，似一頭脫籠而跳出來見人就啃噬的怪獸，失去了所有的理性瘋狂攻擊著。三毛看得怵目驚心，心中湧現出難言的恐懼，身邊的每一個沙哈拉威人都讓她心驚肉跳，這座荒蕪的沙漠已然變得混亂不安，不再是初見時的靜美安詳。阿雍鎮開始戒嚴，街上隨處可見那些西班牙員警們拿著槍對路上的沙哈拉威人搜身檢查，這座城讓人惶恐不安，年輕人大多早已逃離，留下皆為滿頭白髮的蒼茫老人。

可是三毛對這片土地眷戀已久，何曾願意倉促離去，可是等到當她聽到這讓她摯愛的撒哈拉沙漠中，竟然傳來小孩天真卻殘酷的喊聲：「游擊隊來！嗯！嗯！殺西班牙人！殺JOSE（荷西）！殺ECHO（三毛）！……」時，驚恐難過如海嘯般湧來，三毛失魂落魄有如墜入冰窖深淵，油然而生一種無法傾訴的委屈無助。

一九七五年十月十七日，海牙國際法庭在糾纏許久後，終於裁決了撒哈拉的歸屬問題：「西屬撒哈拉，享有民族自決權利。」消息傳來，原西屬撒哈拉一片人氣沸騰，街上全是沙哈拉威人的歡呼聲，荷西笑容滿面地抱住了三毛，驚喜地說：「聽見了嗎？如果將來西班牙和平地跟他們解決，我們還是留下去。」他最了解三毛，知道自己的愛人是多麼留戀著這片荒蕪的沙漠。

冥冥之中三毛有一種不祥的預感，事情沒那麼簡單和平，為此她憂心忡忡，總覺得風雨欲來山河不平。當聽到撒哈拉沙漠電台播音員沉重地報告：「摩洛哥國王哈珊招募志願軍，明日開始，向西屬撒哈拉和平進軍。」三毛預感殘酷又毀滅人性的戰爭即將迫近，這片寂靜的沙漠終必掀起驚濤駭浪的海嘯。終於，西班牙政府開始緊急用擴音器呼叫人群撤離。人群如蜂擁的潮水四散奔離，霎時崩潰，往日平和的小鎮一片混亂，似乎處處都籠罩著死亡的氣息。

每一個見到三毛的人，都叫她快走，不然就來不及了云云，不停地催促著她趕快逃離阿雍。昔日的朋友果然也成群結隊向她匆匆告別，奔往他處。只這麼短短一夜，整座阿雍城似乎都空了，一片寂寥。那時，荷西在磷礦公司工作，必須加班負責廠區從海港全面撤離，無法回家照顧三毛。一片危機之下，荷西拜託朋友千困萬難總算給三毛買到了一張機票，讓三毛先一步飛離這片混亂不安的沙漠火藥庫。

烽火連天裡，如果只能有一張逃難的機票，荷西必將盡一切努力來保護三毛的安全逃離。三毛跟我聊到這裡，我已經可以深切感受到，她何以在《滾滾紅塵》的電影劇本裡，讓女主角韶華把自己僅有的一張逃離上海的船票，硬是塞給了男主角能才。原來她正是有著回顧感念，荷西曾經如此為她深情無私的付出。

當年源於三毛為當夙願而跟著荷西來到了這裡，他們探索大漠人文風土，也在一片荒涼中尋找文明留下的蹤跡，曾經如此開懷雀躍、歡天喜地；而今，世事難料，迫於無奈的她必須迅速遠離這片沙漠，到如今竟只剩下舉目蒼茫、滿心悲慟。

任一片狂風飛沙席捲，三毛隱沒在茫茫人海中離去，望著那片荒涼的沙漠漸行漸遠，內心深處滿是惆悵，特別還有對荷西的記掛擔憂。穿透航機起飛的轟鳴聲，她彷彿可以聽見風沙中傳來駱駝被屠殺前那嘶鳴哀號的聲音，依然循環輪迴般哭泣著。這片她曾一往情深的土地就是她夢裡的情人、就是她前世鄉愁的今生夙願，原以為將與荷西在此白頭到老，不料才幾年就殘亂成這般光景，真像李後主匆匆辭別宗廟、揮淚宮娥中倉皇離去。這幾年來三毛在沙漠裡生活的點點滴滴，盡付滿地踩踏毀棄的落英繽紛，如夢似幻、撲朔迷茫。

三毛飛離了這片自己死生橫豎眷戀的沙漠，先荷西一步抵達了西北非外海一水之隔的西屬加納利群島。四周海水浩渺，處處驚濤裂岸，三毛每日晨昏就在潮汐浪聲裡等候著荷西的到來。她寢食難安，每日都會去打聽消息，詢問每一個前來的人，卻無人知道荷西的任何消息。三毛心力交瘁，整日鬱鬱寡歡。又經過十多天的漫長等待之後，荷西終於如奇跡般出現在三毛的眼前，他從車上飛奔下來，緊緊抱住了三毛，兩人相擁而泣。觸碰到荷西的體溫、依偎在荷西的懷抱，三毛這才真的感覺到她心愛的人回來了，從炮火戰亂的沙漠深處平安歸返，為此她忍不住痛哭失聲。這次歷經生離死別的愛情，讓她更加感恩難得的重聚。

最令三毛驚喜感動的是，荷西不僅安全歸來，他還帶回來了三毛遺留在沙漠小屋裡的一切物品：包括筷子、瓶子、照片、石頭……都帶回到他們位在加納利的新家裡。經過這次考驗，三毛對荷西那種「平日懶洋洋，有事不含糊」的個性，益發敬重有加，熱情喜愛與日俱增。

這是宿命，你的，我的

對於命運，三毛似乎有一種宿命般直覺的哀愁。離開撒哈拉，三毛與荷西在加納利島租了一套洋房，一推開門就可以看到蔚藍的海洋，美麗的環境猶若世外桃源。然而荷西在這裡找不到合適的工作，現實的生活總要圍繞著柴米油鹽這些零零碎碎的東西，無法餐風飲露還做那種快活的神仙。生活，有時候總要迫於無奈。於是這般情況之下，荷西只好再回到撒哈拉沙漠，然而那時候，摩洛哥軍隊已經入駐沙漠，原本靜謐的西屬撒哈拉一片烽火狼煙。荷西冒著生命危險在被戰火籠罩的西撒哈拉沙漠工作，而三毛只能在潮起潮落的海邊等待，這種煎熬的守候，每一日都是膽顫心驚。

幽居在加納利島上的三毛，整日冷清孤寂，每日黃昏時都會到海邊去眺望，望著一水之隔隱沒在渺茫海水深處的原西班牙撒哈拉沙漠屬地，在那裡，有她喜愛的人，有著她無法割捨的牽掛和擔憂。後來三毛在一次返家途中，神志恍惚遭遇車禍傷到脊椎，荷西只好辭去工作回到她的身邊，因為他知道妻子需要他。等傷好出院以後，三毛無論如何也不肯讓荷西再回到撒哈拉的磷礦場工作了。

經朋友介紹，荷西在奈及利亞（Nigeria）找到工作，他與一家規模很小的德國潛水公司簽了工作合同。這是一名苛刻的老闆，荷西拼命工作八個月之久，也只有收入幾千美元，他和三毛的生活當時過的相當拮据困頓。

這段時日，三毛每日寫作，不僅是喜愛文字，更是可以改善足以讓她與荷西生活的優渥稿費。不久，荷西在美麗的丹娜麗芙島（Terenife）找到了一份不錯的工作，主要是營造海邊景觀工程，如此漸漸有了穩定的收入之後，他們總算是稍微安心舒適了。在丹娜麗芙島三毛深居簡出，生活一片安寧。每當有閒暇時間，荷西都會開車帶著她出去遊玩，他們環遊加納利像七顆珍珠的七個島嶼，欣賞著海洋孕育的浩瀚美麗，感受著海風帶來的悠閒愜意。在這日益緊密的生活相處中，他們的感情更好了。三毛交給我一張照片，說那是他們今生最後的一張合照，五天後荷西潛水遇難，只見畫面中夫妻倆緊緊相擁，好像透露著他們至死不分的愛。

那一年除夕，荷西帶著三毛在他親自建造的美麗海灘上，等待著新年即將施放的焰火。緊接著寂靜的海上燃起璀璨的煙花，這座丹娜麗芙島在跨年的夜裡美得如夢似幻，荷西高興地將三毛抱在臂彎裡讓她許願。伴隨新年的鐘聲美景，三毛許下的心願是蘇東坡的詞句：「但願人長久，但願人長久，但願人長久……」願望說出，三毛卻有一種焦慮不安、有一種慌亂擔憂，似乎有什麼隱藏在大海深處的災厄即將浮上檯面。

他們後來購屋定居到另一個大加納利島上，住進到那間海邊社區裡獨門獨戶的小屋，三毛有一種倦鳥歸巢的喜悅和溫暖，因為這裡有荷西從撒哈拉帶來的一切，有著他們共度多年歲月的軌跡。這麼些年的流離漂泊，讓她只想與荷西安度流水年華。在這裡，似乎歲月都溫柔了起來，空氣中都是輕鬆歡愉的氣息，慢慢撫平三毛心中的不安。

兩個多月後的一天，三毛正在給院中的花草灑水，突然收到荷西的電報，莫名的心慌立刻將她籠罩，再次無法安寧。這份電報是荷西的新工作，催促他去最西邊的拉芭瑪島 La Palma 報到。拉芭瑪島是一個山明水秀的島嶼，遍植杏花，不過出乎意料的是三毛並不喜歡這個帶著點江南水鄉韻味的島嶼，反而有一種無法言說的抗拒，難道她預知這個島就是荷西最後的埋身之所？

於是就在荷西到拉芭瑪島上工不過才一個星期，三毛就坐臥難安，她匆匆收拾行囊奔往拉芭瑪。她思念荷西，迫切想要見到他。小飛機降落在渺無人煙的小機場，三毛抬頭就能看見沉悶單調的景觀，那是兩座黑色中夾雜著藍色的大火山。一瞬間，有種無法言語的鬱結突然壓住三毛的心頭，甚至讓她幾乎無法呼吸。

她直覺這個島不對勁，想哭又想逃，那種沉悶心慌甚至壓倒了即將和荷西重逢的歡喜期待。她自己都不知道何以會出現這種感覺？明明那時候的拉芭瑪正當春光明媚大好，杏花斑斕盛開，處處山清水秀，拉芭瑪島保留著大自然最原始美好的生態。島上幾乎與世隔離，看不到外面的報紙、沒有外地的消息，一片寂靜安詳。在六年的婚姻歲月裡，三毛也漸漸習慣了這樣的氛圍，只管兀自守候在家裡，等待著心愛的人回來。

這裡有一座依山傍海修築的小城，無論白晝與黑夜，都是那麼的寧靜，小城裡的人也都純樸善良，三毛即使未曾刻意結交，時間久了也自然而然認識一些人。大家時常聚在一起隨意笑談，總讓三毛忘記身在遠地異鄉，然而在三毛的內心深處仍有著說不出口的壓迫與不安。

在拉芭瑪的那些個夜晚，三毛常常從睡夢中驚醒。每次夜半看著被荷西握住的手，三毛忍不住淚流滿面，明明這個人還在，她卻有著行將分離的預感。她甚至一度以為自己會先一步離開塵世，她偷偷地去了公證處，立下了遺囑。她的焦慮不安讓荷西很是擔心，那段時日，荷西只要有空就往家裡跑，若見不到三毛，他就大街小巷不停地尋找，一旦碰面必如同久別重逢一般親密地擁抱在一起。

結婚紀念日七月九日那天，荷西用偷偷攢下來的錢給三毛買了一隻老式的羅馬錶，然後從後面雙手環住三毛幫她戴上手腕，深情地懇求三毛分秒都不可以忘掉他。原本是誠摯的告白，三毛卻是心驚不安。那一晚，荷西擁抱著三毛睡去，而三毛卻是整夜輾轉難眠，她回想著彼此以往的歲月，相識至今已度過十三載春秋。其實他們每晚共枕同眠，荷西有一個特別的習慣是三毛私下告訴我的，那就是一定要握著三毛的手才能入睡。這也是為什麼三毛說有一陣子她沒日沒夜在趕著寫稿，一直都以為必須上早班的荷西獨自在床上安眠，不料她才進房靠近床，荷西就調皮地坐起，還把蒙住頭的被子掀開叫她。三毛這才知道體貼入微的荷西，每當三毛不眠不休地寫稿，他也因為握不到三毛的手而無法入睡，只是躲在床上的被子裡裝睡，不讓她擔心。

三毛凝視著荷西的睡臉，她輕柔地將睡夢中的荷西喚醒，很認真地說她愛荷西勝於自己的生命。這突如其來的告白讓荷西驚喜不已，他愛三毛勝過了一切，卻從來都不敢詢問三毛對他的任何看法，只是在心裡默默等待了十多年，而今幸福來得這般突然，讓荷西忍不住紅了眼眶。他緊緊抱住三毛，多年的夙願終於實現，荷西淚流滿面，像個孩子一樣痛哭不止。

日復一日的不安還是一直糾纏著三毛，她常常神志恍惚心口絞痛。那一日她痛得幾乎要死去，荷西抱著她不知所措，等平靜下來，那種焦慮不安讓三毛再也承受不住，她要求荷西等她死了一定要再娶。荷西聽到氣壞了，說他要燒掉房子然後老死在船上。荷西知道三毛的不安，三毛的這番話讓他更為擔憂焦慮，可是實在不知道應該如何去安慰她。那一陣子三毛睡眠狀況出了問題，也一直過得擔憂害怕，荷西只好期盼著工程早日結束，然後帶著三毛前往他處另謀高就，誰料到那一天竟然再也沒有來臨。

荷西永遠留在了一九七九年九月三十日的中秋節那天，就是位於整個加納利群島最西邊的那個，外在美麗卻內在荒涼的拉芭瑪島嶼，就地安葬，遠離了人世間的一切，宿命訣別了他最心愛的女人。

你是我永久的思念

人生似乎總是在不停地離別，有些是依照約定好的時間，而有些卻是如此猝不及防，甚至毫無徵兆，就在你完全沒有防備的時後驟然降臨。

那段時日，三毛時常感到不安，直到父母的到來，那種焦慮的感覺才稍稍淡去。陳父陳母遠遊歐洲，一路欣賞著西方各國的風景名勝，為了探望女兒女婿他們也首次繞路來到了西北非外海上遙遠的加納利。在得知三毛父母即將到來時，荷西緊張極了，他偷偷學著簡單的中文，在三毛父母下機時，他用中文喊了：「爸爸，媽媽——」。三毛為此感動不已，而陳父陳母看著洋女婿荷西，想起女兒這麼多年來歷經的感情波折，也忍不住感慨萬千。

父母陪著三毛在島上居住了近一個月的時間，後來，三毛再陪同父母一起去西班牙本土旅行。在大加納利機場荷西為他們送行，三毛的母親依依不捨忍不住落淚，荷西上前輕輕擁抱，他們約定好，來年一定陪同三毛去台灣，他會一生一世好好地照顧三毛。飛機即將起飛，荷西仍舊不捨地在送機平台邊凝視著三毛繼續揮手告別，三毛趴在機窗上，不曾想到過這一次的四目凝視竟然成為了今生今世最後的相送訣別。

鄰座是一位西班牙女士，她問那個人是不是三毛的丈夫？卻同時遞來一張她寫有「某某未亡人」的名片。這是西班牙的習俗，所有守寡的婦女都要在自己的名字前面加上「某某未亡人」的字樣。看到那幾個字，三毛突然覺得心慌，不安的感覺再次如潮水般襲來。等到抵達馬德里不久後噩耗傳來，荷西在潛水時意外喪生，就這樣三毛也成了荷西的「未亡人」。

那一日，荷西回到拉芭馬島上，如同往常一樣潛水，卻再也沒有活著浮上來。這一生他都是那麼的喜愛著海洋，而今他的生命也回歸於此。人生似乎永遠都無法得到圓滿，總在不停地分離，無論你是否願意。得知噩耗，三毛實在無法將死亡，跟心裡那個開朗歡愉的二十八歲大男孩聯想在一起。明明前兩天他們還緊緊擁抱著，約定好明年一起回寶島台灣的，怎麼能在這匆匆兩天的時間裡就悄然長逝。

三毛在父母的陪伴下著急地又飛回加納利，直奔拉芭瑪島，跪倒在停屍間，聲嘶力竭喊啞了嗓子，她真心願意用盡一切換回心愛的人，盡皆枉然。突然間無法解釋的事情發生了：三毛後來親口跟我說當時她看到荷西瞬間七孔流血，似乎在跟她做最後的道別；也就在這樣的一夜之間，三毛滿頭烏髮一寸寸變白，身邊卻躺著那個曾經答應會陪她一起共度白首到老的愛人。

當荷西的屍體被打撈起來時，早已被海水浸泡許久，為何當三毛放聲痛哭，撲倒在這失去了體溫的僵硬身體時，荷西卻會七孔流血？也許真的就是在陰陽兩隔的無奈中，唯有如此才能對自己最心愛的人表白，的確無法也不必再去追究這無解的現象。三毛絕望明白，自己從今往後永遠失去了最愛的人！

為什麼這座初次見面就讓她心慌不安的島嶼，最後真的奪走了她心愛的男人？三毛可能都忘了剛搬去加納利時，她和荷西曾經一同遊歷附近各島，尤其是到了拉芭瑪島時，兩人皆為其美景傾心而嘆。荷西就莫名其妙說拉芭瑪這裡好美，將來很想「老死」在這個好地方，沒想到一語成讖，荷西最後真的死在那邊的海裡，葬在這個島上成為他「終老的故鄉」。

當年他們小夫妻倆坐在杏花樹下等公車的時候，還曾聊到這個島上的古老巫術很強也很詭異，此時忽然出現一名奇怪的中年婦女撲過來突襲他們，抓去三毛一撮頭髮，又拔走了荷西的鬍子……。難道真有致命的巫術作法，在此硬是拆散了他們原本美好的姻緣嗎？嚇得他們擔心會不會是不祥的預兆？誰能早先聯想到後來三毛真的把荷西就埋葬在這個小島。這是後來我讀三毛的舊作時，無意間連結注意到三毛寫的那篇〈女巫來了〉文章裡，其實早就設定存在著一段恐怖的黑色死亡預言。

夜裡，三毛獨自為荷西守靈，她拉著荷西蒼白冰涼的手，內心一片淒涼，她俯身在荷西耳邊一遍一遍地要荷西安息。荷西的墓地選在他生前曾與三毛一起去散步的陵園，那是一處高高的山崗，可以看到整個美麗寂靜的小鎮，也看到遼闊浩瀚的大海，他們曾經走過這裡，如今荷西一人躺此長眠。下葬那一日，是三毛最痛苦絕望的時候，她跪在泥土裡，親手用釘子一錘一錘地將荷西的棺槨釘好。那一聲聲的錘音，伴著她的眼淚重重砸在絕望的心底，她泣不成聲，顫抖捧著沙土一點一點地將棺材掩埋，雙手雙眼血淚模糊。

墓碑是一個簡單的十字架，是三毛請人做的，她匍匐在地，手指一筆一畫描摹著十字架上的碑文，她輕柔撫摸著，就像撫摸心愛的人。

碑文上刻著簡單的銘文：

荷西・馬利安・葛羅

安息

你的妻子紀念你

多少次三毛夢裡醒來，淚濕枕巾，身側空空落落，她的聲音早已沙啞，卻仍舊不停地哭喊著要荷西「回來」！三毛每晚失眠，她告訴我一個祕密，那就是她總是側身把臉朝向著門睡，以便可以隨時看到「回來」看她的荷西。一起床，三毛都會去墓園陪著長眠的荷西，她呆愣愣地坐在那裡，耳邊是風聲？是雨聲？還是和著遠處的海浪聲？她什麼都不知道了，她摟抱著墓碑，撫摸著、親吻著，她想念荷西想得心痛如絞。明明自身還尚在人世，她卻覺得早已像梁祝合塚，跟隨荷西一起埋葬在這冰冷的土地裡。

天色漸次暗沉下來，夕陽斜照墳墓，三毛仍舊守著冰涼的土丘不走，守墓人看著三毛歎息不已。自此之後，在荷西離開後的每一個夜裡，三毛都失眠難以入睡，閉上眼滿是荷西。陳父陳母知道再這麼任由三毛待在加納利，他們會失去這個女兒，為此陳父陳母近乎哀求地讓三毛陪他們回台灣。看著眼前老淚縱橫的父母，三毛自責不已，答應爸媽一定回去台灣一趟。走之前，三毛又一次來到荷西的墳前，她趴在墳上痛哭。想到自己在幫荷西下葬的時候如何拼命用雙手挖土，十指鮮血淋漓，她希望將心愛的人挖出來，再一次抱住心愛的人，更希望帶著他一起走，一起去「赴約」。明明約定好了的，要一起回台灣啊！而今卻只剩下她孤單一個人。

三毛只在台灣住了幾個月，她依舊是那麼思念荷西，長久的思念讓三毛再次回到了拉芭瑪，她答應過荷西，會回來陪著他。她在鎮上買了鮮花，而後直赴墓地，死別重聚，即使過去了幾個月再次隔著墓碑相視，三毛仍舊悲痛哀戚，因為這裡躺著她最愛的人。三毛坐在墳旁，雙手摟抱著墓碑，她低聲細語著，風中似乎有荷西的回音。為了陪伴荷西，三毛留在了加納利島，畢竟在那裡還有著她與荷西的家。

「荷西・馬利安・葛羅。安息。你的妻子紀念你。」

當十字架上的油漆字跡掉了，三毛就重新塗刷，一筆一筆地描；她還會拿出口琴，吹奏著荷西喜歡的曲子。冥冥中她總覺得，荷西的靈魂一直陪伴在她身邊，每當痛苦難捱時，她總忍不住跟荷西低語呢喃。

在加納利島隱居了一年，在某一個瞬間，三毛突然悟到無論在哪，即使是天人永隔，只要心意相通荷西的靈魂就會伴隨在她的身旁，而這就是守候。三毛再次回到這裡時，她原本曾決定要在此地與荷西的墳墓一起終老，一年後她頓悟了，真正的相守並不拘泥於某時某地。於是三毛打點行囊，便宜地把房子賣給了在郵局上班的當地新婚小夫妻，這次她要帶著荷西的靈魂一起回去台灣。

三毛第五個夢田

——純真·人情

純真的發電機

三毛的「人情夢田」裡簡直就是奇花異果琳瑯滿目，只能用「純真」兩個字來況喻。我們只是讀她寫的書，從那些她處理人情世故的主題還真的不容易想像出，她真的是這樣子的嗎？坦白說，就以我和三毛的朋友們所共同還原的三毛，實在口徑一致的回答都是：「真的」。就像「三毛」這個筆名是她在撒哈拉時開始使用的，因為陳平戲謔自己是個小人物所寫的文章「只值三毛錢」，因此她真的絲毫沒有想被人奉為大作家、大文豪的雄心壯志，不過把個人的所見所聞記錄下來而已。

三毛與荷西真的是那種開著車，看到沙漠荒地上有人揮手想搭一段便車，他們就會接受的那種人。甚至路人沒揮手，他們還會停車倒過去問他們有沒有需要幫忙。雖然三毛也為她對撒哈拉的鄰居太過好心大方，曾經演變成大家來她家拿東西、要東西，全部認為應該是理所當然的事而嘔氣。有時被偷拿了、被用壞了，三毛去議論別人兩句，他們還會大言不慚的責怪三毛說：「你拒絕我，傷害了我的驕傲」。實在讓人看了啼笑皆非，不過三毛還是繼續像顏淵一樣，仍然「不改其樂」，五分鐘過後她就忘記了，又去幫人家。

三毛就是這樣，我發現她的丈夫荷西跟她也一個樣，都會因為心疼年輕人第一天出社會打工當推銷員，就幫忙買下了生平第一套百科全書。縈繞三毛心頭讓她擔心的，居然會是拒絕了可能欺騙她的那個人，是否真的沒錢買船票回家？惦記好久沒再出現擺小攤子的日本青年背包客，流浪去哪裡又過得還好嗎？記掛著被棄養沒人照顧的瑞典殘病老頭是不是快要餓死了？煩惱一隻名叫安東尼的小鳥能不能活下去呢？……還有她痛恨開罵西班牙官員縱容撒哈拉蓄奴的膽識、掩飾麵包店工人為了「對愛的尋求」而捲款逃去找「阿拉伯塑膠花」假老婆的那種對「愛」的袒護、大鬧娣娣酒店櫃台只因野女人正調戲老公害羞賣魚才潑婦罵街……。

不用懷疑，這些都是我們所熱愛三毛的不同面向，也是三毛在地球村芸芸眾生的人情夢田世界之中，她最值得人愛的一種自帶和煦光環、主動加熱溫暖的人格特質。一言以蔽之，三毛對待人情世故的態度就是「純真」兩個字。

撒哈拉五光十色的鄰居

「撒哈拉」的本義是「空」，一如沙漠深處的荒蕪寂寥，不過那般空寂的地方卻有著世間難能可貴的純真。這片遙遠的原西班牙屬地的撒哈拉沙漠區域深處，世世代代地居住著一群人——沙哈拉威人，他們簡單而又自然地生活在這片荒涼的沙漠，有一種繁華都市無法企及的純真快樂。

沙哈拉威人似乎是天生地長一般，生活極其簡單，在那裡曾經找不到一點所謂現代科技文明的蹤跡。當三毛第一次被鄰居邀請到家裡喝茶的時候，她震驚極了。她睜大眼睛、提高聲調跟我說，竟然她跟荷西的鞋子上都踩滿了羊大便，連她蓋到腳踝的長裙上，都被房東罕地小兒子的口水濡濕成一片氾濫的黃河。

三毛在撒哈拉沙漠的鄰居們幾乎沒有什麼衛生的概念，他們世世代代如此並不覺得有任何不妥之處，對此三毛既驚訝又擔憂。於是，三毛第二天就開始教擔任警官的房東罕地家裡那些女眷們，如何用清水拖地、藉陽光曬蓆子。當然了，那些水桶、肥皂粉和拖把、水，必須都是由她供給的。三毛雖是從異域他鄉而來，卻和世世代代生活在這裡的沙哈拉威人相處甚歡，就是因為三毛的熱情和善良。只不過三毛回想起來還是又笑又氣地講，她家的水桶和拖把往往傳到了黃昏，都還輪不到她自己用，因為這些鄰居們都開始效法三毛，將自己的家裡也打掃得光潔乾淨。

三毛並無任何不悅，她還表示至少這些東西用完了，他們畢竟是會還給她的，雖然有時候要等很久，或是根本拿回來時發現已經給使爛了、用壞了。正是因為她的隨和，才會和這一群簡單率真的沙哈拉威人相處融洽。當時三毛住在西撒哈拉沙漠首府阿雍小鎮的「金河大道」，幾乎所有的人都認識三毛，儘管她和荷西租的屋子沒有門牌號碼，但是遠近住著的鄰居們可都會來找她的。

日子久了，三毛住著的門總是這樣頻繁地開開關關，那些婦女和小孩就像潮水，自己會打開水閘門全部湧進來三毛的家裡。大到家具，小至鍋碗瓢盆，許許多多的物品都是沙哈拉威人從未見過的，只覺驚奇歡喜，就一個個朝他們自己家裡搬。於是往後的每一個清晨，三毛的家裡就不斷的有小孩子前來要東西和拿東西。還有許多千奇百怪的要求，偏偏他們前來央求的東西往往全是三毛家裡都有的，即便並不貴重，只不過一旦他們借回去以後，倒是從來都不會歸還回來的了。

對此，荷西常常感到煩惱也跟三毛抱怨過，無法理解鄰居為什麼不自己去鎮上買，可是每當小孩子又跑來要的時候，同樣善良單純的荷西還是不忍心拒絕。問題是三毛的無私相助還是給她帶來了不少的煩惱，特別是等到不知從什麼時候開始，鄰居的小孩子們開始會圍著她伸手討錢，對此三毛自然是不能答應的。三毛嚴肅的態度似乎震懾了這群孩子，從那時起小孩子們就不再要錢了，改要糖。給糖是三毛樂意的，她也喜歡看到這群在沙漠中有著勃勃生機的孩子們，吃起糖果的喜悅溢於言表。

這些鄰居們似乎將三毛家當作了取之不盡用之不竭的百寶箱，無論是什麼，只要是鄰居家裡沒有的就會去向三毛借用，當然說過都是有去無回。後來連借都不借了，直接取走。比如說她曬在天台的衣服會莫明消失，然後又幾天後破爛地丟回；紅藥水被人拿走當做裝飾面部的油彩；還會有人要求把他們的駱駝肉放到三毛的冰箱裡去凍；甚至還會有人看上荷西，告訴他這裡可以娶四個太太……，這些稀奇古怪、莫名其妙的要求，有時候真的讓人啼笑皆非。對於那些不合理的要求三毛自然會拒絕，這些鄰居們就會又直接說三毛傷害了他們的「驕傲」。

短短一年半的時間，他們夫妻學會了很多，家裡的用具大多都是荷西親手做的，他會幫鄰居修理電器，是一個很好的木匠，還會做泥工。三毛呢？她成了這裡的衛生老師，還會協助他人處理一些簡單的傷病包紮，甚至幫忙裁剪縫補衣裳。日子就在這吵吵嚷嚷中熱熱鬧鬧地度過了，雖說這些鄰居們時常給三毛帶來苦惱，可她仍舊由衷地感謝著有這麼一群率真可愛的人，她說：

「感謝這些鄰居，我沙漠的日子被她們弄得五光十色，再也不知道寂寞的滋味了。」

沙漠見聞人情世故

在黃沙漫天的大漠，水無疑是十分珍貴的，三毛在偶然間發現了一些奇妙的事情，恰恰和「水」以及「洗澡」都有關係。另外，撒哈拉威人當地的民俗傳統中，自然讓三毛會遭遇許多文化衝擊的震撼，從蓄奴、販賣人口、早婚到對女性地位的貶抑，都讓三毛在和我聊天講述時依然義憤填膺、火氣難消。現在我回過頭想想，對於這些三毛親身見聞的人情世故，絕大部分的讀者當作奇聞軼事在聽，也有的朋友會去實地考據探究其是非真偽；但是在我個人的角度裡，我發現自己更為在意這些事件經歷背後所反映出來，三毛為人處世的平等原則與人道主義精神。

根據嫁給摩洛哥當地導遊的留法國人類學博士蔡適任的考證，以下幾個人情世故的故事跟西撒哈拉的民情風俗有所出入，因此包括〈沙漠觀浴記〉和〈娃娃新娘〉等文章所述的一部分內容，極有可能或是當地人的錯譯、或是外國人難免透過目睹表象所產生的誤解，以至於無法讓我們在當地今昔民俗傳統中找到印證。可是，此亦無損於三毛生動流暢的文字在敘述人情百態的故事上，展現其文字引人入勝的無比魅力，一以貫之體現三毛暖熱且溫柔的內心世界。

其中三毛進入一個上面寫著「泉」的破舊房子，看當地婦女洗澡確實真有其事。只不過她在沙漠冒出水來的井邊看，女人都用一片小石頭沾著水刮自己肥胖的身體，每刮一下身上便出現一條條黑漿汁似的污垢，以為當地人不用肥皂，其實那個所謂「黑黑的」可能就是當地市場裡可以買到如小圓球形的傳統「沙文」肥皂。

後來三毛聽澡堂的人說這裡只是清洗身子外面，身子裡面則要到「勃哈多海灣」去洗。她跟荷西真的是一對人情天地裡的「好奇寶寶」，哪裡有「趣」就往哪裡「去」！於是他們一起開車來回將近四百里的路程，真的前往探個究竟。他們把車停在一個岩石斷崖邊，幾十公尺的下面，湛藍的海水流進一個有如桃花源般的海灣裡，灣內沙灘上搭著很多個白色的帳篷，大人小孩在附近活動。由於找不到路徑下去，他們索性繫著繩子懸吊下崖去探秘，卻全然不知這一次源於好奇的探險，掀開了這些沙哈拉威女人疑似用皮管把陶罐裡的海水反覆灌到腸子裡去清洗的隱晦秘密。

不過包括有人類學背景的蔡適任和我在內，實地各別從現在由摩洛哥控制的西撒哈拉一路沿著海岸進入南邊的茅利塔尼亞，儘管舉目所見都是類似「勃哈多海灣」的隆起懸崖高壁削切下去的海岸線，但是一直未能確認到是否真有這種洗腸的習俗和情景。反倒是後來我攻讀世界文明史博士，在研究全球各國的奇風異俗裡發現：這基本上與印度、西亞到非洲如廁不用衛生紙擦拭，皆以清水沖洗的習慣有密切關連。或許是少數家族延伸出利用虹吸原理引出陶罐內的海水，進行類似灌腸式排泄的習慣特例，剛好給三毛與荷西看到。

比較值得一提的是，他們蹲在石塊後面偷看卻笑出聲來而被眾人喊打，那一路上淘氣又驚險的逃亡過程，真像是《麥田捕手》裡青少年跑離偽君子老師的情節。

另外，還有一個人情的故事令讀者印象極為深刻。

根據三毛的文章所述，她在撒哈拉沙漠遇見了此生最小的新娘，僅僅只有十歲，那是三毛在阿雍小鎮的鄰居女孩姑卡。距今幾年前（二〇一九年）在網上真的有人自述去到那裡，由姑卡的兄弟大衛帶著找到了已經當媽媽五十歲的姑卡，還有他的先生阿布弟，可見三毛應該是所言不虛的。

不過，在當地這麼小就結婚其實並非常態，極有可能沙漠的孩子營養不足發育較慢，我遇過很多外表看似小於十歲的男孩和女孩，實際年齡都早已十五、六歲；畢竟沙漠裡的牧民傳統也不知道、更不太去計算自己所謂的歲數。三毛確實曾經問過姑卡有關她的年紀，她說：「這個你得去問罕地，我們沙哈拉威女人是不知道自己幾歲的。」如此我們也就可以理解，所謂爭議於當地到底會不會讓一個十歲的女童出嫁的事實，追究根源乃是姑卡的爸爸罕地說她十歲，可能只是一個大概粗略的數字，完全不正確。

此外當姑卡的父親罕地被三毛質問，為何把年僅十歲的女兒嫁掉的反應是：「小什麼，我太太嫁給我時才八歲。」以文化人類學的角度看來，當地傾向於把新娘講得更為年輕幼齒，似乎約定俗成中對於新郎、婆家和娘家都是一件很有面子的事。當然現在撒哈拉威的習俗不斷改變，以我意外被准許參加阿雍的傳統婚禮，還破例受邀跟一大群年輕的女眷們共同載歌載舞慶祝的場合，幾乎每個女子都害羞地跟我說她們只有十四歲的年紀，頂多說是十六歲，可見一斑。

至於三毛說當年過完拉麻丹再十日的婚禮，特別要備齊羊隻、駱駝、布匹、奴隸、麵粉、糖、茶等聘禮或是二十萬西幣的錢，這些都是沙哈拉威人的民俗傳統，連我在多年的旅行途中都有不少同行的外國女生，被當地人直接禮貌詢問「我用十隻駱駝來娶妳回家好不好？」

姑卡的新婚夫婿阿布弟警員是由父親決定的結婚對象，特別是新郎和新娘彼此在結婚前從未謀面的傳統習俗，直到今天我仍然在北非、中東、印度、尼泊爾等地旅行時親眼所見，確定撒哈拉這樣的婚俗確實存在，當然也包括高額的聘金聘禮和新娘的完璧要求等等絕對都是必要的條件。這就難怪三毛流著淚對我敘述，婚禮當天入洞房時新娘姑卡還得大聲哭叫，然後再由新郎阿布弟從洞房內拿著一塊染著血跡的白布走出來，展示給賓客們看到自己妻子的貞節。

其實根據我在世界歷史民俗文化的研究和實地田野調查所發現：古代東方的封建社會裡，真的也有著類似這樣由婚宴賓客等待新郎展示新娘初夜血跡白布的習俗。這對於充滿人類平等、女性平權正義感的三毛而言，就跟對於蓄奴的抗議一樣，成為兩次在撒哈拉的人情世故裡，曾經最令三毛嗔怒、抗辯又悲憤的事件。

幫助殘疾老鄰居

加納利群島，那個有著藍天、白雲、沙灘的美麗島嶼，永久留駐在三毛的心裡，隨著光陰的流逝不僅沒有淡去反而愈加清晰，至於勾勒島嶼生活最美的色彩線條，就是三毛與荷西對人們無私的愛。

三毛剛來大加納利定居不久之時，有一回她經過紅綠燈時，不小心摔倒還扭傷了腳，附近路過的西班牙老人不僅將三毛扶了起來，還幫她脫下了靴子給三毛捏腳，以此來緩解疼痛。這就是加納利島上可愛和善而且單純的居民，那質樸的情懷讓三毛很是感動，她後來給家人寫信時就有提到這裡：

「現在的生活安靜樸素極了……鎮上主要是西班牙人，人們和氣得像在天堂上，是糖做的一群老百姓。」對西班牙這個國家，三毛有著不一樣的情感，她兩次來到這裡，在這個溫暖熱情的城市住了許多年，這裡就是她的另一處故鄉，因此三毛對西班牙人有著無法言喻的親切喜愛。恰巧的是，加納利島上住著的西班牙人更為開朗熱情、善良淳樸，讓三毛很是喜歡。

在加納利島，每當有人新搬來的時候，大家都會在窗口觀望，因此不久這條街道上的大多數人就都相互認識了。每次經過三毛家門口都會有人打招呼，若要去超市採購還會親切詢問三毛是否需要幫忙帶些物品回來。後來她發現他們住的社區裡原來還有一群友善親切的北歐鄰居們，讓三毛覺得愉悅極了，她喜歡這一大群可愛的人。

荷西偶爾會去海邊捕魚，每次捉到了魚，他都會用繩子將這些魚串起來，然後挨家挨戶地送魚給這些鄰居們。生活在加納利島的北歐人普遍年紀都大，其中還有一位高齡的老人，這位老人甚少出門也不與人交往，幾乎在很長的一段時間裡三毛和荷西根本都不知道還有這位瑞典老鄰居的存在。老人家的大窗戶被厚厚的窗簾密封著，光線幾乎無法射進屋內，一點也看不出生命的跡象。直到有那麼一天，三毛被窗口突然出現的佈滿了皺紋的臉嚇了一大跳，才知道了這位獨居的老人，加里。

此後，三毛每次做飯的時候都會下意識地多做一些，她將食物分給那位白髮蒼蒼的老人，慢慢的這份照顧就成了她的責任。原本他們只是乍然遇見的陌生人，毫無關係，沒想到三毛看到這個被家人丟棄在偏遠海島自生自滅的老人，實在不能無動於衷。即使附近的鄰居們都勸他們夫妻，這只是一個風燭殘年即將走入人生盡頭的陌生人，不要多管閒事，可是三毛無法坐視不管。尤其當老人生病的時候，鄰居他們擔心若出了什麼事會給牽連進去，因此潛意識裡也同步疏離了三毛。

「荷西，我也不想管，可是大家都不管，這可憐的人會怎樣？他會慢慢地爛死，我不能眼看有一個人在我隔壁靜靜地死掉，而我，仍然過一樣的日子。」

對此，三毛是無奈的，她無法眼睜睜地看著生命在她能及時出手援助的時候卻因為擔憂顧慮而溘然長逝，即使她再如何灑脫，然而她的內心總比任何人都要來得柔軟。不過老人實在得病已久積重難返了，當他被家人拋棄在這離北歐數千里外的海島時，這位老人早就沒有了求生的意念；不過萬萬沒料到自己人生的盡頭辭世之前，老人卻因為三毛與荷西的照顧而體會到此生最慈悲喜捨的心靈撫慰。對此，三毛與荷西古道熱腸爬牆進去幫老人打掃衛生、清理垃圾、照顧飲食……，如此默默行善的義舉就是三毛在人情方面最可貴的人格特質。對比起老人喪禮中，遠從瑞典請來的那名裝模作樣又左顧右盼的年輕俊美新教牧師，三毛的文筆實在把人情夢田的滄桑荒謬刻畫得入木三分。

跟著掃街的小瘋子

在加納利島上，三毛猶若回到了孩提時期快樂自在的日子。

那時候，三毛總會看到屋外窗下有另一位瑞典老人，推著小車仔細將街道打掃得乾乾淨淨的。他每日起得很早，主動為大家打掃這片街道，不收一分一毫，那位老人生得慈祥而又可愛，他打掃過的街道乾淨得也恍若初生。三毛況喻到位地說：「他打掃的街道，乾淨的可以用舌頭去舔。」風將美麗的花瓣吹得滿街，老人就一點點地去拾，他笑容滿面很是寬和，三毛看見了便光著腳跑出去，腳踩在鋪滿了花瓣的街道上，海風拂來有一種輕靈的歡快。

三毛笑這名老人做工沒有錢收入，還傻呼呼的天天來社區的公共街道上掃地，甚至頂著加納利炎熱的大太陽下，笨到用抹布去擦拭。

問題是，三毛笑歸笑，她可是被這位通情達理的老人深深感動，因為她最珍愛人情世界裡「這一種的感動」。於是不久大家都看見，這位雙鬢斑白的老人身邊多了一個時常光著腳踩花瓣的「小瘋子」，只要在窗前看見老人過來了，三毛就興奮地跑下去，然後一聲不響地跟在他身後開始一起打掃這片街道。

在這裡，三毛恍若一個小孩子，不同於社區這裡的人們大多飽經滄桑；不過這位掃街的白髮老人，他的溫柔敦厚又寬容的氣度，只有三毛會尊重欣賞，不但讀得懂他，還獨自加入參與，完全體驗著「老先覺」的人情課程。

不必再多分說了，這就是三毛式的人情。

三毛第六個夢田——超脫・藝術情

荒原沙漠裡的風景如畫

在三毛看來，房子並不僅僅是用來居住的，是家，更是她與愛人朝夕相處的溫暖港灣。

對於三毛來說，她真正意義上的第一個家是她與荷西結婚後，在遙遠的撒哈拉荒漠，那裡的一切都有著她跟荷西生活經歷的痕跡，有著說不出的溫馨甜蜜。荷西向沙哈拉威人租了一間房子來住，並不是一個寬敞的地方，破舊的屋子夾處在一條不起眼的長街裡，有著當地制式的鐵門，房子的附近就是墳場，再往前則是一望無際的波浪形沙丘連接著遙遠處無垠的天空。至於房子後面有一座沒有沙的高坡，上面堆積著大塊的亂石和硬土。居家門內走廊暗淡幾乎觸碰不到陽光；因為不下雨，反而房子中間的天花板挖一個四方形的大洞，抬頭就能看見鴿羽淺灰色的天空，記得三毛說鄰居貪吃的羊還從那裡掉下來過呢！在撒哈拉，這已經算是很好的住宅了，儘管老舊不堪毫無亮點，三毛仍用她那顆滿是情懷的「藝術心」超脫生活物資的匱乏，盡情去裝扮著她與荷西的第一個家。

沙漠的一切物質都是那麼的匱乏，因此物價並不便宜，甚至可以說是相當昂貴，這使得荷西的工資很難維持家計，於是三毛決定親手去營造他們的家。撒哈拉自然洋溢神秘的美，吸引三毛不顧一切來到這裡，但是在此生活卻是極為艱難的。這裡世世代代居住的沙哈拉威人生活得極其簡單，日升月落、風沙星辰，他們的生活幾乎已經完全融入了整片浩渺黃沙。不過三毛可不一樣，她愛這片沙漠卻也有著自己獨特的藝術審美觀點，她希望自己的家溫馨而又美好，會一起成就這處沙漠裡的風景如畫。

他們將屋子打掃得乾淨整潔，荷西依照三毛的要求親手製作傢俱：桌子、坐椅，乃至床，都是荷西所做的。等到三毛和荷西正式登記結婚時，這座簡陋的房子裡已經佈置了不少傢俱。家裡的牆原本沒有粉刷，甚至是空心牆；荷西去了鎮上，買了石灰、水泥，自己動手粉刷，牆壁一片雪白。三毛還用空心磚鋪在房間的右排，上面放上棺材板，再買了兩個厚海棉墊，一個豎起靠牆，一個貼平放在板上，上面再蓋著跟窗簾一樣彩色的條紋布，後面再用線密密縫起來——如此一來，他們就有了舒適的長沙發，這樣濃重的色彩配著雪白的牆，有一種明朗鮮妍的美麗。

三毛用白布鋪著桌子，上面放了她母親從遙遠的家鄉寄來的東方細竹貴族簾卷。陸陸續續的，三毛還收到了中國棉紙糊的燈罩、陶土的茶具等許多饒富逸趣的物件。等三毛將棉紙燈罩掛上低低的屋簷，牆上也貼著林懷民那張黑底白字的「雲門舞集」四個龍飛鳳舞的中國書法，那個家開始便有了說不出的氣氛和情調。

在荷西上班時，三毛還將書架上了一層深木色，不是油漆而是用一種褐色的東西刷上去，中文不知叫什麼。如此一來，書架的感覺又厚重許多。三毛跟我說她特別喜歡到她家對面的垃圾場去拾破爛，然後樂此不疲的發揮巧思、修整布置。

慢慢的，這個在沙漠深處的小破屋越來越文雅精緻，具有濃濃的藝術氣息，可是三毛依然覺得不夠，她喜歡綠意盎然的植物，而這在沙漠是極其罕見的。於是在那個晚上，三毛做了一件大膽的事，她跟荷西爬進了總督家的矮牆，用四隻手拼命挖美麗的花。我聽著她講這個偷東西又佯裝熱戀情侶偷情的故事，真是為他們捏了一把冷汗。後來他們被警衛發現的時候，還真的會假裝深情擁吻，好把偷來的植物和花藏在兩人的身體中間，著實令人聞之捧腹大笑。離去總督府時他們彼此用手抱緊，朝著短牆走去，三毛緊張極了，祈禱著爬牆時偷拔的花千萬不要掉出來被發現才好，最後乾脆直接從總督府的正門大搖大擺走出去。

這次的歷險讓三毛得到了她夢寐以求的鮮花，這在沙漠裡幾乎是不可能實現的，她將這些開著花朵的藤蔓種在了自己的院子裡，於是有了自己的小花園。後來，她還為這個家添置了錄放音機、錄音帶，此後伴著音樂在這山水畫般的家裡度過朝朝暮暮。

人對美的事物有著天生的嚮往，因為這個家獨具風情，和周圍沙哈拉威人的房子截然不同，於是每天都有不同的人來三毛家，荷西的同事極為讚歎，甚至從數百里外趕來玩。記得有一個對她動情的同事，每次都會給三毛帶來一束珍稀昂貴的鮮花，然後一坐就是一整天，直到後來三毛察覺不對勁而婉拒了他。

這座沙漠荒地裡的房子確實有著西洋油畫般的美麗，還洋溢出神秘的東方韻味，這都得歸功於三毛天生具有超脫匱乏荒漠的功力，營造出來處處似錦繁花的藝術情。

加納利島的白屋

加納利島，在西北非洲撒哈拉沙漠一海之隔的另一邊，是一座美麗的島嶼，就在匆匆逃離撒哈拉沙漠後，三毛來到了這裡，隨後荷西也幾乎將他們在撒哈拉沙漠的整個家都搬來了這座海島。

他們在島上買下房子，是一棟漂亮又帶著獨立院落的白色小洋房，圍牆被塗上了淡淡的黃色，溫馨可愛活像法國田園畫裡的一抹雛菊，給人的感覺盡是安逸靜美。院子裡有兩棵高大的相思樹（Memosa），風吹過長條形的樹葉會沙沙響起，那濃綠的顏色在沙漠裡幾乎不存在，尤其是開花在冬春季節時，一個個小黃球成把成串的盛開枝頭，美不勝收。三毛十分喜愛這棟房子，她在院子裡種了許多蔬菜，綠意盎然處處都是可愛的生機勃勃，滿滿大自然生命的氣息。

三毛十分喜歡這裡，喜歡這裡渾然天成的藝術感，喜歡加納利的花香撲鼻，還有處處可愛的人們。這棟美麗的白色花園小洋房被三毛裝飾得極有味道，漸漸有了濃烈的藝術色彩，就像是明媚的良田山水裡加入了濃淡適宜的瓜果酒香，也像是被夕陽漸次染紅了的白色花朵，充滿濃郁的生命張力，姿采鮮艷又繽紛美麗。若非荷西的突然離去，三毛應該會在這座海島度過往後的日子，可是人世間總會有許多遺憾，半點不由人。我去加納利參觀過這棟房子兩次，第一次一九九一年初三毛剛過世不久，我把死訊親口帶給屋子的新主人和附近的鄰居，大家都錯愕不已。在郵局上班的丈夫特別請假在家裡等我，他們小夫妻親口告訴我，感謝三毛的三件事：

一、他們當年新婚其實買不起這樣好的房子，三毛放棄別人高價競標而用極低的金額賣給他們，只希望他們在這裡圓滿三毛與荷西今生今世不能實現的夢：生兒育女、白頭偕老——他們真的做到了。

二、他們拿著鑰匙開門住進來的那天晚上，三毛已經離去回台多時，但是三毛巧思慧心地在屋裡留了一盞燈，讓他們小夫妻一進門就有溫馨回家的感覺——相視擁抱熱淚盈眶。

三、聊天時小夫妻曾隨口跟三毛說他們好喜歡中國式傳統白色的竹架藝術燈籠，沒想到三毛在幾個月後，真的從台灣寄贈給他們了這一份禮物。小夫妻慷慨地把這個藝術燈籠，和他們在屋裡找到荷西唯一僅存的一張親筆字跡紙片送給我——一起帶回台灣祭奠三毛。

我讀著荷西的字跡，終於更明瞭為什麼三毛會如此愛他。

荷西所留下的字句說的很簡單，是有關他倆最愛玩的一種「孔子棋盤」的遊戲規則。荷西寫到：如果誰贏了就跑去打開冰箱喝一大口冰水，誰又贏了再喝一大口冰水……。如此簡單的赤子之心就是凝聚著他們最大的力量。

在荷西離去後，三毛獨自一人在加納利島幽居一年之久，期間有一位擔心她的讀者鐵粉，也是一位馬來西亞華文作家筆名「西沙」，曾經不遠千里去探望過她，親睹三毛當時在島上的生活。其實西沙的文章裡隱含著對三毛相當多的「不以為然」，就和後來馬中欣所寫的文字一樣，今日讀來凡是真正懂三毛的人只會一笑置之。在我之後確實有越來越多讀者陸續前去造訪三毛在撒哈拉與加納利兩地的老宅，不但目擊原本充滿「三毛式藝術氣息」的故宅，也拜訪了她的中外老友們，其中懷念憑弔者居多，但難免也會有少數攻擊詆毀的質疑批判。

到頭來，為何我說請大家對於後者「一笑置之」吧！因為關鍵都在於他們「不懂」三毛，像耶穌被釘在十字架上時說的話：「請原諒他們吧！因為們不知道自己在做什麼？」。雖然不至於又是所謂「夏蟲不能語冰」，但畢竟我覺得「貓就是貓，狗就是狗」，大家若知貓狗不是一掛的，就沒有什麼對錯好壞、是非優劣可議，僅僅就是玩不在一起罷了。至少千萬不必把三毛個性特質裡的那種奔放和樂的「藝術情」，誤會當成了世故現實的「市儈情」，而評論成一無是處。

讀懂三毛，與讀不懂三毛，事在人為。

比如說，有一天三毛開車帶著作家西沙，到大加納利島上的深山裡去拜訪村民朋友，她只帶了很少的禮物，卻換來那些鄉下民眾熱情豐盛的農牧產品抱上車。不願下車的西沙不以為然，又因在車上久候多時甚為不悅，還一直聽到屋裡唱歌跳舞歡聲雷動，三毛跑出來想拉西沙進屋裡一起同樂，但是都被堅定的西沙一口回絕。

讀者是否已經發現問題出在哪裡了嗎？

唉！要是當時車上載的是荷西，或者載的是我這個跑遍世界的異鄉旅行陌生人的話，我們可能早就求呀鑽呀都想爬進去，吐舌跪舔在門口懇求三毛讓寶寶即刻加入，因為這實在是一次融入當地民眾生活，如此千載難逢的良機啊！

不論如何再美好，這些故宅房子都只是三毛生命裡，一個又一個原本想當「歸人」卻被迫成為「過客」的蝸居，如同爾後三毛告別這座島嶼加納利，此生就再也沒有回去過了。三毛回到台灣，先跟父母住，前後也待過在文化大學教師宿舍、民生東路大廈租屋，最後終於在台北市南京東路買下了一棟老舊公寓的四樓與頂樓加蓋——這也是三毛一直到過世前還在時時用心佈置的藝術小屋。

她把住所原本兩房一廳改成了一間主臥房、三個半開放式的小起居空間，並將其中一個臥室的牆壁打掉，然後墊高木質地板，在上面放上了大大小小舒適的客家花布和印度拉加斯坦刺繡坐墊。最具特色的地方是，三毛將房內所有牆壁都釘上木板，儼然搖身一變建成了個小木屋。三毛也喜歡把室內吸頂的大燈，用鋸短柄把的美濃紙傘懸吊遮掩，每天就生活也睡眠在這樣典雅的傘燈之下，強硬的室內光線霎時變為溫溫柔柔，淺淺籠罩著周圍的一切，也灑在三毛的身上，就像有一雙溫柔的手掌正在輕輕撫慰著她輕巧易碎的心靈。至於，三毛很前衛的早就具有室內裝潢設計先進的「光雕」概念——她會運用印度喀什米爾帶回來的絲棉布大方巾，披搭在十幾盞室內高高低低的圓肚檯燈上面，輝映木質牆面鵝黃的紋理色澤，營造出一種都會華燈銀河的夢幻境界。

這座公寓裡收藏著三毛旅行流浪半生的蒐集品，全部各就各位。整個家裡原本只有擺放著兩張照片，一張掛在書桌的右邊牆上，是她與荷西的合照，在晨霧迷濛中並肩而行；另一張是荷西的單人照，被三毛放在觸手可及的床邊，照片上荷西穿著潛水衣眉眼間滿是笑意，好似就在身邊。後來三毛跟我說，她很快就把這兩張照片都收掉了，她說放在心裡就好，又不是要展示給別人證明些什麼。

這個家是三毛獨居的王國，也是她與荷西的生命歸處，她用「竹林七賢」的自由藝術境界來詮釋，這個承載著三毛生命裡所有思念與回憶的最後一個城堡。但是，三毛其實不太招呼別人來她的家裡聚會，她說大概除了家人以及為討論電影劇本的導演和演員、為討論唱片專輯的歌手和製作人以外，真正曾多次自由出入她家裡的私交好朋友，只有前台灣清大校長沈君山和我了。

翻看君山先生的作品，我們讀到就在紀政結婚的那一晚，傷心的教授學者如何跑到三毛家樓下找她，上樓陪著他哭了一夜。無需評議別人，我也是一樣的。在年終發現自己被競爭的主管打了最低的考績，一樣奔赴三毛的「忘時軒」，她也跟著我，同樣哭了一夜。

恰如其分，是自然

春花斑爛璀璨，秋葉紅赭淨雅，這世間千姿百態自有億萬種美以及諸多不同怡然的意境；如同當我們看到蝴蝶翩躚起舞縱然是美，但是三毛的藝術情就是懂得開闊包容去欣賞，而不是要亦步亦趨學那青蜂輕踏花瓣採蜜飛翔。三毛說：「瞭解自己是由內而來的，當你瞭解了，不必別人來指引也便能明白，除了你自己之外，沒有人能替你找出生命之路。」這真是如同今日超前佈署的「吸引力法則」，體現時下最流行的名言佳句：「花若盛開，蝴蝶自來；人若精采，天自安排。」

「適合自己的才是屬於你的美。」三毛對此似乎有著與生俱來對於藝術的敏銳直覺。前面提過三毛年少曾跟隨顧福生老師學西畫，對色彩早就有著敏銳的感知，特別當見識後現代西洋印象派油畫之後，有一次陳媽媽帶著三毛和她的姊姊陳田心一同去買鞋子，在琳琅滿目的鞋子裡，姊姊選了一雙中規中矩的黑色皮鞋，而三毛卻是一眼就看中了那雙紅色的小皮鞋。前述有提到過，後來她就是穿著這雙豔麗的紅皮鞋去畫室給顧老師看的。內心雀躍不已，就像捧了一簇紅色的火焰在燃燒著、飛舞著，也像李哪吒踩上叛逆的風火輪，一路所向無敵打到了東海龍王宮——這似乎也印證著她往後何以能迸發出如此燦爛豐美的生命。

在千萬人中，一眼望去，三毛總是最獨特的那一個，她的穿衣打扮也極具個性美的藝術色彩。對此，她總能選擇出最適合自己的妝容，而並非只去穿戴櫥窗裡流行的服飾。三毛時常還會自己動手做衣服呢，甚至去改造一些買來的現成衣物；她十分喜歡自然隨意的裝扮，像一陣風般悠哉隨意，不被衣物拘束。

在三毛的照片中，時常能看到一米六五的她身穿波西米亞長袍的模樣，其中有一張照片令人印象極為深刻。許多人都見過，照片裡三毛穿著白色的長裙，目光平和地微微向前下方看著，踏著漫漫黃沙赤腳行走，抬起一隻手輕輕扶住被風吹亂了的長髮，頸上佩戴了一條撒哈拉沙漠特有的「布格德特」項鍊，只消那麼一眼就能感覺到濃重的異域風情，恍若帶著撒哈拉的風沙撲面而來。

這樣的服裝似乎格外適合三毛，那寬大的裙擺隨著風飄捲翻飛，一如她不願被拘束的灑脫性格。三毛的衣著可以任意變化多樣風格又各有獨特的美，在千千萬萬的服裝打扮裡，三毛總能找到屬於她自己的獨一無二又貼合自然的美。後來三毛回到台灣，有一次逛古董店時，她看到了一條桃紅色的中國古裙，頓時就覺得驚豔不已。不論能穿與否，三毛直接買了下來，因為當她拎著這條古裙的時候，感覺自己就像是身處《紅樓夢》中的大觀園，這件桃紅色的美麗古裙似乎就是林黛玉遺落於人間的衣裳。三毛買這件裙子的初衷並不單單是用來穿的，而是把藝術情懷記載於她的書《我的寶貝》裡「林妹妹的裙子」——對三毛而言，有了這條色彩明豔的古裙，似乎整個悶熱的夏天都變得鮮麗清爽了！

那時候，荷西突然離世，三毛收起了自己所有亮彩的服飾，壓在箱底；直到這條桃紅色的裙子出現，終於讓她枯寂黯淡的生命突然照進了一道曙光。多年後她穿著這條裙子去遠遊歐洲，這獨特的服飾讓人驚歎歡喜，大街上還有歐洲女人追問三毛：到底是從哪裡買的？她們細細欣賞，讚歎裙子上面精緻的手工刺繡。三毛一身風情總能穿出衣服獨特的美，因為這種美是源自於靈魂的。

大概唯獨有一回，她的質樸裝扮令她顏面盡失，嘔氣到不行。

那是住在撒哈拉時，有一天晚上她要跟荷西去參加一場大型宴會，卻臨時發現鄰居姑卡那些淘氣的小女孩們，把她美美的高跟鞋和洋裝都偷去穿得爛爛才丟回來，害她那一晚只能罩上單調的長袍與平底涼鞋，面對歐洲外交官貴婦的三姑六婆們，全都一致調侃她活像個「撒哈拉的牧羊女」！

另一回就好多了，三毛在台灣擔任一場大型舞台劇的編劇，她看著自己當天的裝扮，細細敘述著她從全球各地買回來混搭的衣物，自我詮釋藝術感如何表現在衣著上，就是一場世界大拼盤的四海一家，卻又處處顯得非常的融洽協調。

除了必要的場合需要以外，三毛跟我說，她私下其實非常討厭高跟鞋，覺得既相當累人，甚至還會容易讓人發脾氣的。她這一生獨獨喜愛絲襪、球鞋和涼鞋，最喜歡的是那種充滿自由浪漫的遐思，幾根帶子輕鬆繞過腳面的古希臘式平底涼鞋。舒適自在的打扮正是三毛對於個人藝術生命裡，最崇高的尊重和最愉悅的認知。

她完全明白藝術最適宜恰如其分的美，就是自然。

拾荒，收藏，藝術

三毛是一個很有個人特色的女子，愛得轟轟烈烈，活得瀟瀟灑灑，卻始終有一顆細膩敏銳的藝術心。

三毛很喜歡收藏，看看她小時候寫過的一篇作文〈我的志願〉，其中有寫到將來長大，決心要當一個拾破爛的人。她說就是「因為這種職業，不僅可以呼吸新鮮的空氣，同時又可以大街小巷的遊走玩耍，一面工作，一面遊戲，自由快樂得如同天上的飛鳥。」當然她這個拾荒的夢想不僅被全班同學們嫌棄，最終還被老師強迫要求她必須改寫成別的在社會上更「有用」的醫生、科學家志願；可是直到三毛過世前，她從未改變這源自於靈魂深處喜愛那些舊物的堅強信念。

三毛小時候就時常撿拾東西，皮球、玻璃珠、香水瓶、別針……她那小小的房間裡塞滿了她撿來的各種舊物，這些物品或許沒有那麼精美，三毛卻深愛其純粹自然，總是愛不釋手，基於她覺得每一件舊物背後都隱藏著各自獨特的故事。這個老愛撿拾舊物的習慣，並沒有隨著三毛年歲的增長而漸漸淡去，反而愈加喜歡。後來，三毛去西班牙求學，即使在這異域他鄉三毛仍舊保留著拾荒的喜好——她收集著那些書籍、花草甚至是別人丟棄的物品，只要她覺得獨特就全都拾回去。即使後來她跟荷西結婚，照樣依然故我的一直保留著，這個我行我素的愛好。

在撒哈拉的時候，物資十分貧乏，三毛睡的床沒有床罩，甚至連床都是荷西親手訂製的，夜晚臨睡前總需要重新整理床單。於是三毛存了一些錢去小店準備買掛氈，對於那些過於鮮豔的紅色她並不喜歡，因此一直擱下。直到後來，她在朋友家裡看到掛在牆上的獨特氈子，頓時心生歡喜覺得就是這個了，三毛於是花了比商店裡五倍高的價格將氈子買下，並且滿心歡喜帶回家去，還跟荷西說錢都花光了，接下來只能吃較便宜的駱駝肉。

有一天，三毛照例在一堆堆墳場的石塊裡繞著走，偶然抬頭間她看見一位沙哈拉威的老爺爺，那白髮蒼蒼的聾啞老人坐在墳邊，三毛好奇的上前去看他在做什麼？等走近了才發覺他是在雕刻石頭，在愛情篇我說過這個故事，但在藝術情必須再提一次，才能幫助大家更為了解真實可愛的三毛。尤其今天我幫三毛保留下來了其中的一個石雕，若能握在手上您就完全可以理解：三毛當年的藝術情懷，到底是如何被它振奮感動、撥弄挑逗著——三毛付出身上所有的錢，還怕老人嫌少追過來，以為是想要把石雕搶回去，不賣給她；後來才發現老人是覺得錢太多，於是硬多塞了兩個石雕給她帶回家。

那一日，三毛飯也沒有吃，就躺在地上把玩欣賞著這偉大無名氏的藝術品，內心感動不已。慢慢的，三毛又為他們在撒哈拉沙漠的家裡添購了羊皮陶罐鼓，羊皮飲水袋，皮風箱，水煙壺，沙漠人手織的彩色大床罩，還有好幾塊奇形怪狀的風沙結晶錯落聚合的石頭——本地人叫它做「沙漠玫瑰」，一種遠古沙漠裡石膏的化石。

三毛一生中收藏了許多「寶貝」，有她拾荒撿來的、也有她花錢買的，還有一些是朋友饋贈的禮物，這些許許多多或貴重、或普通、或奇特、或不起眼的物品，都曾被三毛小心翼翼地保管著，她珍愛收藏每一個背後躲藏著故事的寶貝。

三毛對於藝術收藏品的概念，就如同她向我講述《小王子》這本書的內容重點一樣：全世界眾多的玫瑰和狐狸雖然都是一樣的，但是在所有的玫瑰和狐狸群體裡，只有一朵和一隻是屬於你的，也正因為如此，他們對於你才更顯可貴，有著不同的意義，相互被彼此「馴服」而依存期待著對方。

後來，三毛挑選了一些自己的收藏品由專業攝影拍照，用另一種方式寫成故事將其永久保存著，成為《我的寶貝》一書。她也曾感歎寫到：

「當然，生命真正的印記並不可能只在一件物品上，可是那些『刻』進我思想、氣質和談吐中的過去，並不能完善的表達出來……」

以上的文字，三毛幾乎預先說出了近期二〇二〇年一部同志愛情電影的片名——「刻在我心底的名字」，不意劇情中竟也巧合引用了三毛對「愛情」的詮釋：

「如果你給我的，跟你給別人的，是一樣的，那我就不要了。」

喜愛並非只有源自於物質珍貴稀有的價值，其實真正是源於人情世故，刻在靈魂深處交流所共同激盪創建的記憶。三毛就是被這種永恆美好的藝術情夢田所深深吸引。

三毛第七個夢田

——自在・文學情

惟恐夜深花睡去

這是一篇採訪三毛的人物報導文學作品，整整寫作橫跨了三十五年，現在終於完成了。其中也記錄了兩人在相識相知的三百七十五天裡發生的事。

三毛生前看過這篇專訪文章的第一個版本，立即就讚許這是眭澔平當時寫作最精采的一篇人物專訪，也就是三毛本人非常認同用這樣文學情感的筆法和角度寫她自己的生命故事。

「那篇文章下的三毛，是你在目前的人物專訪中，最精采的一篇。」

三毛和我都對文學有一份深濃的情感，我們也甚為熱愛曹雪芹引用了蘇東坡的詞句「只恐夜深花睡去」來形容紅樓夢裡的浪漫人物「史湘雲」，因此我們一同協議就用這段詩句當成寫她的專訪篇名，但更動了第一個字，把「只」改用「惟」。後來刊登在台灣皇冠雜誌時，我非常遺憾其中有一段關於提及徐訏的文字被刪除了，我緊急詢問，主編陳皪華卻對我說是三毛先看了非常不喜歡所以刪除，我也信以為真。偏偏三毛這邊不等我問，她算到雜誌出刊早就去買來讀，還迫不及待打電話到我家裡誇獎我。她說她自己一向會要求訪問她的文稿在付印前一定都要先給她過目，以免內容偏頗錯誤；但是這一次她實在是太信任我了，所以一直忍著、壓著而沒有跟雜誌社要求審稿，直到出版她不等雜誌社照例會寄給她，就早先衝到書店自己買了一本來看，滿意的不得了。

坦白說這個誤會直到三毛過世多年後，有一次這本雜誌的周年慶祝活動上，我才無意間聽到那位主編講到三毛對我真的很特別，沒有要先審核我寫她的文章才能出刊。我就疑惑提問：那篇第一個版本的專訪內容有一個小部分被刪了，到底是誰的主張？主編早就忘了，幾經提醒才想起承認是底下編輯私下覺得不妥的想法……。我不能責怪，但是那段無心的謊言確實造成我一度「杯弓蛇影、疑鄰盜斧」以為三毛可能的世故虛偽，誤信她明明看過稿子，還裝模作樣說信任我？但是她又應該真的是沒有讀過我的報導完稿，不然何苦一出版就私下買來讀。

基於這段誤會，我更加心疼真誠單純的三毛當個公眾人物作家，一不小心常會被人扭曲誤解，包括我自己在內也是一樣。特別是當我發現有人對三毛寫出了相當詆毀的文字，似乎你要如何評價別人或是被別人評價，全都是建築在非常脆弱的前提下，隨便一則誤傳、一段誤會、一時誤解，就足以把一個公眾人物推上風口浪尖，進而將其所有三觀人設整體誤導崩塌。

請所有三毛的讀者和文友都用平常心去看三毛，也用平常心看看我所看到和記錄文筆下，那個自在優游於文學世界裡的三毛。我更加是用一份感念知交和懷想老友的文學心情，對我們曾走過的青春、已逝去的年少，致上最高的敬意。

那一天我們認識了

陰雨連綿的天氣，把台北淋得像朵出水芙蓉，熙來攘往的街頭，每個人渺小得只像是這朵芙蓉上平淡無奇的水珠——誰知道平凡的妝點，會在哪天就那麼又不經意溜滑滾落，消失無痕。

跳過坑窪的水塘，一面盤算著筆記本、錄音機，一面把目光流轉在南京東路四段巷弄裡錯落的公寓樓宇，先拋開什麼無痕的水珠，眼前只見雨點還是穿透小傘灑下來沾濕了我的全身。

四樓公寓的窗口探出一位面帶笑容的女子向我喊著：

「你按錯電鈴啦！」

這是鮮活的三毛對我說的第一句話，像極了《紅樓夢》大觀園裡大聲大調、精明幹練的「王熙鳳」。回頭仰望對面四樓窗口，探出一位面帶笑容的女子。慌亂間，我這才發現：把三毛家的地址看錯了，竟然跑到對門的公寓猛按電鈴。經她這聲大喊，我終於恍然大悟，兩顆「芙蓉上的水珠」才在這寂寥的午後，匯流到一塊兒。

「請進，不必脫鞋了——我覺得鞋子是人整體的一部分，擦擦乾淨就可以了！」

三毛一手拿著煙、一手捧著黃澄澄的煙灰缸，怡然自得地倚在門口，盯著首次相見又略帶羞赧的我——被雨打得也像朵「出水芙蓉」，正在樓梯轉角處，又彎腰又起身地不知該不該解下像「枝葉上爛泥」般的鞋子。

「冷不冷？我都穿男孩子的衣服，給你套一件？」

「肚子一定餓！我去舀碗熱的桂圓湯給你！」

現在，換成怡然自得的我，看著她忙出忙進，招呼這個總是來不及表達意見的客人。我兀自呆呆的坐在沙發上，環顧三毛有如奇幻世界般浪漫雅致的小窩。三毛的流浪與率真，一直是我從她作品中感受的特質，而坦誠、自信與熱情，則是我與她見面五分鐘之內立即衝擊到的溫熱暖意。倒是，在她所謂「另一件衣服」的家裡，我又開始意識到，三毛是一個如此能在極不平衡當中，找到平衡點的女人。

一個曾經在撒哈拉沙漠流浪三年的女子，會佈置這樣一個舒適溫馨又安定的家；一個會講西班牙語、德語、英語、漢語，十九歲半就負笈他鄉、遊歷五十九國的前衛女性，也會在客廳的桌上擺著四大套厚厚的中國線裝書。至於最令我驚訝的還是：「牛肉場」的風月海報、什麼「北道玄天上帝女主角某某某將為您褪去衣襟……」之類台北街頭粗俗的廣告圖像文字，竟然並列在她祖母莊嚴的黑白瓷畫像旁。工整的組合，其實並不比她家裡中西古今民俗品雜陳更該唐突。然而給我的印象卻一如她藍色的ＰＯＬＯ衫，配上藍色的牛仔裙一樣的安適和諧。

「《增評補像全圖石頭記》——這就是《紅樓夢》嘛！」

我自言自語地挪開放大鏡，在好些本外文書旁翻開桌上那四本暗藍封面、象牙鎖籤的線裝書。

「此開卷第一回也。作者自云曾歷過一番夢幻之後，故將真實隱去……。」夢幻？直到三毛端出熱騰騰的桂圓湯之前，我還真不免以為自己闖進了一個既熟悉又陌生的夢幻世界。至於她，只是忙著點上煙，也點上一根紅蠟燭，又為我講述西方人如何如何有個燭火會吸收煙味的說法，因此一人抽煙必配一支燭炬云云。

像是走進了大觀園

「我愛《紅樓》，隨著心境不同，每看一次就會有不同的感想……。這套線裝書是我花了六千塊在台北光華商場買的。我起先嫌貴，但是他們誑我說，如果我不買，明天高陽就會來買，我嚇得趕快做了決定。」

她看我的手拂拭在古舊的清光緒十二年間校印的鈔本上，不覺將話鋒就此一轉，講完她自己也笑得陷在沙發裡，像個毫無拘束的孩子，瀟灑地仰敞著臉，任喀什米爾絲巾與美濃油紙傘透出的鵝黃燈火映上朱顏。在她的天地裡，儘管外面白天黑夜流轉、紛紛擾擾變動，這個小屋似乎總像是忘卻時間、空間與世間的堡壘，正用無盡而溫柔的夜，妝扮自我豐美的心靈世界。

她拉著我跑上樓梯，去看頂層加蓋的閣樓客房，興致勃勃地對我說到：一領到劇本費將要如何如何在這裡修浴室、買大床，準備將這原木襯得玲瓏有致的房間，為客人布置裝潢，雖然她這兒可能一年沒有一位留宿的客人。

她正著手創作的電影劇本《滾滾紅塵》，在她摔傷肋骨的重病休養中，是如何日以繼夜埋頭苦寫……；至於劇本中包括演員林青霞、秦漢、張曼玉演的角色，每個人都有她的影子。突然間，我深深感到她的影子又何嘗只藏在她自己創作的劇本中——那些在民國三、四十年代像作家張愛玲一樣有著時代與人性糾結、充滿愛恨悲歡的角色呢？在我的眼前，《紅樓夢》中的人物彷彿也一一從她的輕顰淺笑中悄然顯現。首先跳出來的雖是鮮活好強的鳳姐兒，引領著我在她當家的「大觀園」裡，感受她條理有序的格局；但是更撩撥我此刻心弦的是，三毛這位既不活在幻想裡，也不活在自己的作品裡，而是個徜徉自在於現實生活裡的人，更像《紅樓夢》裡的

「枕霞舊友」——「史湘雲」跳出來了！

只恐夜深花睡去，故燒高燭照紅妝。

——宋　蘇軾〈海棠〉

「憨湘雲醉臥芍藥煙」的史湘雲活潑天真、瀟灑自在，斜枕酣睡在牡丹芍藥花叢中，像極了現實生活裡人們眼中的三毛。三毛也親口告訴我，她認為自己最像「史湘雲」。當年本名「陳懋平」的三毛，為了難寫的「懋」，小時候連名字都讓自己給改成了「陳平」。到了十三歲那年，為了初中數學老師的處罰屈辱而從台北一女中輟學，自此連高中和大學聯考也都放棄，經過自我教育成長歷程的三毛，的確乃是「真名士自風流」。只是文才高妙、滿腹經綸的女子，似乎總是遭受命運的磨難。史湘雲出身仕宦世家，卻因父母雙亡必須寄住在叔叔家，甚至進不了大觀園。好不容易嫁了個才貌雙全的夫婿，他卻又染上了癆病而死。對比起現實生活裡的三毛，她聰慧可愛，但陰錯陽差的只擁有初中肄業的文憑；西班牙、德國與美國的求學飄盪後，雖然與西班牙青年荷西共啟了生命的新頁，但是西北非外海加納利群島的狂濤大海又吞噬了丈夫的生命，她依舊孤獨。

三毛抓起身邊棕色的玩具小熊親呀親！臉上泛起的純真，彷彿從未歷經過任何歲月的摧磨。她大說大笑、洋洋灑灑，還直對我道出她內心的奇想：發明一種放在台北街頭的投幣式「撫慰擁抱大型機器小熊」——每當人們覺得空虛孤單，需要別人關愛的時候，只要投個五塊、十塊什麼的，就可以得到來自這暖暖軟軟的機器，一個熱情安撫的擁抱。因為，她知道，我們的世界上有太多人需要愛，她來不及付出。

這份真情摯意的可愛，多像那位同樣愛穿「小子衣」（男生的衣服）、大口生吃鹿肉、猛划酒拳的史湘雲——無拘無束地超越成規定軌，自在享受生活，即便自我的人生原本盡是悲苦。三毛就是這樣看見別人就忘記自己的人，如此的豁達開朗，難怪如同湘雲只要一到大觀園，寶玉的人影就隨她瘋玩得不見了。這也難怪，每當三毛走在住家鄰舍附近，連理髮店的小妹都會忍不住跑出來親切地喚她一聲：「嗨！三毛！」或「哦！小姑！」

三毛練達的瀟灑觸動人心，特立獨行但不驚世駭俗，她自信的做一個自己。這麼單純的意念看似平凡無奇，然而也就因為台灣在一九七〇年代曾出現了這樣一位女性，於是在當時以她的流浪生活告白，牽繫了百萬的寶島青年；後來，三毛同樣以她的真誠自信和追求夢想的勇氣，感動了海峽彼岸億萬的大陸讀者。

「三毛！像妳這樣的人在我們的社會裡是沒有的！妳純潔、坦蕩而自信，我只能在史籍中的竹林七賢、揚州八怪略見一二。」

這是一封來自大陸的信件，三毛將所有的文件資料都整理得井然有序，包括這些每天上百封的信件也是有條有理的放在書櫃裡。而這段文字其實只印證了她個性特質的一個切面，那一年大陸返鄉掃墓祭祖之行，不少大陸朋友像這封來信一樣，以「妳就是我不及的夢」，抽搐地擁著三毛哭泣。可是，誰又了解身為名作家的三毛，她是否也有屬於自己內心不為人所探觸的抽搐與哭泣呢？打散辮子、斜枕手臂而眠的湘雲，是三毛的自在；跑入花叢，以芍藥花瓣為枕的湘雲，是三毛的浪漫。但是，當我問她「妳是率性還是任性」時，她卻告訴我：「我是韌性而不任性。」

三毛那份帶著湘雲「只恐夜深花睡去」的浪漫真情，似乎同時流轉著另一份堅強敏銳的生命力量，跳躍中尚且平靜溫婉地流露出《紅樓夢》十二金釵裡的另一位主角：「薛寶釵」。

「縱有千種風情，更與何人說。」

任誰都無法忘懷三毛與荷西那一段異國之戀。

在她的口中，恩愛的小倆口，遠住在北非荒僻的加納利群島上，即使結婚五、六年，荷西每天上班時，還是騎著機車在門口、路口，每個可以張望的角度，回首看著樓上陽台向他揮手的妻子；至於每天下班到門口，荷西則總是「跑著」進來，數年如一日。荷西寬宏大量，活得大氣磅礴，在三毛的心目裡他也是個率真而「精采」的人。遇上這位「過去被迫不能上學，今天自己選擇不去上班」的女子與他共闖前程，雖然國籍有別、年齡有距，但追尋生命的魄力和勇氣，卻能感動彼此，也感動旁人。

「我以荷西為生活的軸心，彼此仍然擁有很大的空間，兩人的愛沒有拘束也沒有障礙。」

只是再感人的故事、再完美的過程，還是拗不過造化的捉弄。軸心斷了，今日陰陽兩隔，三毛不但成了晚上睡覺，臉必須朝向大門才能安眠的寡婦，連夫妻倆在撒哈拉沙漠上合影的紀念相片，都得藏在祖母的瓷像背後——為的是體諒訪客目睹時，不知該安慰她而找些什麼話來說。豁然大度、隨遇而安，正如薛寶釵有份「臨困擾不假顏色、遇苦痛委曲求全、接人事應對得宜」的性情。

幽懷誰與共，遠目送歸鴻。

——金元　元好問〈臨江仙　今古北邙山下路〉

寶玉的出家與荷西的滅頂，同樣是寶釵和三毛這兩個女人生命無情的轉捩點。宋元的詩詞，此刻在窗外零落的風雨聲中，滿是蒼茫。

多情自古傷離別
更那堪　冷落清秋節
今宵酒醒何處　楊柳岸　曉風殘月
此去經年　應是良辰好景虛設
便縱有千種風情　更與何人說

——宋　柳永〈雨霖鈴　寒蟬淒切〉

她低吟著柳屯田和元遺山在八百到一千年前的孤獨，駕著思緒飛翔，何處不是孤寂冷清，何處亦不是稱心快意呢！當年「凡有井水飲處，即能歌柳詞」的柳永對比今天三毛文采的風行似乎也在古今輝映。

好比一個擁有三百七十五個箱子的女人

我好奇的問三毛：「妳快樂嗎？」

她指著掛在書櫥旁的「鳥籠」，示意我答案就在「那裡」。那只是一個平凡的木雕籠子，裡面沒有鳥，敞開的小門裡，放著一個骨瓷娃娃小丑。

「我就像這個娃娃，需要一座保衛自己的城堡，但是卻不能把門緊閉，因為我還要自由，我還是一個『喜歡觀察人、接觸人』的人。就像我每到一個國家，一定先到他們的菜市場去看，光是看看家庭主婦菜籃裡拎些什麼菜，就可以知道當地人民生活的水準了。」三毛說。

三毛是一個不甘於寂寞，卻又相當寂寞的人。

雖然，她比喻自己是全身張開毛孔的海綿，努力去吸收、去觀察、去思考一切攸關人類生活的政經現況，也自自在在地超越外表的形役。沒有錢吃醬油泡飯也好、在雪地裡用橡皮筋綁著破鞋也罷，算得上是不受名利欲望牽絆的人。但是，當深夜內心襲來冷清與孤獨，縱然千萬風情、多少古今典藏，也只有牽繫著無所不在同樣一如空氣般的冷清與孤獨，一飲而盡。寶釵胸前的金鎖，似乎也正掛在三毛的身上，團團鎖住她在奔放的外表下，自制甚強的那顆莊嚴的心。雖不至於連盆花花草草都容不下，但是這麼樣一位有如一場精采好戲的人，感到不快樂的，卻是與許多人不能夠完整充分又深入廣泛地「溝通」。

「你問我最大的快樂是什麼？我本來想騙你，因為我從來不跟人說的，但是面對你我一不小心說了真話：我說是『溝通』——跟一個人可以完全溝通的時候，那簡直是一種『狂喜』。因為我們心裡有許多東西，在這個社會『溝通』的時候用不著……」三毛邊想邊說。

「妳是說，妳就好比是一個擁有三百七十五個箱子的女人。每個箱子都像一個豐富精采的房間，在大酒店接待櫃台的小木格裡放有一把鑰匙，每一把鑰匙正好可以開啟旅館裡對應每一扇房間的門。不過，許多人只能開啟妳的其中一、兩個箱子；或是說，與一般人相處妳只要用『三把鑰匙』就夠了？」我問。

「對極了！那三把鑰匙就是三句話就夠了：『你好啊！』、『吃飯了沒有？』、『有空聯絡哦！』。連荷西都只開啟了我其中兩百個屬於國際、屬於世界與人性共通意念的箱子，剩下還有一百多個屬於中國的箱子，未曾真正的被人開啟。」

三毛訴說她自己出國太早，一直像個感情直率的世界公民，雖然小學五年級唸《紅樓夢》、十三歲讀明清文學與舊俄文學、十六歲接觸歐洲文學，但是太豐富的自己，即使將所謂的「三百七十五把鑰匙」同時交付給一個人，卻也面臨著對方無法承擔的結果。尤其當荷西去世後她回到台灣定居，才慢慢更為自己內心屬於中國的部分深深感動。從荷西生前到死後，流浪的三毛最了解自己始終是個愛家的人——愛自己的家、愛父母的家、愛屬於中國的家，同時更期待一位能夠給她愛情，也給她理想的人。

我不禁笑了！

「我懂了！妳要的既不只是溫柔有情的『愛人』，也不只是分享人文心靈世界的『同志』，妳需要的是一位並肩同行和妳一樣豐富精采，又能相互激發砥礪的『愛人同志』——像羅大佑的那首歌名一樣！」我說。

我們都狂喜的大笑了！

她這一生過客很多，歸人卻是很少

身為家中排行第二個女兒，三毛離家廿二年，上有一姊，下有兩弟。她總覺得過去讀書的心得、思索的感想和他們不能有太多的溝通，這比兒時「夾心餅乾」邀寵爭愛的「老二情結」，還要來得刻骨銘心。如此的「內心孤獨」似乎註定伴隨著她的一生。她求的只是一份人與人之間的關愛與溝通，但她竟在內心潛藏壓抑了一份巨大的孤獨，誠如她自己下的註腳：

「我這一生過客很多，歸人卻很少——用你的話說呢——我是他們的『愛人』，而他們只能算是我的『同志』而已！」

我再次想到自己對三毛那「三百七十五個箱子」的比喻，好強而孤高的「林黛玉」，現在終於跳出了《紅樓夢》，來到此刻的我與三毛之間。三毛也是個對人、對事、對物懷抱著絕倫才情而又易感、多感、敏感的女人，但是人生寄旅，怎堪造物撥弄。偏偏如此絕塵埃、才華高的世間女子，最後還是都不得不向命運低頭。

「兩彎似蹙非蹙籠煙眉，一雙似喜非喜含情目，態生兩靨之愁，嬌襲一生之病；閒靜如嬌花照水；形動如弱柳扶風……」

「瀟湘妃子」的悲情畢竟在三毛的身上隱約可見。古今多少事，盡在書生倦眼中，而月起月落、雨打雨歇任何一項自然人文的變動，都不免敲擊在她多愁善感的心頭。

「太痛苦了！從小我的任何感覺反應都比別人快——太痛苦了！」

然而，若不是她這份細膩的心思，如何能寫出《雨季不再來》、《哭泣的駱駝》、《撒哈拉的故事》……一一呈現她生活寫實中那份生動、自然而流暢感人的作品。

「我沒有生命感動的時候絕不寫文章，逼我寫會寫壞的！我是個熱愛生活超過愛自己作品的人。我喜歡觀察現象、探索思考，永遠做一個為現象傾心的人。」

「尤其政治、經濟是我此生最重視的，雖然我並不喜歡，但因為所有人類的活動都脫離不了它們的影響，它們控制了全人類。而『書』是我的玩具、『寫作』是我的紀錄。在寫作前我只看雜誌，因為書的『侵略性』太強了，我必須把腦子的空間騰出來，或打毛線、整理花園，總讓些機械化的勞力工作使腦子平靜。等到一旦下筆，就沒日沒夜、不吃不睡的寫了！」三毛談起她筆耕的心路歷程。

「每個人都是一本書，別以為自己已經寫滿了，即使寫滿了還可以不斷地再刷白，繼續享受觀察，也享受人生的快樂！」

大地跳躍不停的種子

第一次見面聊完臨走前，我們互贈自己當時著作中最喜愛的一本書。她送我《哭泣的駱駝》，我送她當時自己的新作《看天田》。兩本著作都是我們兩人在各自「廿九歲」的時候寫成的書，這也是廿八歲辭世的荷西來不及活到過的那個年紀。

「你，這浴火的鳳凰、燃燒的火鳥，祝你繼續『燃燒』至死方休。」

看著三毛寫在書上題贈予我的落款，我們不覺相視莞爾，因為竟然我也用著相同的語氣，請她繼續展現無盡的光和熱。我們都不只是荷葉上隨風無助滾動的水珠，而是大地上跳躍又不安分的一粒種子——不能停、不能靜止，一停就會死的！她陪我走下樓梯，我才恍然發現她的家真是個「忘時軒」。雨早就停了，夜，卻要深了！三毛雙手插在牛仔裙斜敞的口袋中，沒有喜怒、也沒有哀愁。我們共同踏著相似習慣大而急促的步伐，迎向漸次暈黃的暮色。巷口輕聲道別後，她反身離去，逐漸消失在夜裡。

我又想起三毛那有如漫漫長夜的樓閣，她彷彿正由一個深夜走向另一個深夜。在這喧鬧的台北街頭，她正富足享有著一個又一個無盡而溫柔的夜。我幾乎要喊住她，想重複地問她：「妳快樂嗎？」

方才她未曾正面回答我，但是此刻一個重疊著「鳳姐」的鮮活、「湘雲」的真摯、「寶釵」的練達，以及「黛玉」的多感與才情的女子——三毛，原本就是一個不必受所謂「快樂」規範的人。

「說到辛酸處，荒唐愈可悲。由來同一夢，休笑世人癡！」

看她遠遠的步上大樓、關上鐵門，我好似也才終於闔上了她擺在案頭的那本《增評補像全圖石頭記——紅樓夢》，又像經歷過一場「戀愛」似的，此刻剩下的是無悔無怨的恬適。《紅樓夢》裡不斷提到的「辛酸」、「荒唐」、「癡」與「夢」，彷彿告訴我們：人生「由來同一夢，休笑世人癡。」由此觀點來看三毛，就會更為了解，何以我說了：三毛當然是一個不必受「快樂」來規範的女子。

台北這朵蒙塵的芙蓉正在深深的夜裡睡去了，明日朝陽初起竟是何番心情？或是小楫輕舟，夢入芙蓉浦。

葉上初陽乾宿雨
水面清圓
一一風荷舉

——宋　周邦彥〈蘇幕遮〉

一畦半畝　桃李春風　火春風
小楫輕舟　夢入芙蓉　水芙蓉

——眭澔平〈夢入芙蓉〉

狂喜大笑那不及的夢

就是為了寫一篇專訪，讓三毛和我有了正式相識的第一個機緣；進而在連續的一年之間我們以文會友、相知相惜，走入彼此人文心靈深刻的內心世界。

然而當天獨自走在回家的路上，我不斷在想；如果人真的像一朵朵漂浮於「生命河流」的芙蓉睡蓮，偶不經意的擦肩而過之後，我們畢竟不確定還能持續並肩走上多遠的路？特別對於一位如我當年的「採訪者」與她這樣一位「受訪者」之間，各自內心的情緒起伏又怎麼可能在報導寫作的工作完成後，還能相互延續多所傾吐……。

火般的春風辣辣吹遍桃李，只有水般的芙蓉靜靜漂在湖心。躍動如火的春風是三毛，安詳似水的芙蓉也是三毛。水與火在內心自有平衡，但是如火的春風、似水的芙蓉，極端水火始終交融衝擊在三毛的個性裡。這是我第一次與她見面後的直覺感受。不過，就在我們第一次碰頭之後，確實有幾件奇妙的機緣讓我們成為了真正的知交摯友。

當天夜裡，我剛讀完她送我的《哭泣的駱駝》裡一篇沙漠裡的小品文〈啞奴〉。當我正在悲憫激盪的心緒中，準備著手寫她的專訪文稿時，家裡的電話突然響了——是三毛打來的。她語氣略帶激動地說：她取消了今晚原本跟別人的晚宴邀約，在家裡就僅僅讀了我寫的那本書《看天田》裡的一篇文章〈看天田〉。

我倒吃了一驚。電話彼端的三毛告訴我，她一面看，一面感動地哭到現在：

「我幾乎看不到一個文字，全部是緊扣的意念和影象。你用一個死去靈魂寄託的一件血衣當第一人稱的主角，這是文學創作上的一種突破，尤其是當你寫到他在內蒙響沙灣大漠邊的老爹，葬下他血衣的那一幕呀……」三毛說。

「妳是說，就像妳在撒哈拉沙漠裡去追那個正要被人賣走的啞奴時，目睹他向智障的妻子辭別，迎著風中展開了妳送他的那條美麗的毯子，這些都是同等無言的悲愴、無奈的心情，是嗎？」我說。

——愣了半晌，接著我們靈犀一通，同時狂喜的大笑了！

我們即刻相約隔天晚上就去她爸媽家附近的「小統一牛排館」吃飯，然後去探望她的爹娘。天南地北全世界都聊，異想天開的我們居然拿起當「記者」的我和當「作者」的她，比賽起誰跑的國家比較多。一個國家、一個地區算著，幾乎忘了我們在那間高雅的西餐廳裡，不但是遊歷過最多國家的人，也是話說最多、最為聒噪的兩個人。

我們居然突發奇想「重走歷史」。盤算在出版社可能的經費支持下，一起旅行！

一起去走太平天國起義的路線、走文成公主遠嫁西藏的路線、走玄奘西天取經加南北絲路又是茶馬古道的路線，甚至走鄭和下西洋和馬可波羅東來又一直追溯到蒙古西征的路線……。然後我用我的新聞眼、歷史觀；她用她的文學心、女人經，寫下人文地域古往今來的感動。

可惜後來她的肋骨先前摔斷方才復元的健康因素暫時作罷了這個「夢想」。不過，人總還是有做夢的自由，不是嗎？有時候心裡存著一個可能「永遠不及的夢」，不是也正代表了一種希望之美呢？也就是因為還有夢，她才能在荷西不幸逝世後繼續寫作，甚至創作了跨領域完整意念的歌詞唱片《回聲‧夢田》與電影劇本《滾滾紅塵》。

三毛當時還頗為開心自在地說：

「對！我又『活』過來了！」

荷西的死如果是她傷慟的泉源，但何嘗不也是她創作的泉源呢？大悲大喜自是一番百折千迴的文采風情，而對讀者和她的朋友來說，同時展閱了她這份屬於人性中最真摯善美的情感。

靈魂的秘密

就在我們談話的過程中，餐廳的一名工作人員突然走過來，對三毛說：她想像三毛一樣去「觀落陰」——依照傳統古老民間的道教法術，到陰間地府去看看她剛死去的爸爸。

我驚愕地瞧著她們。

在我的印象裡，三毛與我談話時從未炫耀過自己具有所謂的「通靈超能力」，既不誇張也不迴避。此刻，她則對這位熟識的小妹妹開導地說，她了解女兒對父親的思念，但是並非每個人都能「下得去」，希望她能節哀。

節哀？哀愁畢竟是最耐得住揮霍的。以前理性進取的我總認為哀愁來自於善感多情。三毛給人的感覺，在書裡、在家裡、在千千萬萬的朋友心裡，的確都離不開一個感覺敏銳的「情」字。我這才意識到《紅樓夢》中的三毛應該再從林黛玉的「瀟湘館」搬到「怡紅院」——「賈寶玉」最後可現身在我和三毛的眼前了！

我終於進一步體會到人們並非全然只是「多情自苦」。一份了然世事又仍然期待有夢的心，即便不時湧現哀愁，卻是人類所有美德焠鍊與藝文創作的導師。就像曹雪芹筆下的賈寶玉是個聰穎頑皮的精靈，但卻也是個多情又孤寂的精靈，處處有情，卻在最後選上金玉俱拋的棄世之路。其實每個金釵都有「賈寶玉」的影子，也都有「三毛」的影子。或許世界上的每個人都是女媧在大荒山青梗峰上，那顆「補天」剩下一體兩面的「頑石」與「靈石」，三毛是否也像寶玉一樣「完了事了」（頑了石了）就歸彼大荒？

我所居兮　青埂之峰
我所遊兮　鴻蒙太空
誰與我遊兮　吾誰與從
渺渺茫茫兮　歸彼大荒

——清　曹雪芹《石頭記　紅樓夢》

當我的第三本書《誰應該與我相遇》散文集快出版的時候，我把書名告訴三毛，三毛就是吟贈了這首寶玉出家前最後的領悟給我。「『誰與我遊兮，吾誰與從』——不正是你的書名『誰應該與我相遇』嗎？」三毛說。我倆狂喜大笑。三毛的笑聲總是像她待人一樣掏心挖肺；她與荷西的生死戀也是如此掏心挖肺。

「你知道，人死後不是七七四十九天才轉世，是立即。父母子女和夫妻的恩情都會繼續的，因果一直累積到今天才有緣，所以我更加珍惜跟荷西的情緣。」

看三毛說這番話時認真的表情，讓我開始確信血肉之軀「有靈」抑或「無靈」並不重要，重要在於「有情」抑或「無情」。我送了她一首自己寫的歌詞式新詩「天鵝湖」，把同在今日俄羅斯一東一西的兩個湖，北海貝加爾湖和天鵝湖對照書寫，她讀來愛不釋手，吟誦再三。但是當我說牧羊北海邊的蘇武，那種對故國家人十九年深情的「等待」是我比較能理解的「情」；三毛則以為她最嚮往的是柴可夫斯基芭蕾舞劇《天鵝湖》裡的意境。她同情被巫師變成天鵝的公主有份對王子無止境的情；天上人間儘管是註定的悲劇，難得的「愛人同志」還是值得「知其不可為而為之」，進行了一種超越死生的抗爭與永恆的「等待」。

三毛早就知道她不可能像蘇武等待了十九年後像大雁一樣能飛回到中原，但是她還是懷著一顆寂寞的心沒有一句話的在世間留下來，十二年後又沒有一句話地走了。我情願像她父母一樣，想她是被天使接走的，就像柴可夫斯基芭蕾舞劇樂章中的王子與公主一般，在天堂與荷西安詳重聚；也像柴可夫斯基公演「悲拾」九天後，故意喝下骯髒的生水，染霍亂而死。

談到生死，我還記得當年在她過世前一個星期，她在子夜裡的電話裡主動背誦給我聽，還逼著我必須立馬抄下來復誦的一段話：

生命之偉大無限量　墳墓豈足為歸宿
死不過是生之歷程　猶如道路的標誌

——〈國父移靈中山陵〉

死不過是生的歷程。如果生是孤獨的，死或當擁有更多的祝福。三毛總不忘記給她的朋友慷慨的祝福。

記得有一次我們又去了那家西餐廳用晚餐，當天我的心情處境相當之糟。那是來自於我一方面必須趕著寫作出書，又得在份內忙碌的電視新聞傳媒採訪播報工作之餘，自力申請獎學金準備再出國攻讀博士。另一方面，剛巧面對了當時明明在年中才記上大功並受頒十萬獎金表揚，到年底卻莫名其妙被打出了全組最低年度考績的不公待遇，煞是心力俱疲，年少剛烈的我當即反擊遞出辭呈休假離去。

細心體貼的三毛早就看出來了。一見面，她比服務生還要殷勤地遞上她那隻淺咖啡色的玩具小熊；還告訴我，這是孩子最貼心的溫暖，也是赤子之心擁有好奇與純真的泉源，尤其這一隻棕色的小熊是護持她自己最多最久的寶貝。她說：

「小熊，在台北還沒有『安慰擁抱式的大型投幣小熊機器』之前，我都是靠這隻小熊陪我的。你也看看它吧！像它一樣快樂，好嗎？別忘了——現在開始我就叫你『小熊』，你就是『小熊』。」

聽到這裡，我望著那隻才不過手掌大的棕色小熊，臉上盡是一陣涼、一陣熱，心裡也盡是一陣冰、一陣暖。想著她這番成熟睿智卻又帶著點天真稚氣的話，催得我溼了半個眼眶，嘴角卻是上揚的。我終於開口：「今天『小熊』我要吃『牛排海鮮餐』。不！我要『海陸空大餐』。等一下我還要點更多！」

我們一致同意，當心情不好、受到壓力的時候，千萬不能虧待自己。

我們狂喜大笑！「狂喜大笑」成了我們的心靈通電的默契！

也就是從那一天開始，我只要看三毛點什麼菜，就知道她當下的心情如何。因為，至少坐上餐桌，我們是可以選擇不虧待委屈自己的。

我爸爸來了

「在歐美國家，每個小寶寶出生後，床前都會放上一隻玩具小熊，它將陪伴孩子們成長，永遠給孩子最貼心的溫暖。每個人都有一隻，一生都不變。」

三毛輕聲細語地說。我再拿起定睛看看那隻棕色小熊，剎時，我的心也平靜沉澱在無欲無爭的境界。

「你是個在低頭『做事的人』，自然要忍受更多的挫折和壓力。但是不論如何都要鼓勵自己無時無刻做個快樂的『小熊』。」

從那時開始不知怎的，她就真的較少再叫我的名字「澔平」，而改叫我「小熊」——是一個三毛給真誠可愛朋友的稱謂。我也終於聽了她的話做一個「快樂的小熊」，但是我卻仍然對自己面對未來人生重大的抉擇深深徬徨猶豫。面對人生三十歲關鍵的轉捩點，是繼續安逸守著一個名利雙收的電視台新聞主播工作，還是出國深造去開啟自己更開闊多元卻起伏變動未知的生命挑戰呢？吃完由魚蝦、牛排和乳鴿組成的所謂「海陸空特豐超級大餐」，我才發現我的心情仍然像餐桌上狼藉的杯盤一般混亂。畢竟，年輕的歲月只教我把事情做好，並沒有教我如何面對複雜人世相處的千奇百態。

「我怕『你會害怕』。」當餐桌上的燭火在無風狀態下卻強烈晃動中，我看她神情拘謹而冷靜地說道。

「什麼？」我問她。

「我『爸爸』來了？」三毛說。

「啊？妳『爸爸』？他不是在十四樓的家裡嗎？」我狐疑地問。

「我是說徐訏——長篇小說《風蕭蕭》的作者，他是我已經過世的乾爹。」三毛冷靜地回答。

一問一答之間，我忙著環顧四周。但是，除了右邊一大片茶黑色的落地玻璃以外，只有左邊不遠處杵著一名神情略顯呆滯的服務生。

「妳是說……」我再問。

「對！他的『靈』來了！」三毛肯定的回答。

我聽三毛這麼一說趕快低頭翻行事曆，今天一九九〇年一月十八日星期四，還好不是「黑色」的什麼星期四加一。

「三毛，沒關係，我不怕的……。大家一起來聊聊嘛！反正我來聽聽『祂』的建議也挺好的。」我說。

說著說著我把筆記本翻到最後一頁推到她面前，還是看不出三毛有什麼異樣，但是接下來可就不得了了！筆記本上竟然開始經由三毛以不可能的飛快速度，「自動書寫」出陌生連筆卻極為清晰的字跡。

「澔平　我是徐訏　三毛的爸爸　逝於一九七九年十二月……」（實際上徐訏是一九八〇年十月因肺癌去世，此點不得其解。）

只見徐訏老前輩龍飛鳳舞的筆觸藉由三毛的右手急速連續寫下，意念則似乎同時傳遞撞擊著三毛的腦波，讓三毛聽得到聲音，此時活像個陰陽即席口譯官正同步以手寫速筆呈現，並且還能以其口同步逐句聽聞轉述。我真是又驚又奇，乾脆把椅子拉到她旁邊。在我的筆記本上出現的字跡確實不是三毛的，而書寫的速度之快也確實遠遠超過了「人」——必須不看不想又連筆的最大極限，簡直像極了地震儀指針所畫出震動跨度甚大的線條速度。眼前的影像應該就是一個看不到的靈魂藉著三毛的手正在振筆疾書，而同時三毛卻是清醒的，跟我一起在問在聽，實在讓我這八字頗重的人也深感不可思議。

不可思議歸不可思議，實在一點也不可怕。我索性寶裡寶氣跟三毛一起喊他「爸爸」。我開口問的第一個問題，當然正是攸關自己前途的事。徐訏老先生居然有條不紊回答地睿智又清楚明確：

「我的看法是　做人　做人　就是來受訓的　澔平　人不要太認真　一生不過一場夢而己　你去辭職之事是年輕人的當然反應　我說你太強烈　不過你又能怎麼辦呢　我在世的時候也是很直的性情　但是這種性情不能被所有的人所認同　你已經比我圓滑得多了　但是台視的事情　不能忍耐的話　將來又如何成大事　但是要學習忍耐苦痛　是非忍不可」

要不是這三張半的紙張現在留在我手上，且向司馬中原爺爺求證過確實是徐訏親筆的真跡，回想起來還真像一場夢。徐訏千真萬確地存於另一個平行宇宙的空間裡，而且自然真誠地在和我與三毛秉燭夜話。當時的談話中，我甚至為了這樣一位已逝的慈祥長者願意超越陰陽，用他人生的閱歷經驗給我這後生小輩鼓勵，不覺眼眶濡濕。「鬼」一點也不可怕，問題是可愛的「人」愈來愈少了。可愛的三毛繼續問可愛的徐訏，到底澔平將來有沒有更好的前途？

「放心　放心　如你一般的青年人如果沒有出路　那麼一般人都要餓死了」

三毛問急了，徐訏居然接著幽默回答說：

「我不是算命的」

我和三毛聽了不禁大笑，然後睜大眼睛，兩人幾乎異口同聲相視而笑地說：

「『爸爸』也是隻『小熊』！哈哈哈！」

不料徐訏話鋒一轉說到：「爸爸很寂寞　常來『叫』我　在『此』很好」；又加上一句「我要走了」。最後，徐訏筆鋒也唐突一轉，連續比劃飛速環繞畫出整整七個由大至小的螺旋圓圈之後，從中間的一點上消失離去。

這段見聞其實對於理性的我來說實在難以言喻。直到後來我有機緣到台北南港山上的「護國九天宮」，瞭解到中華古老傳統五千年的「扶鸞文化」才融會貫通。只見雙手扶著代表「陽」的開叉細長桃樹枝幹，前面頂端還朝下插了一小截短棒代表「陰」的筆直柳樹枝梗，也運用類似世界網站上稱呼的「自動書寫」方式，在前方的沙盤上自行畫動，由「正鸞」扶著飛快地書寫出文字；一旁還有兩個人：一為識別誦唸吟出文句的「唱鸞」、一為完整書寫記錄訓示的「錄鸞」協同完成。

當時在西餐館裡的這段奇異的談話，從頭到尾完全像是多了一個隱形的朋友。我驚悸而感慨並不只來自於三毛竟乃「正鸞」、「唱鸞」與「錄鸞」三者合為一體；而是從三毛的右手扶乩代筆出來的字跡，和五十萬字的《風蕭蕭》小說首頁徐訏留下的字跡確實全然相同。最重要的是這段人鬼的對話談天，竟然決定了我後來對人世應對的觀念和態度，特別在於啟發了我對於人生抉擇的提昇與覺悟。不免深切感慨到「人」與「人」之間原本應該有的親切和諧相濡以沫的感覺，我竟然在「鬼」的身上毫無保留地接收體會到。

「從不吝惜給人關懷的真誠」——如果這是做一個「人」應有的基本原則情操，那麼我們又何需用「生死陰陽」當作「人鬼殊途」區隔的標準呢？記得三毛還背給我這麼另一首無名的詩，同樣也催促我必須要即刻抄寫下來，復誦給她聽，如出一轍，可為此篇最佳的結語：

那生的生　那死的死
從無知到已知

從已知到無知
歷史從未解答過
愛的神祕　靈魂的離奇
而夢與時間裡
宇宙進行著的是層層的謎

只有你懂我的夢

謎也似的萬物靈界，卻慶幸遇到像「小熊」般真誠可愛又付出關懷的「人」，依然可以超越「宿命、生死與時空」而永存於不同的空間次元。一如此際的「徐訏、三毛與澔平」正是交流在同一個幻妙開懷、三向迴路的「溝通」裡。

「溝通」，提及這兩個字，我猛然想到自己一再圍繞追問三毛「快不快樂」的話題，因為她是多麼盼望那種能夠與人完全的「溝通」、快樂的「狂喜」。我無法去探索，畢竟三毛是一位如此傳奇於生活的女子，看似自在瀟灑，但是她即便能夠以她的才情文筆，甚至以她的靈性異能「上窮碧落下黃泉」，與「人」甚至與「鬼」都能無遠弗屆「溝通」的名作家；卻在內心總是深藏了一份不時總在期待「溝通」

的孤獨，如同也很寂寞的文豪徐爸爸要我們常常去「叫」他出來聊天一樣……。

「靈」走了，我拿回自己的筆記本以及方才三毛所用的那支「神來之筆」時，兩隻「小熊」又叫了起來……

「這是我的簽字筆！」三毛說。

「不！這是我的！」我說。

並肩向南京東路走去的路上才發現：我們除了有著一樣飛快的步伐以外，居然連習慣用的簽字筆也是同一個綠色的牌子。沒想到來不及等我們狂喜的大笑，我們已經同時在巷子口雜貨店的冰櫃前停了下來。

「這是我最愛吃的一種雪糕——杜老爺特級巧克力雪糕。」我說。

「天啊！這是我要的，你這次可不能再跟我『搶』了呀！」三毛又急又笑。

我們一直沒有想到：冷門的棕黑色脆皮雪糕居然也有兩個共同的愛好者。

天氣一天天轉冷，當我從英國里茲大學（University of Leeds）的博士課程放寒假回來台北，我又到了那家小雜貨店，遍找不著心愛的雪糕。後來才聽三毛說：

「我每次都去找，『沒有』。我就問那老闆，你猜他怎麼說？——他說：『那種雪糕只有妳會來買！哦！以前還有一個在台視播報新聞的主播眭澔平會來買什麼的——可是，現在冬天耶，我也不可能就為你們兩個人進貨啊！賣不出去怎麼辦？

妳不能買別的牌子嗎？』」

兩人的笑已無法用「狂喜」來形容了！

個性和步伐是先天的基調，雪糕和簽字筆是後天的習慣——這些共同的巧合之餘，三毛帶給了朋友一種如「玩具小熊」般的真誠可愛，溫柔中帶著堅韌，超越春夏秋冬、草綠楓紅。

後來，我果真聽了三毛她「爸爸」徐訏的話，忍耐地壓下屈辱，收起辭呈，繼續回到整我的主管手下接受他的負評，等我在三個月後申請到了英國的兩份博士研究獎學金，才跳出舒適圈，離開電視新聞工作繼續出國深造。我並沒有像以往一遇到挫擊銳氣的待遇就沉不住氣去激烈抗爭，終於把自己原本絕不屈就的個性徹徹底底磨合調整。我確實是透過三毛，從鬼爸爸徐訏那裡默默學習謙卑隱忍、學習放下失去，正如徐訏所謂的「是非忍不可」；而今回首發現：這正是自己當時年輕氣盛、恃才傲物的個性裡最缺乏、也最該學習的一種能量。不然如何讓我未來人生的第二個三十年能撐起擔當，「讀萬卷書」唸了英美中社會經濟、人類學、中醫等三個博士學位，以及「行萬里路」走完全世界兩百餘國田野調查旅行拍攝記錄七千小時史料。

在收妥行囊即將赴英深造前，我把她借我的棕色小熊還給她；三毛卻決定堅持要我把這隻小熊帶在身邊一起遠赴英倫，不用再還她了。後來她才說，那樣就當她也隨行左右！

三毛另外跟我討論了《滾滾紅塵》劇本裡要撰寫一段「大東亞共榮圈」的新聞稿，因為我當時正是專業的新聞人。後來，在我們一起聆聽由曾淑勤演唱的試聽帶DEMO〈說時依舊〉歌聲中（後由林慧萍主唱出版），三毛送給了我一顆絕美卻詭異的彩石——我直覺這就是《紅樓夢》又稱《石頭記》的情節。白色的石頭上竟有一抹彩虹般揉碎斑爛的花紋，簡直就像在多年不曾下過雨的撒哈拉沙漠上，看到天空上掛了一道彩虹。既然沒有雨水，是不是汗水和淚水也可以讓陽光反射出七彩的虹霓？

自始至終三毛還是離不開《石頭記》裡的「紅樓」，只是她不斷地在化身——精明幹練的「鳳姐」、浪漫瀟灑的「湘雲」、委曲求全的「寶釵」、敏感細膩的「黛玉」、多情自苦而金玉皆棄的「寶玉」，最後回到原點，還原成了太虛初始那一顆女媧補天剩下的「石頭」。

我能問一顆石頭：「妳快樂嗎？」

點點白花　是我　永不移的星星
許多年了　夜　總也不能過去
啊——等待是織布機上的銀河
織啊織啊　織出渡河的小船

——三毛〈孀〉

等待黑夜過去，等待渡河的小船，是無晴雨，也無憂喜。這種心情看來只有徐訏了解。

燦爛的青春逝後，多少壯志豪與消磨，
如今我旅情在天涯流落，長夢浮沉於青霧綠波。……
但此去還有無數大路，哪一條大路沒有燈火？
何獨留戀蒼蒼的暮色，對著黝暗的樹林蹉跎。

——徐訏〈蒼蒼的暮色〉

為荷西去百慕達潛水

在讀高中的時候，我第一次聽到由三毛所寫的歌詞譜成的〈橄欖樹〉。大學的時候我則愛聽同樣是三毛所寫歌詞的〈夢田〉。兩首歌都是由我台大文學院的學姊齊豫唱的，她大四時我讀大一。我總在想這是個什麼樣才情縱橫的女子如三毛能夠揮灑得出如此奔放的意境？三毛的流浪竟是為了一株夢中的橄欖樹：

不要問我從哪裡來　我的故鄉在遠方……

為什麼流浪　為什麼流浪　遠方

為了我夢中的橄欖樹。

——三毛〈橄欖樹〉

她的心田可以栽種的不僅累累桃李，尚及無盡春風：

每個人心裡一畝　一畝田
每個人心裡一個　一個夢
一顆啊　一顆種子　是我心裡的一畝田
用它來種什麼　用它來種什麼
種桃種李種春風　開盡梨花春又來
那是我心裡一畝　一畝田
那是我心裡一個　不醒的夢

——三毛〈夢田〉

這麼開闊的心卻有個不醒的夢，夢是冰上燒的火或是火上鎮的冰，冰與火的煎熬、冰與火的矛盾、冰與火的消失，都在方寸之間迴旋振盪。

思念是烈火　燒遍每寸寂寞
淚水是寒冰　封住想你的心

——眭澔平〈火與冰〉

三毛的朋友多如過江之鯽，三毛的知交也相識滿天下。所以當我後來受派到大陸採訪少數民族民俗慶典的時候，她只請我幫她帶一樣東西，那就是夾在書裡的「落花枯葉」。或許，花葉和冰火一樣都不是永恆的，但是保有留住它們最美的一瞬，或是那所謂最美麗的一個停格，這個切面所保留的便不僅僅是浪漫，更是永恒。這樣一個承諾讓我至今已經從全世界累積收集製作了幾千幅的壓花作品。

倒是有另外一個承諾，當三毛向我提出殷切請求的時候，我是斷然拒絕的。那是她在過世前兩天沒頭沒腦地問我：「會不會潛水？」

我毫不假思索地說：「不會，也永遠不會想去學！因為我還沒出生就幾乎被洪水所導致的母親難產給夭折了；四歲和六歲又兩度在再春游泳池和金華國中噴水池裡差一點就溺斃……」。

三毛聽了也無喜怒，只是失望地說：

「那就可惜了。因為我二十八歲就過世的丈夫荷西，他生前熱愛潛水、死也意外在潛水，卻一直沒有機會前往每一名水肺潛水愛好者都夢寐以求想去的潛點，位在北大西洋海上神秘孤懸的 BERMUDA 百慕達群島。據聞那裡深深的海底千百年來隱藏堆積了無數失事失蹤的船艦飛機，正是全世界所有潛水伕最嚮往的那個詭奇夢幻的潛泳天堂。」

我看著她描述得入神，卻冷冷一時間無法回應，只因我知道自己到高中才勉強學會游泳，還是被師大附中給逼出來的：高二必須能游二十公尺、高三必須跳水繼續游五十公尺，不然不給畢業證書。

孰料兩天後她突然走了，我的心底卻被她埋下了一粒有如桃李春風的種子。兩年後我獨自去菲律賓民答那峨島 DIPOLOG 接受英國教練的嚴格集訓，考到了 PADI 國際潛水執照；五年後也真的去百慕達潛水了。這原來壓根兒都不是我畦澔平會做的事情呀！

小熊兵團和曉夢蝴蝶

「我在你的身上看到了一種我身邊的人所沒有的『真誠』——這個世界上快消失的一種會『永恆』的東西。」三毛生前有一次突然率直地對我說。

「通靈的磁場如果是像電波和密碼，隔著幾億光年再遠的幾萬顆星球，也隨時可以接收得到；那麼，妳所說的『真誠』也勢必在妳的身上涵蘊著，否則妳我彼此的電波和密碼自然將意識不到！」我回答。

我邊說邊想起三毛曾經告訴我，一九七九年當時她在荷西死後是如何絞盡腦汁想盡辦法去「找」他，而三毛說她自己後來才因此練就出來所謂「通靈」的能力。直到台北有一家人隨性玩「碟仙」，不意邀來了荷西的「靈」，被要求轉話給三毛——請她不難過，不要擔心——三毛說這像極了我在英國看到剛上演的一部美國好萊塢電影《第六感生死戀》（GHOST，人鬼情未了）的情節。三毛說她當年正悲慟逾恆，忽然接到這家人的電話，對方一再表明他們絕對不是「神經病」，實在是受到了一個所謂「靈魂的請託」，只好硬著頭皮來傳話，請三毛別傷心，說「他」在「那邊」非常好（竟跟乾爸爸徐訏的說法一樣）！當時三毛說她立刻回答大叫：「我相信！我相信！我相信！」

最近讀到三毛生前好友前台灣清大校長沈君山的紀念文集，才發現三毛曾找他一起去欣賞這部我已看過的電影，可惜那一夜沈君山覺得太晚而拒絕了她，文中提到他後來感到非常遺憾。因為前述提過沈君山說當年在紀政再婚的那一夜心裡非常痛苦，他直接跑到三毛家找她得到寬慰，後來卻沒陪她看到這部電影；儘管他曾經在電視上當面辯論批評，不相信三毛與荷西在撒哈拉的飛碟目擊事件，但是三毛始終把他這個固執的「科技人」當好朋友。

何妨暫且撇開那些無稽的渲染，似乎真與不真、信與不信並不重要，重要的是三毛及荷西從生到死，他們始終對人對事都是那麼充滿了自在的愛與真誠。回想我們最後倒數第二次見面，那天是去她的家裡，我和我爸爸眭立生到三毛家看房子。同行的另一位林福隆先生還幫我抱了件我在廣西陽朔買的大龍袍，準備去試試看掛在視聽間牆壁上是否合適，以便配合將來買下她的房子之後的重新佈置。三毛還是紮著兩條辮子，俏皮的表情就像我一年前首次見到她時一樣。雙手攙著我老爸，並且對著他老人家耳上的助聽器大聲嚷嚷。我和三毛相差十六歲九個月，不過她的爸爸出生在民國二年只比我的父親大一歲。四十八歲的三毛像攙扶自己的親人一樣為我當時七十八歲的父親介紹她的家。

現在想來一切還是這麼的有始有終。緊接著三毛入院準備開刀手術，我最後一次見她又在醫院的病房裡。那天我們剛好手頭各自都有新書出版要相贈了，就像第一次見面。她的《滾滾紅塵》劇本，我的散文集《誰應該與我相遇》和其中寫有她的傳記文學《風雲人物句典》。互贈之前，我們照例盤據室內一隅，各自寫下贈語。就像第一次上學寫考卷，我們還是用心在寫，真像兩個小學生。

我只聽她一面寫時，還一面提到，因為澔平在英國，徐志摩的詩也是來自那裡云云⋯⋯。使我當時一點也沒有對「我走了不帶一片揮一揮手的雲彩」加以在意，只當她是借用〈再別康橋〉的意境罷了。同時，她則忙著用心默唸我當下親筆即興寫給她的藏頭詩「三毛小熊」那四句話：

三生有幸
『毛』塞頓開
小屋洞天
熊熊文采

她大聲說了三個字：「太——棒——了——」

還記得之前的那天晚上，我們相約在送我爸爸回家後共餐，那也是她生前與我「最後的晚餐」，還是同樣選了那家高雅的西餐廳，還是用「點餐」表達了我們當下的心情。因為波斯灣戰事危及空中航運，我這次回英國準備繞行西伯利亞經東歐抵西歐，所以必須先赴海外辦妥蒙古、蘇聯和東歐各國的簽證再回台北，去幾天也抓不準，這一餐她就算是幫我遠颺「餞行」……。後來想起來才發覺，原來是我在幫她即將的辭世來「餞行」。

那天我吃鱈魚，她卻吃「海陸空特豐超級大餐」——我知道她有委屈。

我不問，讓她想講什麼就講什麼。其實，就是在我去英國留學的四個月裡，她發現了原本跟她很好、她非常看重的兩個「朋友」，後來竟然分別轉變成讓她極為失望的人：一個是在那遙遠的地方（新疆）、一個是在這不遠的海港（香港）；他們竟然都是為了「錢」而不是「情」，分別前後與她產生計較爭執。所以她說自己遠離了那裡，不會再傻傻跑去當傳媒傀儡的焦點，不再去理會那些外表看似單純真誠其實私下城府深沉的人。終於，三毛說她選擇回到讓人最自在的台北，她說首次以賣斷版權的方式處理劇本，為了全心寫作之外不必再糾結面對編劇要雙掛名以及導演來爭版稅的問題。她也決定乖乖進醫院開刀，把自己的婦科宿疾治好以不讓父母擔憂，總比虛幻地去互動某些不值得的人事物來得好。

三毛緊接著對我述說她自己和自己電影劇本裡的人物性格，真的每一個人都有她的影子，每個角色的致命傷都是「情」，絕對不是「錢」。沒有得到金馬獎固然確實有些許失望，畢竟空前十二項入圍榮獲八項大獎卻獨漏編劇獎。她知道那是膚淺牽累到電影劇本主題就是一個漢奸的愛情故事，並不見容於這個時代；但是她絕對不會是在乎「沒有得獎」而難過失意，反倒是為了那些「致命傷」不是「情」而是「錢」的朋友哀傷嘆息……。

她回憶就在金馬獎典禮宣布電影編劇得獎的「不是她」的那一瞬間，三毛看到監製徐楓和女主林青霞立刻回頭用哀戚的眼神示意慰問她；可是卻有人即使在後來影展酒會裡迎面擦身而過都沒搭理她，只在結束前對三毛問了一句：「嘿！我們的下個劇本開始寫了嗎？」前恭後倨，對比一年多前站在她吃飯的餐廳外面苦等，懇求三毛賜寫劇本的竟是同一個人。三毛說：「這或許就算換成是《紅樓夢》裡你寫我的哪一個人物出來承受，五人都是情何以堪的。」

三毛大徹大悟，語重心長地對我說出了以下的這段自我深切剖析的話：

「我在寫電影劇本人物介紹的時候，每一個人都寫了一個『致命傷』，每一個人都有『致命傷』，你碰到他那一點他就死。呵呵呵！在我的劇本裡每一個角色的『致命傷』都是為了『情』，沒有為了『錢』的，都是『情』耶！很奇怪的，沒有為了『錢』成為他們致命傷的人。我的劇本裡每一個人物都有我的影子，都是我。劇本裡每一個女子也都是非常積極的，不論友情還是愛情，青霞看了很受感動。」

「我最愛的人。她（林青霞）說誰？我說，就是那個漢奸，那個男主角。我說，我最愛他。青霞說，我知道妳愛他，妳又跟他加戲。我說，不是，我愛他的個性，我愛那個漢奸的個性。秦漢也喜歡他。他不是一個絕對的好人，我這裡沒有絕對的事情的，我的劇本裡。……好！澔平，謝謝你來採訪我……。你這個『壞蛋』……你是不是那個『漢奸』？」

明明是寶玉的浪漫多情、黛玉的纖弱敏感，卻硬要逼著自己是寶釵的顧全大局，《紅樓夢》裡矛盾如冰火般的性情就是三毛。湘雲的稱心快意、鳳姐兒的快人快語，終於掙開了寶玉、黛玉與寶釵三者之間在內心交戰翻攪的三角習題。

「沒關係！管他們是『壞蛋』還是『漢奸』什麼的，我們一起派出『玩具小熊兵團』去攻打所有社會人世的『不平』！」我大聲地說。

「對！我倆的名字陳平、澔平都是『平』，聯手用真誠和愛心去攻打一切『不平』……」三毛俏皮回應著。

最後一次，我們一言一語來去，最後又是自在狂喜大笑了。

吃完飯，有說有笑的我們走回南京東路錯落的樓宇間。經過她爸媽的巷子，她調皮地要我擋住她，免得又被管理員伯伯看見，罵她怎麼不上十四樓去看爹娘。我心裡想：好一個得面面俱到的人，也辛苦、也自在。

她開心地告訴我：明年決定要嫁給那個等了她十幾年的德國人。原來想等到他當上德意志駐北京大使時她才嫁，結果看看自己把人家耗了這麼久，那人都當過駐越南大使又調回德國也就夠了。她還說她的腦海裡還有四個劇本也要一一寫完……，天南地北的我們又走到了那家小雜貨店。

「啊！原來你們認識啊！」胖老闆有些靦腆地說。

「難怪都催我進貨──那種『特級巧克力脆皮雪糕』。」

開心地吃，像「玩具小熊」一樣回到兒時的感覺，赤子之心如此怡然自得。我送她走到八德路的街口，一路想找的花店關了，書店也關了，幸好雪糕還在。我非常確定：那一晚她是笑著跟我說「再見」的。

一月二日是她的入院準備開刀日，一月五日是我寒假結束再次出國的留學返英日，除了我再去醫院看了她一次，幫她寄出幾封信之外，我們兩人要想再湊在一塊兒還真不容易。只是才在醫院聊完，她又打來我家裡繼續用電話聊，她要我抄下好多本著作的書單，教我一定要讀；還提了好多她這一生還來不及去旅行的地方，囑咐我一定要去。還記得那一次我們在她病房裡最後面對面的聊天，還是因為張小燕大姊先前就約妥的中廣廣播節目訪談工作人員抵達而必須中斷。直到一月四日她的噩耗傳出，我才意識到她已經如冰火般在這個星球上忽然溶解熄滅了。

現在的她會不會像雪糕一樣「冰」冷？我卻依然固執地相信她仍然保有著小熊一樣「火」熱的心腸。難道她就像自己筆下〈曉夢蝴蝶〉裡的那些「漫天穿梭的彩蝶」，終究依約去赴了那一場「朝生夢死」的人生盛宴？

那夜的雨聲
我還記得
說了什麼話　對你　却都已忘
曉夢裡　漫天穿梭的彩蝶
撲落枕邊　說　說這就是朝生夢死

不　我不再記得什麼
除了夜雨敲窗
愛情不是我永恆的信仰
只等待
時間給我一切的答案」

——三毛〈曉夢蝴蝶〉

不必回答的假期和不會融化的雪糕

一月四日的下午到晚上我不斷接到電話留言，各新聞傳播媒體的同業正到處訪問大家對「三毛之死」的感想和看法，只見當天台灣各大報紙紛紛都以頭版頭條全頁全版在報導她的死訊。我做了多年的電視主播與第一線的新聞專業採訪記者，絕對知道什麼叫做搶手的「頭條應景新聞」，所以我離得遠遠，等待真正沉澱出更澄澈的了悟之時，我們再用音樂和文學，為她去找最善美、真誠的回答吧！

一月四日我從海外辦好簽證面談飛回台北，一月五日清晨六點我又得趕赴機場，這一夜是無眠了。整夜我的腦海裡總是想到這個心裡充滿愛的人。她在畫家席德進和作家王大空重病住院期間，曾主動去陪伴他們聊天，還幫他們按摩。至於，探望金馬獎影帝也是終身義工孫越叔叔住院的時候，三毛也曾調皮地送了他一架「可以射那些壞護士屁股的小飛機」。而現在，那麼突如其來天人永隔的狀況，此刻的我還能為她這位摯友做些什麼呢？真教我這處理新聞老練的快手也傻了。

一月四號我下飛機一進家門，竟然聽到了三毛兩通電話答錄機的語音留言。一次又一次播放她在我家答錄機裡留下的那兩通留言，令我心如刀割：

「『小熊』！如果你回台灣了……，我是『小姑』。你如果回台灣了，請你打醫院……。如果回來的話……。『小熊』！你在不在家？好！我跟你說，我是三毛。如果你明天在台北，請你打醫院。再見！」

「眭澔平，我是三毛，你在不在家？人呢？」

「眭澔平……你不在家……？好！我是三毛……」

就在同時我習慣性打開定頻廣播中廣新聞網的收音機也傳來了整點新聞的報導：

「接下來為您報導『五分鐘整點新聞』。名作家三毛今天凌晨在台北榮總醫院自殺身亡，目前正由警方勘驗中，根據院方表示……」

那個沒有手機可以即時連絡的年代，沒有接到的電話就永遠聯絡不上了。還好有電話答錄機，我們至少還可以聽到三毛最後的聲音，珍藏下來。看看錶，半夜一點三十三分。凌晨的空氣加上子時的雨迴盪盤旋在冬季台北的街頭。夜雨還真像斷了絃織出的烏絲錦。我知道南京東路四段那條一二〇巷子裡的小雜貨店早已鐵門深鎖，肥嘟嘟的老闆想必正鼾聲大作地睡著，他可能還不知道以後不會再有人來催他進貨了，我是指進那種特級巧克力脆皮雪糕。幸好，現在台北住宅區裡二十四小時的超級商店愈來愈多，單單是靠近我家走到三毛家十五分鐘的路程中，在延吉街和八德路的附近就有四家。終於走到第三家我找到了那種脆皮雪糕。

我買了兩支，習慣了。

一面走一面吃，雨絲滴落在雪糕厚實的紙盒上，很快就凝成一個個晶瑩的水珠。夜雖然又黑又深，卻彷彿讓我再度瞥見蓮葉碧波中出水的芙蓉，和那在晨曦中高舉的風荷，總是悠閒自在地翻滾匯聚著人生同樣際遇的水珠。走入她住的一二〇巷二十九弄，兩排高高的公寓漆黑懾人的狹擠。兩點零三分了，大約是她整整一天前死去的時刻。我想她的葬禮和告別式礙於習俗，我都不能參加了。現在，她一定有好多書，有好幾隻玩具小熊，卻獨獨缺了這支雪糕，伴她走在幽冥第一段最黯淡孤寂的黃泉路上。

我把雪糕塞進了她在大紅門上十八號四樓的信箱裡，這次我不必按電鈴。

忽然想起來不久前我帶朋友郭亮富去三毛家找她，不在，我也是這樣一句話沒留，僅僅塞了一支雪糕在同一個信箱裡，連電話答錄機都不用了。因為這種感應的「磁場」與「電波」只有我們彼此接收得到；也因為有著真誠友誼的雪糕是不會融化的。不過，我又想起三毛提到過的那部「GHOST」電影裡面的對白，我突然有點握不住自己手中的雪糕。

「只要我能再吸一口煙，我願放棄一切！」

水、牛奶固形分、糖、奶油、乳化安定劑、鹽、胡蘿蔔素、巧克力、香草香料——這些大自然的分子組成的就是她已吃不上一口的雪糕了。她卻只能像那部外國電影劇中始終不肯說「愛」的男主角留下一句：

「DIDDO（我心亦然）……。」

我們已然徹底分隔在「冰」與「火」的陰陽兩界，這距離豈只從塞外「火州」吐魯番到關外「冰城」哈爾濱的距離。拍攝於哈爾濱的《滾滾紅塵》劇本裡真正漏編的一章，該是三毛這個傳奇女子一生的悲、歡、離、合、愛、恨、情、愁。自身靈魂的告白既然豐富精采得沒有人能了解，那又何妨用她所寫的那種「跳一支舞的心情」，留給自己一個不必再遷就、不必再求索的純白自在心靈吧！

其實，沙漠真正的美，還是因為那些隱藏的水井。

——三毛〈沙漠〉

蒲公英的哭泣

我並不贊同她死，不希望她學「小熊」布偶繫上了絲巾引頸歸天。

但是這卻令我再次想起她家裡的煙灰缸與桂圓湯、原文書與線裝籍、牛肉場低俗的海報與祖母傳統典雅的瓷像。中西合璧就是三毛的「生」，她曾說小時候嚮往能長大活到像老師那樣可以「穿絲襪」的年紀，未料後來最代表西方文明的「絲襪」配上最東方中國的「懸樑」竟成了三毛的「死」。三毛兒時曾好怕自己活不到「穿絲襪」的年齡，現在長大了，「絲襪」卻結束了她的生命。三毛畢竟是個去國流浪多年的世界公民，也是個滿腹經綸典藏、學富五車的中國文人。寬容她給了自己在《講義雜誌》最後一次專欄所寫的「一次不回信的假期」，雖然她仍說：

「對於這全新的西元一九九一年，我的心裡充滿著迎接的喜悅，但願各位朋友也能有同樣的心情。」

屬於三毛內心深層的孤獨、三毛留給大家最後的祝福，似乎總是以多重性格膠著於《紅樓夢》之中，形成冰火般持續衝擊的震撼。在大陸第一部電視室內連續劇集《渴望》的主題曲歌詞中，我彷彿聽到了我們該給三毛的答案——

「恩怨忘卻，留下真情從頭說。」

三毛為了夢中的「橄欖樹」又去流浪了，這次流浪的目的地卻是幽冥的異域，也是一個她期待能夠植栽種桃、種李、種春風的夢田。或許那兒真的有一列她可以一直坐下去「不必再靠站的火車」，還有一大片用蒲公英飛絮般的種子，鋪天蓋地所構築成了一個終於「不必醒來的美夢」。

我穿好潛水裝備，坐在大西洋北緯三十度神祕百慕達的海邊，準備履踐三毛死前的請求，也為了那個我從未謀面過的死年二十八歲西班牙青年荷西的期待，一圓他們生前共同的一個「不及與不醒之夢」。

我突然發現：如此貧瘠岩礫堆疊的百慕達粉紅沙灘海邊，居然也長出了滿山滿谷的蒲公英。啊！它的飛絮此際怎麼像是仙女棒閃耀著斑點金光環繞著我，超越陰陽時空的感動隨著淚水傾洩在我不該模糊的蓋面蛙鏡裡——滾滾洪濤，既是向我迎面襲來的浪，也是我眼中寬慰的淚。背海回頭再仔細端詳充滿生命力的蒲公英，它那迎春飛翔萬點的白翼像是翅膀，綿延開闊、恢宏磅礴；也像是無盡揮灑的淚水滂沱，喜與悲之間總有人人兀自的點滴心頭。

翅膀飛向新的夢想，淚水灑落舊的懷念。

沙漠的雨季終於來臨，駱駝不必再為乾渴而哭泣。世人不必驚慌、不必猜疑，她只是一如蒲公英又喜又悲在飛翔，白絮好似灑淚般在哭泣，也像遊戲般自在徜徉於終極開闊的四海天地……。

我不知怎麼的，現在又想再一次問她，那個我們第一次見面時，曾經多次盯著問過她的話題：

「三毛，妳快樂嗎？」

雖然我希望那是個美麗的句點，但是我還是給了她一個令她永遠開心自在「不必回答的假期」。

隨著那微風飄起
穿越過藍藍晨曦
浮在空中遊戲
輕輕地飛向異域
連串著如淚白翼

我聽到蒲公英的哭泣
隨著那生命旋律
穿越過四海天地
愛在心中洋溢
輕輕地揭開記憶
連串著悲歡笑語
我聽到妳相思的情意
隨著那青絲一縷
穿越過生死別離
夢在幽冥重聚
輕輕地旋動心曲
連串著世人猜疑
我聽到妳傲笑在天際

隨著那沙漠雨季
駱駝已不再哭泣
心卻冰火衝擊
輕輕地結束孤寂
連串著一生傳奇
妳就像蒲公英的哭泣

——畦澔平〈蒲公英的哭泣〉

搭上天鵝湖不必靠站的火車

躲得遠遠的，中東歐亞航線上波斯灣美伊的戰火剛好讓我擁有基於安全的理由，從北京、蒙古烏蘭巴托，一路登上西伯利亞大鐵路西行回到我正留學的歐洲，真的就是搭上了三毛一生都在希望追求的那一種「不必靠站、不必下車」的火車。在廣闊的西伯利亞原野上火車劃起一道長長的煙霧，它連結著這片安加拉歐亞古陸塊上一個個沉睡的城市。

腦海裡疊印的景象，在這失眠的夜裡交響著前天同樣「夜雨敲窗」天人永隔的晚上。我盯著手中握著三毛送我的棕色玩具小熊，忽然感到：此刻這個沒生命的玩偶正在萬籟俱寂的子夜，像東方特快車連結跨越城市和荒地一樣，它正為我與三毛連結著兩個陰陽對立的時空——現在的我與三毛的時空早已崩裂成了兩個生死阻隔的世界。

三毛說過，當需要人關懷的時候就會買一隻玩具小熊——因為那副逗趣可人的模樣總會讓人忘記憂愁，也因為握著小熊其實心裡就重拾了童少的真純與浪漫。難怪，每個可愛的人她都稱呼他們為「小熊」。不知何時開始，我也這麼頑童般地染上了這不算好，也壞不到哪裡去的「習慣」——沿途我不知已經買了幾隻小熊了，而它們的老家都是來自國外，進口到這個只重視核子軍武重工業而忽略民生物資的俄羅斯。

再次造訪前蘇聯已經是四個月之後，除了當地盧布兌換黑市的美金匯率又比官價暴漲了零點五倍（一：二十）以外，嚴峻寒冬中，生活用品依舊是如此的欠缺，小熊當然也只能在接待外國觀光客的「美金店」裡購得。這真是何其矛盾：在被稱為「北極熊」的國度，子民卻買不到一隻陪伴孩子歡樂成長的「玩具小熊」；而在西方歐美的家庭裡，玩具小熊對兒童來說，正是比洋娃娃還親密的終生心靈伙伴。民生物資的匱乏在苦寒凍原上任狂野的朔風嘶吼肆虐得像個獨裁的暴君。我低頭仔細再瞧著這隻土黃的小熊，也只有比手掌大一點，頸上還繫著一條彩虹色的絲巾。還記得當我捧著它從貝加爾湖（Ozero Baykal）旁的伊爾庫茨克「美金店」走出來的時候，多少附近村裡的孩子盯著我看。起先，我以為是因為我「奇怪」的長相與他們不同；後來才發現：是他們「奇怪」的童年並沒有我手中的小熊。甚至也沒有那個天堂般的玩具展示場，一如當地觀光大飯店和旅館般，只是專門用來接待「外賓」的，當地民眾絕不被准許隨意進入參觀。

見怪不怪，跑遍千山萬水，那時的前蘇聯擁有亞洲六分之一的土地，確實沒有一家屬於當地兒童的「玩具專賣店」。我忍不住又把一隻隻才買的小熊送給身旁的孩子們，因為他們不關心這裡什麼海拔四百五十六公尺的貝加爾湖裡盛產著什麼「西伯利亞之珠」的透明魚，還是鄰近的淡水海豹保護區與遠處的當年世界第二大水壩布拉茨克……。孩子們要的應該只是一個有玩具也有夢想的童年。

一千多年前住在這裡的，沒有金髮碧眼的孩子，沒有畸形的「美金店」，而是在一大片西漢帝國與匈奴王朝輾轉征戰的漠野上，曾有一個被遊牧文化與農業社會衝突中犧牲的古人——蘇武，那是一段漢朝使者羈留異邦十九年的真實歷史悲劇。千古恩恩怨怨都在這昔稱「北海」的貝加爾湖附近上演過，此刻的我乘著鐵馬似的火車劃過同樣的一座歷史舞台，自當感受更多的悲壯與淒涼。

悲壯與淒涼？現在的西伯利亞，「悲壯」印在碩大厚實的覆雪銅像上，「淒涼」卻偷偷留在了俄國孩子的眼神中——那雙看著我手中玩具小熊的眼神。我忽然覺得自己的夢、那一大群俄國孩子的夢，還有三毛已經停止在人間經營的夢，都由我們共同珍愛的「小熊」，串連得如此鮮活生動，似短暫卻永恆……。是不是那些我們曾說過的話、做過的事都會變成了歷史？我不知道？但是我總會哼起以文會友，我曾寫給三毛的那些新詩歌詞，不知道比西伯利亞更寂寞、更冷清的黃泉路上她有沒有帶去？但我還是可以終其一生，為她放肆開懷吟唱。

柴可夫斯基（Pyotr Ilyich Tchaikovsky, 1840-1893）的《天鵝湖》（Swan Lake）序曲在我的耳邊悠然響起。我彷彿回到了一百多年前，在一樣的天鵝湖畔，想像真誠的王子與那位被巫師變成天鵝的公主，如何為了追求真摯的愛情而向惡魔展開了大無畏的抗爭。今天柴可夫斯基要是還在世的話，都超過一百八十多歲了，他一定不知道西方樂壇正在如何盛大的紀念他。當然，他也不知道從西伯利亞一路走來，他的後代同胞是過著怎樣的生活境遇。然而，我還是要說我是如何佩服他，那齣芭蕾舞劇《天鵝湖》，不但在芭蕾獨立發展演化的歷史上具有劃時代的重要意義，直到今天，其中仍然歷久彌新且忠實保留了一份人類不畏惡勢力的堅毅勇氣。厚重的大皮靴、三角四弦琴，加上亮麗英挺的民族服裝，流露著斯拉夫的自信，委婉的交響詩則詮釋了精緻典雅的浪漫情懷。一個是灰磚古堡的剛毅，一個是枯柳垂枝的淒美，兩者雙雙映在歐俄莫斯科冰凍的天鵝湖面上。

《天鵝湖》的故事一直在全世界真實的生活中上演；閉上雙眼，我驚訝自己和三毛兩人在那晚只是聊到《天鵝湖》，就曾為這段古老的愛情故事泣不成聲。其實，那個杜撰的愛情故事令人感動的應該不只是「愛情」而已，還有一份最可貴的「赤子之心」——人類對於世事百般的捉弄摧折之餘，永保一份真誠火熱的生命勇氣至死不渝。就像三毛的文章給人的信心與鼓勵，提醒每個人都可以擁有一個屬於自己純真浪漫的「小熊」。至於，三毛個人對死亡做了跟別人不一樣的選擇，或許超出了一般人可以理解的陳規定律；不過，現在我終於想通了：既然一位作家開闊豐美又多元的境界不易與每個人都淋漓盡致地分享，那麼同樣她內心世界的孤獨期待以及她對於生死的選擇云云，又豈是終日栖栖惶惶忙於追逐生活腳步的外人所能體會？所有三毛的好友都在猜：她是因為冥冥中感受到自己的生命已經停頓，將走到盡頭？還是意識到自己的人生已經滿溢，早就不虛此生？……抑或只是在玩一個遊戲？畢竟每個生命體都有不同順位的渴望欲求，進而自然會轉化成不同輕重層次的失落孤獨。

我不禁為歷史與文學的巧合對比會心一笑。因為對故國山河大愛多情的蘇武就曾懷抱同樣渴望欲求的心境，在前蘇聯亞俄西伯利亞另一端的貝加爾湖「等待」——渴望自己能像大雁每年南飛一般，早日返鄉回到南方的家；至於，在蘇聯歐俄莫斯科的這一端，始終如一的情愛則是公主和王子最真純浪漫的渴望欲求「等待」——渴望被巫師變成天鵝的公主可以解脫魔咒，與王子終身廝守。蘇武等了十九年才變成了有如可以自由飛翔的大雁回到中土故里，終與家國團聚，得償宿願；公主和王子卻與巫師殊死決鬥，以卵擊石雙雙殉情上了天堂，才從天鵝變回了公主，終究與王子也如願團聚——如此「不完美」的人生際遇，事實上正充分體現了人性中最尊貴的「完美」。

這樣思維脈絡的理念幫助我解讀著：三毛「完美」的文學才情卻背負了一個世俗看似「不完美」的生命結局。其實，任何不完美的表象，從人對生死的抉擇到社會光怪陸離的百態，絲毫不會減損他們生命崇高完美的尊貴。一如唐朝詩人李白，你既可以浪漫地說他在船上詩興大發「撈月而亡」，也可以批判地罵他醉酒失意「投河自盡」。但是不論孰對孰錯，皆不減損李白詩文作品對當代和後世的深刻意義影響。

此刻我的心湖、我的腦海怎麼盡是滾燙的波濤！烈焰燒出了一條冰天雪地上橫貫東西兩個湖泊的直線大道，也燒出了「公主」與「蘇武」、「柴可夫斯基」與「三毛」、「俄羅斯」與「福爾摩沙」之間的萬里思路。難怪她一再提醒我在生活與旅行的時候，一定要不斷「觀察現象、探索思考」，永遠做一個「為現象傾心的人」。當她對我說這些話的時候，我還似懂非懂，今天印證在一個又一個旅次的驛站時，萬里漫漫遙隔的陰陽路反倒使我更加靠近她。彷彿跟三毛「生死之距」愈遠，我反而覺得彼此的「心靈之距」愈近；這份「溝通」竟然能夠從她的生前結識一直延續到死後的三十餘年間，仍然如此不斷在我的生活與內心裡發酵滋長。

人的一生中都應該賣力地為自己交上幾個精采的好朋友，因為金玉良言透過氣息的感染自將在潛移默化中，使人終生咀嚼品味，受用不盡。

蘇聯莫斯科有個美麗的天鵝湖
純白羽毛般的晶瑩在水面漂浮
伊爾庫茨克有個遼闊的貝加爾湖
深紅落葉般的蕭瑟在空中漫布
遼闊的貝加爾和那美麗的天鵝湖
都有愛情浪漫的典故
被變成天鵝的公主

想變成大雁的蘇武
都只為了心中愛慕的情愫
天鵝湖的公主
貝加爾的蘇武
人間天上譜出動人的音符

我的心裡也有個美麗的天鵝湖
純白羽毛般的情意在心湖漂浮
我的心情也常像遼闊的貝加爾湖
深紅落葉般的憂愁在腦海漫布
在貝加爾徜徉我好像天鵝般飛舞
悲歡離合任憑波濤起伏

我不是美麗的公主
也不是遼闊的蘇武
但我也有心中愛慕的情愫

屬於我的孤獨
留給你的祝福
儘管我們各有各要走的路

——眭澔平〈天鵝湖〉

發現三毛的最後一封信

剪票員來了，微醺紅臉的他搖搖晃晃走到我的面前，看到我的小桌板上放著一本三毛在醫院病房裡跟我交換相贈的中文書《滾滾紅塵》，不料他粗魯的大手一揮竟然不小心把書直接打到了走道上，剛巧一對追逐的小兄妹跑過來，還重重踩了好幾腳。我實在心疼極了，非常自責快速撿回書本，反正上面印刷的都是當地人讀不懂的有如「火星文字」；而小兄妹有興趣的也會是我手中的「玩具小熊」，而不是「書」。

我意外發現書側露出了一小截紙條，抽出來一看，竟然是三毛藏在書裡留給我的「最後一封信」：「陳平給澔平　一九九一．一．二」。

顫抖的手、模糊的眼，把她歪斜卻工整的字跡晃蕩重組在火車規律擺動的車廂裡……

小熊：

我走了，這一回是真的。

在敦煌「飛天」的時候，澔平，我要想你。

如果不是自制心太強，小熊，你也知道，

我那批三百七十五把鑰匙會有起碼一百把交給誰。

這次我帶了白色的那隻小熊去，

為了親牠，我已經許久不肯擦上一點點口紅，

可是牠還是被我親得有點灰撲撲的。

此刻的你，在火車上還是在汽車裡呢？

如果我不回來了，要記住，

小熊，我曾經巴不得，巴不得，

你不要鬆掉我的衣袖，

在一個夜雨敲窗的晚上。

好，同志，我要走了。歡迎你回台灣來。

愛人　三毛

在這最後一封信裡，我終於知道就像她所寫敦煌的文章〈夜半踰城〉裡的悉達多太子一樣悟道離世，想要一路跑到「敦煌」真正穿梭陰陽去「飛天」了。三毛告訴過我：在幽暗的莫高窟佛洞裡，當她要求敦煌的研究人員讓她一個人單獨靜跪，她抬頭忽然看見巨大高懸的佛陀面容在屋內的頂端光亮無比，她彷彿就是如此「飛天」上去到了那一片光明安詳的極樂天堂世界。

不過，只有我懂她為什麼「不擦口紅」，信上寫著就是我了解當她心情苦悶的時候她就必須一直親吻玩具小熊，所以不塗口紅，可見她的情緒在生命的最後一刻有多低落。此外信中提到「愛人同志」則是我們過去在談天中彼此對於所謂「心靈伴侶」（Soulmate）的比喻，「小熊」更是我們生活裡赤子之心純真誠懇的幽默象徵。至於，「夜雨敲窗的晚上」是她在歌詞〈曉夢蝴蝶〉裡，一段令我讚不絕口的文句；「鬆掉我的衣袖」則是在我送她的新書裡收錄我學生時代的一段令她吟詠再三的詩句〈鬆了妳的衣袖〉。可是三毛怎麼就在另一個「夜雨敲窗的晚上」「鬆掉我的衣袖」，結束了孤寂，也結束了生命。她摯愛的父母家人和朋友讀者是怎樣的哀慟，連罵她不珍惜自己、不體恤父母……她都聽不見了。

鬆了妳的衣袖
任妳捲起狂風暴雨掠過眼前
擾亂的何止髮絲
還有我那輕巧易碎的心呀

——眭澔平〈鬆了妳的衣袖〉

讓我讀來最難過的是那一句：「此刻的你，在火車上還是在汽車裡呢？」這是我們詢問彼此心情的另一段「暗語」：我那時正搭乘「東方特快車」的所謂「火車」，意謂我所處的環境很自在；對比起坐在拘束也不能換車廂座位的「汽車」裡，難免必須跟自己討厭的人長時間擠在一個空間，同行無法閃躲必然痛苦。

人生真是戲。政治、歷史、社會、經濟與文化各有令人又愛、又恨、又要、又怕的角色在輪迴扮演。出將入相也好，嬉笑怒罵也罷，總是有再啟幕，也有再落幕的一天。對人的評價、對事的議論何妨珍藏美麗、釋懷哀愁，像三毛在送給我的《滾滾紅塵》書上所題的字是一樣的：

人生是戲。

今日出將入相，明朝嬉笑怒罵，
總有落幕的一天。
戲散的時候，
為自己拍拍手，
給他人鼓鼓掌。
笑一笑　我走了
不帶一片　揮一揮手　的　雲彩。

相望共舞於三毛的平行宇宙

一個從小被迫不能上學的女孩，長大後自己選擇當一個不去上班的女人；三毛只是如她所說的：「不小心」被冠上了「作家」的頭銜。她，還是像個自在赤子頑童般把玩著自己既坎坷也豐富的生命。三毛原本就不該被這麼多世俗的繫絆所規範——或許，人，原本也實在不必過得那麼辛苦。此時此刻，她正回到母親大地的懷抱。這位生在重慶、長在台北、飛到西班牙馬德里、活在撒哈拉和加納利的奇女子，在為自己奔放出璨爛的生命篇章之後，卻選了那麼一個夜雨敲窗的晚上，為自己圈掛上生命終止的句點。當我們不再拿完美的典範去要求，也不再神化任何一個人的時候，或許才是我們真正懂得欣賞自己和別人生命的開始。

每個人的一生中總有幾幕最美麗的停格，即使它稱不上篇章，也沒有人關心它何時譜上句點；但是，這些停格確實像音樂與文學般真摯而美麗。三毛或許就是擁有了比一般人更多的真摯與美麗。

溫柔敦厚，山高水長。當我們倨傲不恭的時候，再高聳的山、再綿長的水也不能令我們沉思感動；當我們懷擁溫柔敦厚的時候，謙虛而誠懇的心則自然體現山高水長，處處俯拾皆是心領神會的桃花源、清境土。這是我在三毛辭世後內心深刻的感受，看事如此，待人亦如此。三毛在空中遊戲也好，在天際傲笑也罷，多變的悲歡離合、不變的冷清孤寂終將永恆迴盪於陰陽兩界。三毛最愛《紅樓夢》，也永難忘情於文學、音樂、旅行、流浪，她不過用著一雙冷眼，一顆熱心去觀察、去體會，也去思索，咀嚼人生的四季晨昏、風霜晴雨的喜悲情懷罷了。

用全本《紅樓夢》來描寫三毛這樣一位朋友的內心世界是她給我在傳記報導文學寫作上的啟發，至於用音樂與文學來詮譯三毛精采豐富又細膩婉約的感情，則是我們彼此心靈交集之後，另一種澎湃生命力的探索呈現。

既然過去的已經過去了，那麼就像他最後在講義雜誌寫的文章所說的「現在來跳一支舞」，當然也是很好的。

掛在五線譜上的豆芽會像一個個精靈般伸展懶腰，從最深的心肺臟腑中呼嘯出動人的生命旋律。其實，許多我寫的歌詞只是聚散生死間，在我心弦上自然震撼流洩出來的詩句樂章。有些自己創作的詞曲作品我過去曾送給了她，或在我其他的文章中出現，她聽過了；有些則是積累沉澱直到現在才全部完成，同樣都送給她，不管她是還來不及聽，或許就是正在當下此刻聆聽也都好。

跳開她的生死，究竟四十八個年頭淘淘洗練出了什麼樣的性情，勾勒出了什麼樣多情多感的世間女子？相識至今三十餘年這一個世代儼然悄悄過去了……，平凡的舞步像蒲公英種子的飛翔一般，其實是不需要依循恪遵任何章法的，請容許她也可以有惶恐猶豫、躊躅遲疑的時候。現在暫且讓所有的毀譽猜疑也都給放個假，就用輕輕鬆鬆「跳一支舞的心情」，再回首文學世界裡「三毛的傳奇」與「傳奇的三毛」。

終於，我們又自在重逢於陰陽時空交會的「平行宇宙」裡……

三毛最後一篇登在《講義雜誌》專欄的文章名字既然是：〈跳一支舞也是很好的〉。三毛生前就是這麼明確地跟我說過：「跳一支舞也是很好的，我想和全世界地球村裡的每一個人一起共舞！」於是，在她走後的這一萬個日子裡，我已經幫三毛旅行完成了全世界，經歷了所有她希望但是來不及走完的旅程；也盡量可能把她來不及付出的愛，在地球村的每一個角落代替了她，跟那些人、那些動物、那些奇幻的自然地理人文情懷一一相擁起舞。

誰想到時間過得這麼快，我自己人生的第二個三十年就這麼過去了；我其實是在運用音樂、文學、旅行、流浪做「自我療癒」，運用詞曲創作了一首圓舞曲，共同向我們那逝去的青春致敬。

量子物理是對的：同樣頻率的人，就會跟你在任何的平行宇宙裡共振共鳴。傳奇吸引着傳奇，寂寞撞擊着寂寞，純真鼓舞着純真，星夢圓滿着星夢。

儘管三毛與我的生命十足就像並排同遊千山萬水的兩條「鐵軌」，從來也沒有實體交集過；但是我們像奧運體操翩翩揮舞的一對彩帶般，並行不悖、相知相惜，也各自豐富精采、各自曲折美麗。

親愛的三毛，我不會再問妳那個三十多年前的老問題了：

「三毛妳快樂嗎？」

因為我們始終同頻共振、鏡像合鳴，永恆徜徉在超越陰陽時空、也超越生死輪迴的「平行宇宙」裡，所以此刻當下我的心裡如果充滿洋溢著歡樂喜悅，就知道三毛也會是一樣，不必再去贅述探問她快不快樂。且讓我們同歌共舞，現在一起用歌舞完成這一篇寫給「三毛」，橫跨了前後三十五個年頭專訪的「傳記報導文學」。

單單想到這裡，不就已是感染何其無窮無盡的快樂啊！

「妳生前跟我說過，妳想去南北極唱歌，妳想跟世界上每一個民族一起跳舞。三十年一萬個日子過去了，我從南北極跑遍了全世界，幫妳完成了夢想。彷彿這一路上，妳都在我的身旁，就像平行宇宙一樣。」

宇宙最亮的一顆星是妳
我們平行飛翔浩瀚的天際
宇宙最美的一朵花是妳
我們不曾分離　平行宇宙裡

「澔平，我是三毛。我剛才看了你寫的朱銘的這篇東西，不知道你自己看到了沒有？我覺得用小標題用的很好。如果你回來的時候，要不要來跟我討論一下我的那篇文章小標題？如果你想的話，我今天大概晚上一點鐘還接電話。你在家嗎？好，再見。」

仰臥明月看滿天的繁星

漫步飛天擁抱青春的美麗
是妳給我雙翅翱翔比翼
是妳讓我歌唱　點亮了回憶

「好，眭澔平，你是我靈感的泉源。然後這世界上沒有一個人能夠說，我說不得了！我今天是眼花撩亂，我的腦子不管用了。一個下午的談話，我用腦太多。你說：妳喜歡。沒有人敢這樣說！」

我們千萬年以後
變成天空燦爛的星斗
相望在平行的宇宙
妳那邊是春
我這邊是秋
我們千萬年以後
變成銀河晶瑩的星宿

並肩在平行的宇宙
妳我還是
邊唱邊走

「眭澔平，我是三毛。你在不在家？人呢？」
「眭澔平，你不在家？好，我是三毛。」

在平行宇宙之中
妳我吹著同樣的春風
披掛著同樣的彩虹
唱同樣的歌
做同樣的夢

在平行宇宙之中
妳我都是羽化的蝶蛹
經過那草綠到楓紅

幸福就是
有歌有夢

「我跟你說哦！我很久沒有跟一個人說話啊，說到你這個程度了。但是我每天都跟人說話。跟你有說不完的話。對！我又活了！」

我們千萬年以後
變成天空燦爛的星斗
相望在平行的宇宙
妳唱我的歌
我做妳的夢

我們千萬年以後
變成銀河晶瑩的星宿
並肩在平行的宇宙
狂喜歡笑

永不止休

「我覺得喔，我身上有很多的一種特質喔……是別人來碰到我的時候我發不出來的東西；在你身上我發得出來。（那妳覺得怎麼解釋呢？）那當然是兩個人旗鼓相當了。我最喜歡一種朋友啊，就是短兵相接的朋友。嗯，我們兩個人好會幻想喔你有沒有發覺？啊！好會幻想喔！你知道那天我們兩個人像玩遊戲一樣，在西餐館裡面，你講一條路線、我講一條路線、你講……的時候，我就跟自己說：天下也有這種人啊！（好像小孩在辦家家酒，可是……）很不容易！（我覺得還有一份那種，真的是一種……）很純真的……（純真的熱情）。」

宇宙最美的一顆星點亮
我們鼓起翅膀乘風又破浪
宇宙最美的一朵花綻放
同聲幸福高唱——
我們夢想的天堂

——眭澔平給三毛〈三毛的平行宇宙〉

紀實千古回聲
——三毛的三百七十五把鑰匙

作　　者　眭澔平
編　　輯　龐君豪
版面設計　菩薩蠻數位文化有限公司
封面設計　楊國長

發 行 人　曾大福
出版發行　暖暖書屋文化事業股份有限公司
地　　址　台北市大安區青田街 5 巷 13 號
電　　話　886-2-2391-6380　傳真　886-2-2391-1186
出版日期　2024 年 09 月（初版一刷）
定　　價　480 元

總 經 銷　聯合發行股份有限公司
地　　址　231 新北市新店區寶橋路 235 巷 6 弄 6 號 2 樓
電　　話　02-2917-8022　傳真　02-2915-8614

印　　製　成陽印刷股份有限公司

國家圖書館出版品預行編目 (CIP) 資料

紀實千古回聲：三毛的三百七十五把鑰匙 / 眭澔平著 . -- 初版 . -- 臺北市：暖暖書屋文化事業股份有限公司 , 2024.09
面；　公分
ISBN 978-626-7457-10-8(平裝)

863.55　　113011621